A E
& I

Cuando el viento hable

Autores Españoles e Iberoamericanos

Ángela Banzas

Cuando el viento hable

Finalista Premio Planeta
2025

Planeta

Obra editada en colaboración con Editorial Planeta – España

Diseño de la colección: Compañía
Composición: Realización Planeta

Bajo el sello editorial PLANETA M.R.
Avenida Presidente Masarik núm. 111,
Piso 2, Polanco V Sección, Miguel Hidalgo
C.P. 11560, Ciudad de México
www.planetadelibros.com.mx

Primera edición impresa en España: noviembre de 2025
ISBN: 978-84-08-31163-8

Primera edición impresa en México: noviembre de 2025
ISBN: 978-607-39-3831-0

Impreso en los talleres de Litográfica Ingramex, S.A. de C.V.
Centeno núm. 162-1, colonia Granjas Esmeralda, Ciudad de México
Impreso en México - *Printed in Mexico*

A esa generación que nos forjó una oportunidad.
A ellos, el necesario homenaje, y a todos, la paz.

A quien acaricia el brillo de estrellas lejanas
y espera.

«La tierra desea lluvia; desea lo mismo el venerable Éter...». También el mundo desea poner en obra lo que debe acontecerle. Digo, pues, al mundo: «Yo quiero lo que tú quieres». ¿Acaso no se dice esto igualmente de una cosa que *desea* llegar a ser?

MARCO AURELIO

Recibe, Alicia, el cuento y deposítalo donde el sueño de Infancia abraza a la Memoria en lazo místico, como ajada guirnalda que ofrece a su regreso el peregrino de una tierra lejana.

LEWIS CARROLL

No la que das, la flor que tú eres quiero.

FERNANDO PESSOA

NOCHE DE DIFUNTOS

Cementerio de San Domingos de Bonaval
Santiago de Compostela
1 de noviembre de 1959

Miré a mi alrededor. Sin luna en el cielo, la densidad de la niebla me lamía el rostro y las yemas de los dedos. Dudé y temblé, pero no retrocedí. «No tengo miedo», me dije. «No tengo miedo», repitió el eco de mi pensamiento. Cientos de flores se distribuían en ramos sobre sepulturas que debía sortear. Aquel perfume que saludaba a la muerte turbó mis sentidos, pero tenía que avanzar. Lo sabía, pese a no querer hacerlo, pese a temer lo que podría encontrar una vez que me adentrase en la zona más sombría del cementerio, no podía parar. Tragué saliva con la angustia ciñéndome un áspero lazo en torno a la garganta y lancé decidida un pie sobre el camino.

A falta de farola o candil, busqué una estrella para que me guiase y solo encontré los ojos de piedra de una gárgola inmensa por encima de mi cabeza. La oscuridad esmaltada del cielo se derramaba a mi espalda como un pesado cortinaje: mar de sombras, proyección de fantasmas e irrealidad. Cuántos náufragos agitando manos y cuántos lamentos bajo la tierra de los más pobres.

Rastreé con desesperación en todas las direcciones. Siluetas entre crucifijos de piedra daban vida a lo que no conseguía descifrar. El aliento frío de la noche parecía ulular en un intento fallido por arrullar a los muertos. Leí el desafío y apreté el gesto de nuevo.

Avancé con la vista en los nichos. Un enjambre de letras grabadas sobre granito y mármol despedían vidas incompletas; sepulturas de infantes que bolsillos remendados habrían pagado con más fe que convicción.

El silencio del camposanto golpeaba como el plomo sobre un pecho descubierto cuando, en el reposo de una rama, un ave graznó insolente. Me santigüé una, dos y tres veces en cada cruce de caminos sembrados de sepulcros con sus ángeles blancos. Lo hice con la cara apuntando al suelo, como mi abuela Dina me había enseñado. Por las buenas y por las malas. Pero yo no me fiaba de tener tanto tiempo el rostro agachado y conservé un ojo bien abierto. Porque todo podía pasar.

Un rayo iluminó el firmamento y me hizo saltar en el sitio protegiendo con los brazos la vida que crecía en mi vientre. El cielo rugió y me llevé una mano a la boca para mordisquearme una uña. «Ni se te ocurra», parecía decir mi abuela desde un recuerdo custodiado por cipreses y escuálidos árboles que asemejaban espectros.

La penumbra se tornó más pesada en el silencio de mil ojos sin rostro. Me detuve. Con las manos cual escudos, traté de resguardarme de un mal invisible. La piel se me erizó. Qué negra atmósfera envolvía mi cuerpo... Qué incómodas parecían las nubes al retorcerse sobre mi cabeza.

Advertí un rastro de movimiento en el aire. Había algo o alguien cerca. Una voz sensata me gritó dentro del pecho: «Corre, sal de aquí antes de que sea tarde». No quise escucharla.

La imperiosa necesidad de avanzar se impuso e ignoré el miedo.

Esa presencia sabía quién era yo y lo que estaba buscando.

Parpadeé con el deseo encendido de que no fuera más que una alucinación. Pero continuaba ahí. La noche parecía haber tomado cuerpo en una sombra.

El cielo se rompió de nuevo y en su estrépito, sin ritmo ni forma, las campanas de las doce volaron enloquecidas. La estridencia hizo tambalear la tierra. Relámpagos de fuego quebraron la noche para señalarme sin compasión. Fue así como él me encontró. Y me miró. No dejaba de mirarme entre las tinieblas.

En mi pensamiento alborotado el miedo agitaba las alas, pero mi voz seguía apagada, las palabras morían ahogadas en mi garganta. Mis ojos secos me dolían, entumecidos por la terrible intuición que me mortificaba. Ya solo quería correr. Y corría, no dejaba de moverme con la desesperación de un pez fuera del agua.

La luz de un nuevo rayo iluminó una capilla en tonos rojizos. Empujé la puerta de madera de la entrada con todas mis fuerzas, era tan pesada... Una última embestida y las bisagras al fin cedieron.

Levanté la vista. La pequeña cúpula sobre el presbiterio, herida de muerte, crujió y llegué a temer que se viniera abajo. Me cubrí la cabeza con un brazo mientras con el otro custodiaba mi vientre de nuevo. «Jamás consentiré que nada le haga daño», me dije antes de tomar impulso. Después, no me detuve hasta alcanzar la salida en el otro extremo de la iglesia.

Cometí el error de girarme una fracción de segundo para volver la vista atrás. Por eso no reparé en la raíz que sobresalía de la tierra y caí sin remedio. Clavé las rodillas en el suelo. Por pura suerte, los reflejos actuaron a tiempo y evité golpearme la cabeza contra una sepultura.

Advertí algo en su base: ¿cemento fresco? Lo palpé con cuidado, sin lugar a dudas era reciente. Con dificultad, recuperé la verticalidad y lancé una ojeada a la caza de respuestas. Entonces lo vi, frente a mí, sobre la lápida: nada más que un ramito de flores silvestres.

Llovía. Ya era Día de Difuntos y volvía a llover con fuerza. La sombra me miraba y, sin necesidad de palabras, parecía decirme: «Ya es tarde, Sofía».

Contuve la respiración y lamenté haber encontrado lo que buscaba. Acaricié los números y las letras grabados en la piedra. Después me obligué a leer en voz alta las fechas del inicio y el final de una vida. Incapaz de encontrar valor suficiente para lo que vendría a continuación, un susurro desamparado me auxilió para expulsar al aire mi nombre y mis dos apellidos: estaba ante mi tumba.

Se me contrajo el pecho. Los latidos golpeaban sin pausa y en mi aliento el miedo cobró fuerza:

—¿A quién han enterrado aquí?

I

NUBES

[Densas y de baja altura, se dispersan por la memoria].

1

Mi nombre es Sofía y llegué al mundo en el otoño de 1939, tras el desastre y toda la tragedia que había dejado la guerra. Lo hice abriéndome paso con la cara en el polvo y los puños entre la boca y la nariz, como un boxeador dispuesto a luchar, berreando mientras mi madre permanecía tirada sobre un charco de sangre sin tiempo de decirme adiós ni de darme la bienvenida. Las dos tendidas a un lado del estrecho sendero que conectaba la pequeña casa en la que tiempo atrás había crecido mi padre con una diminuta era donde plantar cuatro hortalizas.

Así fue como, sin haber conocido la guerra, desconocía lo que significaba la paz.

Mi padre, el guardián de los libros, decía que la paz es lisa y blanca. Y en ese tiempo los colores se enfrentaban.

Qué curiosa la infancia. Qué extrañas formas y aromas alberga para que la mente la guarde.

A mi padre, en la calle, lo conocían como Félix, el bibliotecario. Pero para mí era un mago. Un mago capaz de convertir las espeluznantes noticias de los periódicos en aviones de papel. Él me enseñó que no solo la paz es blanca, sino también su bandera. Blanca, decía, como el campo en un documento donde no hay nada y puede caber todo; solo hay que sembrarlo, escribirlo y cuidarlo para que crezca y dé frutos sin echarse a perder. Blanca porque en la ausencia de color es donde las letras se hablan y se dan la mano, incluso se abrazan para leerse con mayor claridad.

«Negro sobre blanco», apostillaría con el gesto endurecido mi abuela Dina. Negro, claro, porque ese es el color de la tinta que suma todos los colores. Mi abuela era una mujer de trabajo y temperamento, de «a grandes males, grandes remedios», aunque a veces fuesen remedios terribles.

Como lo sucedido tras la tragedia que supuso la muerte de mi madre, cuando la abuela tomó las riendas de la situación.

Mi padre se limitó a dejarla hacer sin incordiar con sus penas. Él, que era un superviviente de la guerra, lloraba a escondidas, con sus gafas de gruesas lentes todo el día empañadas y nada más que dos fotos que miraba y admiraba, sin atreverse a tocarlas. Quizá tuviese miedo a estropearlas. Incluso es posible que temiese sucumbir al impulso de estrujar el rostro de mi madre en la foto contra su pecho y romper la ilusión de los mil recuerdos que lo acompañarían siempre.

Debió de ser duro resignarse a la obligación de sobrevivir a la persona que amaba. Y hacerlo sin la posibilidad de desahogarse ante unos oídos que lo escucharan. Tan hondo era el eco de su vacío que llegó a deplorar en más de una ocasión que un soldado le hubiese perdonado la vida en el campo de batalla. Decía que, de no haber regresado de la guerra, no se habría pasado días y noches pegado a mi madre hasta dejarla encinta para nueve meses después tener que enterrarla.

—Algún día te contaré esa historia, Sofía —me dijo una mañana antes de salir de casa; llevaba un hatillo de libros envueltos con un cariño especial—. Tú y yo le debemos la vida al mismo hombre.

Mi madre se llamaba Cecilia. Y, en verdad, había sido el amor que sentía por ella, cuya sonrisa él recordaba cual tibia luz del sol, lo que le salvó la vida.

Según contaba, ella le había hecho una extraña petición al verlo partir hacia el frente: que le escribiese una carta siempre que pudiese, pero que antes de introducirla en un sobre se la acercase al rostro, así ella podría sentir el olor de su piel.

Comentarios e intimidades de viudo que Dina se negaba a conocer y que mi padre fue aprendiendo a abrazar en soledad. Mi abuela se limitaba a mirarlo con el nervio de lo práctico entrenado en avanzar; restando importancia a las penas que no podían aliviar un buen puchero o un currusco de pan. Quizá por eso solo prestaba atención a la mirada ausente de su hijo en la mesa. Se sentaba frente a los vapores del caldo con el gesto satisfecho de quien ha sabido racionar y distribuir un plato por comensal y, sin levantar la vista de la cuchara, añadía: *«Quen busca no aire, no prato atopa fame»*. Advertencia servida a la que seguían dos toques de meñique sobre el canto del plato.

Ante la muerte de mi madre, Dina echó todas las cuentas que debía. Cuentas del derecho y del revés, con el ceño fruncido y los ojos en blanco, también con los dedos estirados, pues números tan altos no sabía de qué manera encajarlos en un papel. De todo hizo; contó, sumó, restó y volvió a restar para, al final, resolver entregarme a una familia de bien, con padre y madre, perro y gato, hasta un Gran Mercedes de esos que tienen más velocidades que frenos, de las que lucen ordenadas e impolutas en las fotografías de domingo y misa, convencida como estaba con su fe bien instruida de que eso era garantía suficiente. No sé de qué, y temo que ella tampoco lo supiera.

En definitiva, yo debía ir a parar a una de esas casas en las que no hacía falta imponer el silencio en las comidas y en donde nunca me faltaría de nada. Eso creía ella: todo saldría según lo planeado cuando encontrara a una pareja de recién casados —puestos a pedir, que fuesen jóvenes y, ya de paso, guapos, rubios, altos—. Cabeceando, imagino, se vio obligada a modificar expectativas.

Entre el hambre de los tiempos y lo impropio de saltarse el paso de una casa cuna, orfanato o iglesia, el asunto terminó siendo más complicado de lo que había anticipado. Pero, infatigable como era ella, tras observar a unos clientes que visitaban el taller de herrería del abuelo dio con la pista de un cabeza de familia adecuado en cuestión de semanas: no solo podría pagar al contado, sino que lo haría con generosidad. Aquella cualidad se impuso a las demás, justo cuando ya corrían rumores por el barrio sobre la desgracia de la familia, incluida mi supuesta muerte.

2

Don Manuel, mi abuelo, tardó dos días en prestarle atención a la cestilla de mimbre con la que había salido mi madre aquella mañana antes de darme a luz. La misma cestilla en la que un vecino me cargó de vuelta a casa con la resignación de los tiempos y sin dar muchas palabras. Tengo entendido que yo no lloraba. Por prudencia, supongo, después de la inconsciente osadía de haber nacido en tan mala hora. Me limité a observar a los presentes, con la nariz y los ojos asomando por encima de una raída chaquetilla de lana. Hubo sorpresa, preguntas, velas a la Virgen y muchas lágrimas adultas.

Mi abuelo reparó en mi presencia la segunda tarde. Había sido al llegar a casa tras un largo día en la fragua. Su socio acababa de sufrir un horrible accidente durante un trabajo de forja y había perdido la vista, por lo que don Manuel andaba abatido. Imagino que me miraría con recelo, curvando las comisuras de los labios bajo la barba blanca, sin saber muy bien quién o qué era yo, ni cómo hablarme. Cenó lo que mi abuela le había preparado, sin rechistar y sin dar las gracias, y se fue a la cama con el periódico del día bajo el brazo.

—Me retiro, que mañana trabajo.

Aunque el día siguiente era domingo y no madrugaba, qué más iba a hacer allí, se preguntaba. Del mismo modo que se lo preguntaba también mi abuela; ella que siempre tenía tantas cosas pendientes y se movía sin parar.

Al amanecer, tras el canto reiterado de un gallo viejo que repetía su folclore, don Manuel se despertó en la cama con mi boca de pececillo sin dientes pegada a la punta de su nariz. Debió de abrir los ojos hasta límites extraorbitales proyectando mil interrogantes. ¿Qué hacía ese diminuto pedazo de carne en su cara?

Seguramente, me habría dejado la abuela Dina a su lado para esquivar los males del frío en la alborada, pero él, con el ceño zurcido entre ensortijadas cejas blancas, se preguntaba: «¿Por qué me mordisqueará tan desesperada con las encías?».

Pues por hambre.

Pronto debió de entenderlo. Porque por primera vez me tomó en brazos. Mi cabeza cayó a plomo sobre su hombro. Él se apresuró a encajarla en el arco del cuello y debió de sentir que yo le daba un abrazo. No supo intuir que abriría la boca con mayor necesidad y muchas babas. Sospecho que, tras la sorpresa inicial, le haría gracia: cabeza minúscula, ojos grandes y una boca desquiciada por comer. Sin pensarlo demasiado, se dispuso a preparar una taza de leche caliente con sopitas de pan para mí.

Con su esposa desde temprano en el mercado, posiblemente concretando la entrega a otra familia de esa nieta que pasaría a mejor vida —una en el centro de Santiago, con nodriza, moisés de nobles telas y puntillas de macramé— mientras los rumores de muerte infantil crecían por doquier, el abuelo no sabía qué más hacer que calentar leche para ablandar migas de pan.

Y es curioso, porque eso era lo único que yo necesitaba. Bueno, no pan. Solo leche. Nada más que leche y un abrazo.

Falto de costumbre como él estaba para cualquier tarea dentro de la cocina, imagino el tiempo que le habría llevado encontrar un cazo y la lechera de aluminio que Otilia, la anciana que recorría varios kilómetros tras ordeñar las únicas dos vacas que le quedaban, les dejaba en la puerta cada mañana antes del amanecer. Lo hacía por «un algo más que la caridad», según decía. Esto le bastaba a mi abuela para referirse a ella como «*siña aquela*, la usurera». Todo por la dificultad de pagarle dos duros cada domingo con la consiguiente mengua de estima social que reverberaba en un correveidile hasta alcanzar la ciudad.

«¿Pobres nosotros? Qué despropósito. Y qué mentira. ¿Cuándo nos han faltado unos cachelos con unas coles o unos grelos? En la ciudad sí saben bien lo que es no tener nada que llevarse a la boca», decía, y agitaba la cabeza para alejar la terrible visión del hambre.

Mi abuelo, tras largos minutos trajinando en los fogones, al fin consiguió darme de comer. No resultará extraño saber que esbocé mi primera sonrisa. Sí, sonreí, justo después de beber de una tetina usada treinta años antes por otro pequeño ser: mi padre.

Así me lo contaron.

Aunque ese gesto no fuese más que el reflejo por tener la tripa llena, en mi rostro asomó una felicidad genuina que resultó ser un bálsamo para mi abuelo. Como un soplo de aire fresco al sacudir el polvo de una habitación que lleva tiempo cerrada.

Una sonrisa, la ilusión de volver a sentir cariño, la misma ilusión de esa pareja con la que había contactado mi abuela y que ansiaba una niña tras perder a su única hija. La misma sonrisa con la que mi abuelo se afanó en custodiar un cesto de mimbre día y noche para impedir que saliera de esa casa, y se encargó de que a Otilia, «*siña aquela*, la usurera», no le faltaran sus dineros al llegar cada domingo de cobro para que a mí nunca me faltase la leche.

Porque intuía que nada más iba a necesitar él para dar sentido a su existencia que tenerme cerca.

A partir de entonces, se plantó: jamás consentiría que mi abuela me sacara de aquella casa para convertirme en el miembro postizo de ninguna otra familia, por buena que fuese, porque yo ya tenía un lugar y ese lugar estaba allí, con él.

—Esta niña se quedará con nosotros —sentenció ante los ojos de sorpresa de la abuela, a quien le costó reconocer en el choque la fortaleza de su marido. Quizá por eso había seleccionado con cautela las palabras, midiendo hasta dónde podía estirar los argumentos.

—Y ¿qué haremos, Manolo? —replicó—. ¿La criamos nosotros? O acaso no ves que Félix no levanta cabeza desde la muerte de Cecilia... Entre la pena y el miedo que hay en esta casa, a ver cómo hacemos para alimentar otra boca.

—Saldremos adelante, Dina. Siempre se sale adelante. La niña no se irá a ninguna parte: eso no lo voy a permitir.

Y así fue como, siendo solo una recién llegada, con pocos días en mi haber, me reconcilié con la vida; una vida con un padre reducido a una sombra, una familia materna de la que no sabría nada durante muchos años —ni me atrevería a preguntar— y dos abuelos enredados en una lucha silenciosa por mi propio bien. Pero, en todo caso, una vida a la que faltaba una pieza; como si una pared tuviese una profunda grieta y, a través de ella, me asediara la incansable oscuridad.

3

Aprendí a celebrar la vida, a estar agradecida al cielo e incluso a sonreír a la lluvia; a crecer con la fortuna de un pequeño cuadrado de tierra detrás de casa. Un terreno en el que, según me contaron, solía haber una pocilga para criar un cochino, alrededor del cual una docena de gallinas picoteaban granos de maíz entre semillas extraviadas y briznas de hierba. Pero eso era antes de la guerra. Antes de que todo aquello que fuera comestible se requisase para alimentar el cuerpo y el ánimo de no pocos soldados.

Más tarde, sin cebón al que darle de comer para llenar con carne el arcón de la salmuera y así pasar el invierno, las gallinas fueron recluidas en un corral delimitado por una alambrada herrumbrosa, en donde mi abuela se negaba a meter un gallo al que mantener.

—¿Para qué? Yo quiero que me den huevos, no problemas con ese condenado gallo de por medio.

Mi abuelo no dijo nada más.

Conmigo ya en la casa y en sus vidas, ella supo aprovechar el pedazo de tierra que había quedado despejado para unirlo al terreno de un vecino convertido en fugitivo al que habían capturado después de muerto. Imagino que, por eso, el precio que hubo que pagar por la tierra fue más que ajustado a unos herederos que nunca más se atreverían a decir su nombre y apellido en voz alta.

—¿De dónde vamos a sacar nosotros el dinero para comprar nada a nadie? —preguntaba mi abuelo con la cartilla del banco en la mano.

—Tranquilo, que es una buena oportunidad —contestaba mi abuela.

—Vamos a ver, Secundina... —Él siempre recurría a su nombre completo para dejar claro el grado de severidad de su intervención—. ¿Acaso si estoy tranquilo nuestros números van a cambiar?

—Ya lo tengo todo arreglado.

Así la contestación. Y después se había encargado de poner un buen cierre delimitando la propiedad recién adquirida.

—¿Cuánto te han pedido por la huerta? —insistió el abuelo.

—Poco, poco, una miseria. Están necesitados.

—Pues como nosotros.

—Uy, no compares... —negó horrorizada—. Nosotros compramos y ellos venden. Nosotros ganamos y ellos pierden.

El asunto quedó zanjado.

Mi abuela empezó a cultivar un huerto que ya era más que un retal. Con él podía completar lo que crecía en la era. Allí ya solo se plantaban patatas a espuertas, y alguna alegría más habría que dar al caldo.

De esa forma, la huerta que yo vislumbraba tras la ventana del cuartito que ocupaba en lo más alto de la casa lucía con múltiples colores durante buena parte del año. Porque mi habitación, por llamarla de alguna forma, se encontraba en una especie de desván invisible a los ojos de los viandantes. A él solo se podía acceder mediante una escalera de madera que se colocaba cada noche a fin de que yo subiera cual ardilla para luego perderme en un hueco cubierto con paja en el techo de un galpón anejo a la arquitectura de la casa.

La estancia era agradable. La abuela demostraba con creces lo merecido de los elogios de las monjas en su breve etapa de escuela al exhibir cortinas, colchas y tapetes de ganchillo por toda superficie pulida a la vista. Algo que contrastaba con el desagradable olor de los desechos que desembocaban en el río a través de una tubería y que inundaban mis sueños de malolientes pesadillas.

El abuelo insistía en dar una solución a aquella peste que dificultaba la vida y el sueño, pero ella, sin contradecirlo, lo ignoraba.

—No se acercan ni las cabras de Clotilde cuando las saca a pastar —decía él.

—Ni ellas ni nadie —se jactaba la abuela—, para tranquilidad de mi cabeza.

Razón no le faltaba, ya que nuestra casa estaba en un entorno solitario. De hecho, no llegué a conocer a ningún otro niño en mi primera infancia. Solo advertía algunas voces de noche, voces de adultos que se perdían en la espesura del monte. A veces, en ellas descifraba gritos de mujer diciendo cosas como «¡por favor, no!» o «¡tengo hijos pequeños!». Otras, nada más oía el estruendo de un disparo.

Recuerdo que, en una ocasión, cuando estaba con la abuela pasando harina de maíz por una criba, el abuelo llegó a casa mucho antes de la hora de costumbre. Venía muy agitado.

—Cierra todo —pidió con urgencia.

Los abuelos tenían el poder de completar mensajes con solo mirarse a los ojos. Aquella vez no fue una excepción y supe que pasaba algo que revestía gravedad.

—¿Y Félix? —preguntó él mientras la abuela se apresuraba a cerrar la puerta, a arrimar contraventanas y a estirar cortinas. El objetivo, deduje, era no ser vistos desde una calle por la que rara vez pasaba alguien.

—Está a buen recaudo —contestó ella.

El abuelo respiró algo más tranquilo, pero a mí me mandaron al fayado, a mi cuarto, en donde colocaron como cada noche un candado al otro lado de aquella especie de escotilla que hacía las veces de puerta. No entendí nada y obedecí con las tripas rugiendo por no haber tenido ocasión de cenar. Me quedé pegada a la madera, confiando en que fueran infundados sus temores, hasta que los oí hablar.

—Estaban buscando a Fandiño, el anarquista —dijo el abuelo.

—¿Otra vez? —quiso saber la abuela—. Ya van dos veces esta semana.

—Pero hoy se llevaron a sus hermanas.

—Qué más les van a hacer. Si el otro día ya les raparon la cabeza que da dolor mirarlas.

—Creo que se las llevaban para ahí atrás, al monte Pedroso...

—Que Dios se apiade de ellas —rogó la abuela, e imaginé que se estaría santiguando—. Sofía no puede salir. Es peligroso. Hoy buscan a un anarquista, mañana a un familiar y pasado a saber si a una niña o a cabezas de ganado.

Por palabras como aquellas, yo temblaba de miedo en esa oscuridad en la que debía controlar el impulso de encender una vela. Me limitaba a cerrar los ojos y rascar palotes con una piedra afilada en la pared, justo a ras del suelo, para llevar la cuenta del terror, tiros de gracia incluidos, ante la imposibilidad de abandonar mi encierro.

La abuela era tajante:

—Nada de luces ni ruidos, Sofía. De noche no existes.

Yo la miraba sin entender, buscando sin suerte a mi padre, quien nunca estaba cerca para ofrecer respuestas a mis preguntas, ni mucho menos preguntas a las respuestas de mi abuela. Y era entonces cuando ella añadía:

—No querrás que vengan a por ti.

—¿A por mí por qué?

—Hay mucho odio ahí fuera. Mucho, *neniña*.

—Pero... ¿quién vendría a por mí, abuela? —pregunté una vez temblando.

—El hombre del saco.

4

Después de aquella contestación, no volví a cuestionar si podía salir de mi cuartito de noche, no fuera a encerrarme la abuela también de día, con lo que me gustaba enredarme a sus pies en la huerta mientras ella se afanaba en arar la tierra a mano, con pequeñas pausas en las que estiraba la espalda.

También me deleitaba al oler las tomateras, disfrutaba aspirando aquel aroma hasta que las aletas de la nariz se me pegaban al tabique y me hacían estornudar. Era como si la vida entera, mi vida, por pequeña que fuera en el tiempo, pareciese inmensa en el universo por un segundo.

Me movía de un lado a otro fingiendo lo importante de mi contribución, imprescindible, diría, para mi abuela y cuanto estuviera plantando, cultivando, cuidando. Porque la tierra necesita muchos cuidados, como las personas, sobre todo frente al paso de las tormentas, las inundaciones y los incendios.

Yo me escondía de ella entre los surcos de tierra donde crecían hermosas matas de judías; lo hacía para comer furtivamente las vainas crudas de los guisantes. ¿Que si me gustaban? Las mordisqueaba y saboreaba a placer antes de escupir las hebras secas hechas una bola de palillos tiesos.

No estoy segura, creo que nunca lo estaré, de si ella me veía o fingía no verme, pues por momentos movía la cabeza con desaprobación. Aunque también podría ser por el lumbago que se había acostumbrado a ignorar, como también ignoraba algunos pensamientos, con toda probabilidad cargados de inculpaciones y demás remordimientos.

Fue en ese mismo lugar en donde, una tarde, el sol desapareció tras espesas nubes. Lancé una mirada hacia el alto rocoso que delimitaba la huerta. Allí la maleza crecía salvaje sin que a nadie pareciera importarle, como si lo infranqueable de aquel muro tejido con zarzas y tojos a los que nunca había visto asomar una flor tuviese un punto conveniente.

Sin dejar de masticar una bola de vainas, afiné la vista para concentrarme en lo que estaba desapareciendo ante mí. Pesada y densa, la niebla descendía desde lo alto del monte Pedroso para devorar el otoño que coloreaba la huerta.

Recuerdo que todo se volvió gris, ya no diferenciaba la tierra del cielo. Después, negro. Negrísimo, a través de mis ojos cubiertos de lágrimas. Me asomé a un abismo sin ninguna posibilidad de gritar. Eso era, eso empecé a padecer: un infierno. Las hebras secas se atoraron en mi garganta y descendí a la tierra inhóspita de los ahogados; no podía respirar: el aire, incapaz de entrar en mis pulmones, no auxiliaba mis temores.

Las brumas se desplegaron hasta engullirme. Nada, no veía nada más que el negro monstruoso de mil posibilidades, todas estremecedoras. Sentí que me elevaba del suelo con violencia para ver el mundo boca abajo. Un golpe, dos, tres. Palmadas sobre mi espalda al tiempo que me balanceaba, imagino que con la cara ya morada. Apenas podía parpadear con la vista al frente en aquel mundo del revés.

Un mundo donde la silueta de una niña se acercaba hacia mí. «¿De dónde ha salido?», me pregunté en el único segundo de descuido que me asaltó mientras luchaba por mi vida. La niña, sin más ropas que un camisón blanco, sucio y andrajoso, avanzaba descalza sin tocar el suelo; ¿cómo era posible? Mi corazón golpeaba con fuerza.

¿Sería la niña del saco? ¿La hija del hombre del saco?

En ese instante creí morir, ya no solo por el atragantamiento, sino del susto que me provocó aquella visión. Y ella me miraba, no dejaba de clavar sus ojos aturdidos de curiosidad y extrañeza en mi rostro. Parecía una niña como yo, pero ¿qué era?

Gracias al último golpe que me dio el abuelo en la espalda tosí con todas mis fuerzas hasta liberarme del bolo de vainas que condenaba mi vida.

La madeja de hebras salió rodando y yo recuperé el color bajo la lluvia. Cuando abracé a mi abuelo salvador, dejó de llover y las nubes volvieron a ser blancas.

Después de eso ya solo quise comer los guisantes cocinados por mi abuela con algo de cebolla y, si acaso los días de fiesta, acompañados también de un poquito de panceta o de chicharrones. Creía que así la oscuridad no podría encontrarme, que ya no volvería a pasar miedo.

Tremendo error.

5

Cada día, al declinar la luz del sol, lloviese o hiciese calor, mi abuela encendía una vela a Nuestra Señora de las Angustias para rezar a sus pies, a veces, incluso, de rodillas.

—Párate aquí —decía, y palmeaba el aire para indicarme que me pusiese a su lado.

Yo obedecía. Hincaba la mirada y la piel sobre la baldosa y disponía las manos bien juntas y piadosas. Entonces ella colocaba a su alrededor, pasando por el arco de los pulgares, un rosario.

—Da gracias por lo que tenemos, Sofía. Recuerda siempre a quien no puede llevarse nada a la boca y, sobre todo, a quien ha perdido las ganas de comer.

Yo me arrimaba a sus faldas, siempre largas, oscuras y pesadas, para sumar mi agradecimiento por la vida a tenor de mi encuentro con la muerte. ¿Quién era aquella niña que había acudido al limbo de mi existencia? ¿Un vivo, un muerto, una alucinación?

Con el pasar del tiempo mi pensamiento aprendió a protegerse de aquel mal recuerdo con visos de obsesión en el que una niña se integraba en el campo del sueño que sucedía a la oración. De ahí mi absoluta veneración a la Virgen, pese a no saber muy bien cómo rezarle, pero teniendo claro que debía ser de corazón, justo a las ocho en punto.

—¿Por qué no a las siete o a las nueve? —pregunté en más de una ocasión.

—Porque así tiene que ser —contestaba mi abuela al tiempo que me miraba sin decir: «Esta rapaza todo lo quiere saber y ¿será posible que no entienda nada?».

Me viene a la memoria mi imagen de niña curiosa cogiendo aire y, una vez más, quedando con la duda en la boca: ¿existiría alguna relación entre esa hora, los hombres de gesto serio que llamaban a la puerta y los rezos de mi abuela?

—Y punto —remataba ella.

Siendo poco más alta que una tomatera a mediados de la primavera, con apenas un puñadito de años de vida y toneladas de curiosidad, mi padre me había enseñado que los puntos dan fuerza y sentido a las palabras que los preceden. Ninguna duda cabe de que mi abuela sabía darles fuerza, pero olvidaba el sentido al que amarrarlas. Creo que por eso las palabras me han acompañado siempre como globos que flotan sin posibilidad de echar raíces, de crecer fuertes, de ofrecer cobijo.

También mi padre, el guardián de los libros, seguía a rajatabla las instrucciones de la abuela Dina y aceptaba el juego de silencios y sombras a la hora de los rezos. Qué importante saber cuándo no hablar...; tanto como aprender el significado de las palabras.

—Venga, a lavarte antes de cenar —me insistía ella—. ¿O piensas coger el pan de Nuestro Señor con esas pezuñas?

Sin darme tiempo para bajar la vista a mis manos, un reloj antiguo atronaba con su péndulo de latón dorado. En la pared, los ojos buscaban al responsable de recordar que eran las ocho en punto de un día más y de un día menos. Tan relativo el tiempo para el prófugo que es también eterno prisionero.

Las campanadas resonaban en la oscuridad de la noche, sin más luz que la llama de una vela blanca, mientras mi abuela murmuraba letanías, con solemnidad y sin lágrimas.

—La fe no hace llorar.

Eso decía ella y, sin embargo, de qué forma lloraba con su perpetua despedida en cada visita al cementerio. Lágrimas que, por supuesto, yo fingía no ver, porque mi abuela era una mujer de fe.

Fue por eso por lo que se santiguó después de matar de un golpe seco en la nuca a la madre de Dindón. Algo rápido, no para evitarle sufrimiento al animal, sino para no regalarle ni un segundo más de vida, porque no se lo merecía.

La coneja había devorado a sus hijos; una camada de seis crías, de entre las cuales el único superviviente era Dindón. Quizá su salvación se había debido al hecho de llegar al mundo con una oreja marrón y más larga que la otra, que era blanca.

Se convirtió en mi mejor amigo, mi compañero de infancia, de aventuras y desvelos, desde el mismo momento en que me miró a los ojos. Lo alimenté con el gotero de una medicina que había estado tomando el abuelo para ese reuma que tanto acusaba en invierno.

Nuestro vínculo llegó a ser tal que, cuando yo rezaba, también lo hacía por la suerte de perdedor de Dindón. Juntaba las manos y me arrodillaba ante Nuestra Señora de las Angustias, porque si de algo estaba segura era de que él merecía vivir.

¿Algún día conocería el espeluznante hecho de que su madre se había comido a sus hermanos? ¿Acaso esa verdad arrojaría paz a su existencia? Pero ¿cuánta verdad puede tolerar la realidad para ser feliz?

Me formulaba preguntas de ese estilo, o parecidas, muy a menudo mientras acariciaba su cabecita despacio para no asustarlo. Lo hacía hasta que él alcanzaba la paz del descanso y se dormía sobre un lecho de papel de periódico. Las noticias que había estrujado con mis manos para que el conejo hiciera sus necesidades eran estremecedoras; por suerte

Dindón no sabía leer. ¿Quién querría dormir sobre el testimonio de un prisionero en el campo de exterminio de Mauthausen? ¿Quién conquistaría un sueño reparador con las promesas de un tal Truman? ¿Quién podría descansar encima de tanto horror? Como si no tuviéramos bastante con las conejas con complejo de Saturno que engullían a sus hijos, ni con el miedo en la calle.

Dindón, precisamente, recibió su nombre por el miedo que le suscitaban las campanadas del reloj. Sin más noción del tiempo que aquel rotundo estruendo, el gazapo abría mucho los ojos y salía corriendo.

Recuerdo la primera vez que lo vi derrapar con sus uñitas en la baldosa al coger una curva; me había hecho reír, a mí, que no me reía por nada. Justo por eso había decidido llamarlo de aquel modo, Dindón, porque un mismo sonido, o la misma palabra, posee el poder para asustar o para despertar ternura, y yo quería que al menos uno en aquella casa no tuviese miedo.

Y es que cuando el reloj sacudía el silencio de nuestras cuatro paredes con su rítmico dindón, dindón, mi padre se ponía igual de nervioso que el conejo, como si temiese que le llegara la hora; una hora indeterminada que colgaba inexorable de aquel péndulo al caer la noche. Fueron muchas las ocasiones en las que los nudillos de hombres con gabardinas y sombreros llamaban a la puerta preguntando por un nombre, un mote o un apellido y, aun sin levantar la voz, golpeaban el aire con autoridad.

En esta atmósfera de tensión resultaba entendible que tanto mi padre como el pobre Dindón sintieran la necesidad de huir ante el mero sonido de las campanadas.

Pese a que yo no alcanzaba a comprender la profundidad del peligro que traía consigo el reloj, ya empezaba a percibir las primeras notas del miedo en el ambiente y, con mis párpados medio vencidos, me acurrucaba al lado del conejo para protegerlo. Así los dos despistábamos a la oscuridad que acecha el último pensamiento del día, el que abre la puerta a la soledad, a los muertos y sus fantasmas, y al hombre del saco.

6

Gracias a mi padre empecé a leer pronto, antes incluso que los niños que iban a la escuela, justo cuando la fantasía burbujeaba sin forma en mi cabeza. Tiempo atrás, desde mi etapa en el cestito de mimbre, él ya acercaba a mi imaginación mil historias para forjar mi espíritu con algo más que velas, vestidos blancos, charol en los zapatos y el bisbiseo encadenado de los rezos. Al caer la noche, después de las ocho campanadas y antes de subir al fayado a dormir, él solía permanecer junto a mí en uno de los pocos ratos que pasábamos juntos. Por eso, cuando empezaba a leerme en voz baja algún libro de gran calado, quizá las *Meditaciones* de Marco Aurelio o puede que *Alicia en el país de las maravillas* de Lewis Carroll, yo escuchaba atenta y entusiasmada el tono suave que él empleaba para que las palabras se prendiesen de alguna forma a mi cabeza, a mi modo de ser, al recuerdo de lo imperecedero que nos abraza y nos da la mano cuando no hay nada más a lo que agarrarse alrededor.

No tardó en percatarse de que me fascinaban los libros de aventuras y valerosos héroes, y que soñaba con grandes peripecias y emocionantes misiones en las que yo era la indiscutible protagonista. Sí, mi padre lo sabía, por eso se esforzaba en cultivar esa versión de mí que me hacía sentir tan fuerte.

Cada día él veía un poco menos, por lo que leía más despacio y pensaba con mucha más profundidad. Aparecía de la nada, tras lanzar un avión de papel en dirección a mis manos. Una señal que advertía de su presencia y que despertaba en mí una emoción que a duras penas podía contener con los labios bien apretados.

—¿Lista para una nueva historia? —se presentaba dejando la magia suspendida en el aire.

Me giraba y lo veía, siempre con su pequeña biblioteca ambulante a cuestas.

—¿Y tú, Dindón? —añadía mirando al conejo, que parecía esperar la alusión con las orejas bien dispuestas.

Qué facilidad la de mi padre para modular el tono de la voz y generar expectación, con sus pausas dramáticas y grandes dosis de épica incluidas. Describía cada detalle con tal precisión que en mi cabeza se proyectaban paisajes de fantasía, cielos de colores imposibles, bosques encantados, islas misteriosas, villanos y bucaneros, héroes y heroínas. No había princesas en torres, ni reyes de omnipotentes cetros, mucho menos príncipes de superficial encanto. No, nada de eso, solo una importante misión que cumplir.

Así me contó la historia de un herrero, como era el abuelo, que había defendido a su pueblo frente a unos malvados invasores que querían convertirlo en esclavo, o la aventura de una joven que soñaba con pisar la Luna y al alcanzarla se enamoraba de los colores de la Tierra que durante largos años había ignorado.

Aunque las mejores misiones venían de la mano de una niña peregrina que hacía el Camino de Santiago con su conejo de suave pelaje y cuerpo color del trigo. «¡Como Dindón!», exclamaba yo, al tiempo que el animalito erguía la cabeza con sus orejas tiesas y temblorosas por el esfuerzo.

Así, como un equipo invencible, esa extraña pareja que componíamos, natural de una isla muy verde, cruzaba el mundo y sus oscuros abismos con el fin de derrotar a espantosos monstruos de la noche que perseguían a los niños en las pesadillas.

Era al llegar al final de la historia —siempre dulce y sorprendente, en la que los buenos ganaban, los niños no lloraban más que de felicidad, los padres se abrazaban y el sol brillaba en lo alto de un cielo que nunca más volvería a ser gris— cuando yo sonreía entusiasmada buscando la complicidad de Dindón, como si tratase de decirle: «¡Otra misión cumplida, compañero!».

En ese punto, mi padre, satisfecho, me preguntaba cómo había ido mi día.

—¿Muchas aventuras?

Entonces, yo, con la cabeza chispeando, sentía que era mi momento para lucirme y dar rienda suelta a la fantasía que, con el transcurso de los años, había tomado cuerpo en mil historias. No le contaba de mis quehaceres diarios ni le enumeraba las veces que la abuela me había regañado, con alusiones a la zapatilla incluidas, por no hablar de la escoba de *xestas* que usaba para despejar de hojas y tierra la entrada de casa y a la que sabía sacar también partido para despejar de pájaros mi cabeza; no, nada de eso, porque aquella era la gran oportunidad que esperaba durante todo el día para hacerle partícipe de alguno de los viajes proyectados por mi imaginación.

—Hoy ha sido un día increíble —empezaba a contar entusiasmada para generar la misma expectación que minutos antes él me regalaba—. No adivinarías nunca lo que nos ha pasado a Dindón y a mí... —Hacía mi pausa dramática y añadía con gesto de gran revelación—: ¿Crees en los superpoderes?

Él negaba exagerando la sorpresa.

—Pues desde hoy vas a creer —acertaba a decir antes de dar comienzo a una historia vibrante.

Con esos mimbres, yo no ayudaba a cocinar el puchero a la

abuela, sino que preparaba pócimas secretas que nos darían superpoderes a todos; tampoco fregaba suelos, más bien era la encargada de encontrar una baldosa suelta que conduciría a un pasadizo, y este, a su vez, a un mundo de extrañas criaturas y cascadas de agua cristalina en donde yo podía volar, divisar el ancho mundo desde el aire.

En alguna de esas misiones yo era la protagonista, algo que no parecía agradar demasiado a Dindón. Saltaba de mi regazo al suelo, a veces, incluso, tras dejarme un par de perdigones color chocolate encima de las piernas mientras se alejaba sacudiendo el pompón de su colita.

Tal era mi emoción que aquel que se hacía llamar «guardián de libros» me incitaba a incrementar con fervor la tensión del argumento.

—Y, entonces, ¿qué pasó? ¿Qué pasó después? —Sus ojos expectantes alentaban mi narración.

—Que ella apareció en el horizonte con el sol brillando a su espalda.

—¿Y el conejo? —preguntaba mi padre con una mirada suspicaz a Dindón.

—El conejo estaba a su lado, claro —me corregía yo—, con los ojos relucientes de venganza.

—¿Y luego qué pasó, qué pasó? —insistía él a punto de levantarse de la silla.

—Que la niña hizo justicia —sentenciaba yo con un gesto sereno e impostado.

—¡Heroína! —exclamaba él al ponerse en pie para alzarme en brazos—. ¡Héroes! —repetía mirando también a Dindón.

Entonces yo me ponía de pie frente a él, frente a los ojos diminutos que, al final de un túnel, mostraban los gruesos cristales de sus gafas. Allí, lejano y más cerca que nunca, lo veía sonreír, algo tenue, apenas un hilillo entre dos pellizcos, pero de qué forma hacía estallar mi mundo de felicidad. Porque no hay mayor felicidad que vislumbrar alegría en el rostro de las personas a quienes queremos incondicionalmente, sobre todo cuando ellas no encuentran la forma de demostrarnos lo mismo por temor a parecer débiles.

7

En una ocasión, inspirada por esas historias de valentía que a menudo intercambiaba con mi padre, cogí la bicicleta que el abuelo había arreglado para mí. La había rescatado de la basura tras haber sido desechada por algún señorito de la ciudad; tenía el manillar desviado, media docena de radios sueltos y le faltaba un pedal.

Cuando me la entregó, quise actuar como me había enseñado la abuela: sin hacer tonterías o exclamaciones ni dar saltos de alegría. Pero no lo conseguí. De un brinco me aferré a su cuello como un chimpancé en lo más alto de un árbol.

—Gracias, abuelo —le susurré en el oído, y sentí la fuerza de su abrazo.

—Gracias a ti, Sofía.

La calidez de aquellas palabras me animó a darle un sonoro beso en la mejilla que él recibió con una sonrisa.

—Ahora ve a probarla —dijo mientras me dejaba en el suelo, aunque los dos tuviésemos la sensación de estar flotando.

Asentí y salí corriendo a buscar un cesto que acoplar al frente de mi nueva bicicleta para que me pudiese acompañar Dindón.

Fue al verlo a él, con la boca llena de cereales usurpados a las gallinas, cuando consentí dar rienda suelta a la emoción del momento. Recuerdo apachurrarlo de tal forma que aún no entiendo cómo no saltó de mis brazos para huir bien lejos por una larga temporada.

Esa mañana, pues, alrededor del mediodía y con un cielo gris sobre nuestras cabezas, cogí mi bicicleta con Dindón bien pertrechado en su cesto para emprender una misión. El camino delante de casa no estaba asfaltado. Una imponente pendiente descendía hasta un puente romano que nadie se había preocupado de proteger del tiempo, ni por su valor material ni mucho menos por el inmaterial valor de los niños y los conejos.

Nadie velaba por mi trayectoria. Las nubes cerraban filas, contenidas, hasta el momento de sembrar un vendaval de agua limpia.

Nos lanzábamos a la aventura en busca de un anillo de poder u otra joya salvadora cuando la bicicleta arrancó cuesta abajo y sin frenos. Miramos los dos al frente. Pedaleé con fuerza y después permití que la inercia nos arrastrara a nuestro destino, el de los héroes y a la vez malditos, porque estábamos condenados a caer desde aquel puente.

Pese a que la altura no era excesiva, apenas tres metros hasta el agua, la suerte tenía reservado un aciago plan para nosotros. Justo en el lateral por el que perdí el control de la bicicleta desembocaba una tubería de hormigón. Una gran boca de ásperos contornos que esperaba el momento del impacto para mordernos a traición.

Recuerdo dejar atrás la casa, ver pasar a toda velocidad los árboles cuyas raíces bebían del río y oír el ladrido de los perros tan pulgosos como hambrientos de un vecino que llevaba tiempo desaparecido. La fría humedad de las nubes quemaba en los pulmones. Desprevenida ante el peligro y con las ruedas volando sin resistencia, vi el rostro de aquella niña. Esa niña otra vez... Tuve miedo al advertir dos negras sombras bajo sus párpados y un camisón blanco cubriendo un cuerpo esquelético que me esperaba en la corriente turbia del agua.

Un grito se encasquilló en mi garganta, negándonos toda posibilidad de auxilio. En ese limbo, quizá nada más que la fracción de un parpadeo, debí de golpearme en la cabeza contra el tubo, porque el mundo se apagó.

Inmóvil y con la cara en el río, comencé a tragar agua, a ahogarme, a morir. Me pregunto cuál sería mi último pensamiento consciente y algo me dice que tendría que ver con esa inquietante niña de ojos negros. Quizá transcurriesen diez segundos, veinte, o dos minutos. No lo sé y no creo que vaya a saberlo nunca. Sin embargo, no guardo dudas de que hacía mucho frío, olía mal y en ningún momento sentí estar sola.

Un viento extrañamente cálido se levantó cuando un brazo me sacó del agua con cuatro greñas pegadas a una cara macilenta.

Como tantas veces había hecho al pescar en un remanso de otro río, el abuelo me sacudió como a un pez escurridizo antes de tumbarme boca arriba sobre el lodo que cubría la ribera. Después, sin arremangarse siquiera, me practicó un masaje en el pecho que había aprendido de su tiempo en la Marina, mucho antes de la guerra.

Han pasado años y no deja de sorprenderme la agilidad con la que debió de saltar desde la ventana de la cocina, urgido por la necesidad de socorrerme. Sobre todo teniendo en cuenta que pocas semanas atrás le habían descubierto unos latidos irregulares en la fortaleza de su corazón, que mi abuela recibió con más horas de misa y muchas más velas ante Nuestra Señora de las Angustias. Difícil saber qué preguntaba o pedía, pues en aquel entonces escondía la cara y los rezos en un pañuelito de tela que lavaba cada noche, religiosamente, junto a su fe cristiana.

Abrí los ojos con miedo. Supongo que por desconocer en un primer parpadeo si estaba de vuelta o si me encontraba todavía en el viaje de ida a ese incierto lugar.

Prisionera de la angustia, lancé miradas en todas las direcciones buscando algo o, más bien, a alguien. ¿Dónde estaba esa niña? No era la primera vez que la veía. Pese a mis esfuerzos, no había conseguido eliminar del todo su imagen de mi recuerdo; su figura acercándose a mí aquella otra vez en que había estado a punto de morir, ahogada por culpa de unas vainas de guisante.

¿Quién era? ¿Existía realmente?

—¡La niña, abuelo! —grité con cierto grado de desesperación.

—Respira, Sofía, respira —me pidió—. Te has golpeado muy fuerte en la cabeza.

—Había una niña en el agua..., yo la vi —aseguré tratando de levantarme del suelo con poco éxito.

Él arqueó una ceja antes de responder.

—Solo estabais tú y ese bichejo peludo —dijo señalando a Dindón, que temblaba de frío y susto a partes iguales.

Extendí una mano hacia mi inseparable amigo y él no dudó en saltar a mi encuentro. Con ese movimiento fui consciente del horrible mareo que me impedía caminar.

Entré sostenida en brazos en el interior de la casa. Allí, la abuela, una vez que comprobó que yo respiraba y tenía los ojos abiertos, precipitó un rosario de reprimendas hacia mi persona, sin escatimar algunas amenazas que incluían desde encerrarme en el gallinero hasta atarme a la pata de una mesa o llevarme a la inclusa. Todo con tal de mermar y corregir esas ansias mías de trasnochada aventura. Algún reproche recayó también sobre la figura de mi padre, que se había librado por esas largas jornadas en las que se movía sin descanso de un lado a otro de la ciudad para llevar y traer libros, pero, según repetía Dina, ni una mísera peseta.

Pese al silencio inicial de mi abuelo, yo sabía que él censuraba aquella alusión a mi padre. Y, en efecto, con un leve movimiento de cabeza al fin salió en su defensa:

—Diniña, bien sabes que Félix no puede hacer más.

La abuela pareció escucharle, porque, aunque no añadió

nada, en sus ojos pude apreciar que se retractaba antes de salir de la cocina con una olla en las manos.

Yo me limité a seguirla hasta el baño.

—Espero que hayas aprendido la lección —recalcó mientras vertía el agua caliente en un balde para que me aseara—. ¿Te das cuenta de que casi no sobrevives? La vida no da segundas oportunidades a nadie, Sofía. Muchos no tienen ni la primera. ¿Entiendes lo que digo?

Asentí con la vista en el suelo sin poder borrar la imagen de aquella niña que se me había clavado en la mente. Para más inri seguía medio mareada, por lo que no me atreví a decir ni una sola palabra.

Mi abuela cerró tras de sí la puerta del baño llevando en una mano mi ropa mojada con un gesto ceñudo.

Aquella endiablada puerta tenía el pestillo flojo, por lo que acostumbraba a abrirse en los momentos menos oportunos. Curiosamente, en esa ocasión no resultó para nada inoportuno.

De no haber sido por aquella ranura, las palabras de mi abuelo no me habrían alcanzado. Continuaría creyendo en mi exceso de imaginación, quizá incluso en una incipiente locura...

—¿Cómo es que te enteraste de que Sofía se había caído —comenzó preguntando la abuela— si vi que dormías a pierna suelta en el sillón?

—No sé, no sé...

Un chasquido de la lengua escenificó dudas por las que él evitó explicar nada.

—¿Qué ocultas, Manolo? —insistió ella.

Un silencio alargó la espera tanto para mí como para la abuela.

—A ver, *home, fala xa!* —claudicó su paciencia.

—Me lo dijo ella... —confesó el abuelo al fin.

—Ella, ¿quién?

—Ella, la otra...

—¿Cómo que la otra? ¿La otra qué?

—La otra niña.

Mi abuela enmudeció. Yo aguanté la respiración con los ojos muy abiertos y medio cuerpo sumergido en agua caliente.

—Juro que era ella, Dina.

—¿Dónde, cómo...?

—Se me apareció en el sueño para advertirme que Sofía corría peligro.

—Pero...

—Me dijo: «Sálvala, por favor..., en el río, ve al río...».

8

Con el paso del tiempo, mi entusiasmo infantil y las dosis de olvido necesarias me permitieron avanzar frente a aquellas experiencias a las que no encontraba una explicación plausible. Cada mañana me entretenía en la huerta con otra de las actividades que me encantaban: dar de comer a las gallinas. Puede no parecer gran cosa, pero me hacía sentir grande y poderosa meterme en aquellos escasos cuatro metros cuadrados mientras llevaba un cuenco de maíz.

Dentro del corral me movía como un pequeño gigante. Creo que así me percibían en aquel universo a ras del suelo ellas, que tenían alas y, sin embargo, esperaban con los picos abiertos a que lanzara puñaditos de comida.

Desde una prudente distancia, la abuela me observaba apoyada en el mango de una azada, evitando decir nada y diciéndolo todo con ojos de hastío. Después, deslizaba algún comentario como: «El mal de todo reparto está en quien da sin saber lo que cuesta ganar el maíz. Como en quien pide y recibe con la misma ignorancia a cuestas». Eso decía con dolor de lumbago y sin necesidad de tumbarse un rato.

Así, en un movimiento poco controlado por mi parte y para suerte de las que se encontraban más cerca de mis pies, el grano y la harina acababan por llenar siempre a las mismas.

Al principio me asustaba verlas a mi alrededor entre agitación de alas y patas que sobrevolaban cabezas como si el suelo quemara. Aunque poco a poco lo fui entendiendo, porque son muchas las veces que el suelo quema, y, por suerte, me acostumbré a eso como a tantas otras cosas. Me movía entre la sacudida de sus plumas con disposición. *Disposición*, una palabra que le encantaba a mi abuela, o debía de encantarle, porque me la repetía hasta la saciedad.

—Venga, venga, alegría y disposición, que te va a coger la noche.

Y yo, pese a no tener reloj, ni temer más que a las ocho campanadas de aquella máquina de tiempo demasiado valiosa para una casa como la nuestra —demasiado ruidosa también para nuestro silencio—, pensaba: «¿La noche? Pero si son las nueve de la mañana».

Un día, mi abuelo trajo media docena de pollitos amarillos y, además, un gallo que le habían dejado casi regalado «por medio duro». Mi abuela hizo un gesto curtido de verdades a medias, lanzó una mirada al animal y no dijo nada. Na-da.

Expectantes, mis ojos buscaron las palabras que ninguno acababa de pronunciar, pero en las que yo supe escuchar alto y claro un desafío difícil de explicar.

¿Cómo imaginar que el susodicho asunto acabaría por afectarme?

Fue una tarde, a primera hora: salí a jugar al huerto y, sin permiso de nadie, me metí en el gallinero para regalar unas caricias a los pollitos. Los veía pequeños e indefensos y solo pensaba en cuidarlos. Entonces apareció el gallo bravucón. No era la primera vez. La diferencia fue que, en esa ocasión, en lugar de retirarme inmediatamente, yo había detectado algo en el suelo y sentía el impulso de acercarme a verlo. Parecía una argolla de metal herrumbrosa anclada al pavimento que la hierba seca recubría. Di un par de pasos y, sin atreverme a bajar la mano, con un pie dibujé los confines de lo que a todas luces parecía una portezuela. ¿Una puerta que se ocultaba en la tierra de un humilde gallinero?

El gallo se plantó ante mí, alardeando de plumas y movimiento de la cola para negarme el paso. Hice señas con ambos brazos para que se apartara, pero me amenazó con sus ojos bajo una cresta con el color del fuego.

Aunque sigo sospechando que ni siquiera me veía con nitidez y tampoco estoy muy segura de que realmente quisiera atacarme, puedo confirmar que eso fue justo lo que hizo. Me vio, bajó la cabeza, me enfiló y vino a por mí. Yo lancé el puñadito de granos de maíz que llevaba en la mano hacia algún lugar del corral.

Lejos de detenerse, el ave corrió y me clavó el pico en el centro de la rodilla hasta hacerme gritar. Salí huyendo. No vi a nadie en la puerta de la casa ni en el corredor hasta que alcancé la cocina. Mi abuela preparaba algo, quizá la cena, un caldo, croquetas...; el caso es que yo hice todo lo habido y por haber para captar su atención mientras sus ojos se posaban en el hilo de sangre que bajaba por mi pierna hasta la zapatilla blanca que llevaba puesta.

Entre mis aspavientos y mi exageración, ella, sin decir una palabra, cruzó la puerta hacia la huerta. Quise seguirla, pero me asustó el gesto que llevaba. Esperé un instante y al traspasar el umbral, con las manos todavía en las jambas, la vi salir del gallinero con el filo de un hacha chorreando sangre en una mano, gota a gota en un reguero de muerte fresca, mientras en la otra el gallo colgaba por las dos patas a falta de la cabeza. Así su fin. Así la forma en que aprendí a medir el impacto de las palabras y sus exageraciones.

Sin gallo, ya solo con sangre, y más sangre que faltaba por llegar, la extraña portezuela continuaría cerrada en el suelo del corral, hasta ese día que tanto me cuesta recordar.

9

Fue el 31 de octubre de 1949, el día que desemboca en la noche de los muertos. Yo acababa de cumplir diez años. Recuerdo ver calabazas en la entrada de casa, junto a la escalera, sobre un saco de deshilachada y sucia tela arpillera, bajo un sol que declinaba lentamente en un cielo de colores dispersos.

—Buena cosecha —repetía mi abuela cada vez que pasaba por delante—. Tenemos gran parte del año apañado.

Yo sonreía al verla, pese a sentir por dentro cómo se revolvía mi estómago solo de pensar en la cantidad de calabaza que tendría que comer hasta bien entrado el invierno. Hubiera querido darle una patada a cualquiera de esos enormes melones naranjas, si no fuera porque le tenía más miedo al hambre que al hartazgo.

Debía de llevar dos horas en la huerta trepando a lo alto del olivo encargado de dar sombra al corral, o lo que era lo mismo, en la más importante de las misiones, cuando el cielo, ajeno a mis deseos de conquista, comenzó a oscurecerse.

La cabeza de mi abuela asomó por una ventana y, sin necesidad de pronunciar ni una palabra, por la forma en que sus ojos me miraban, tuve muy claro que era hora de entrar en casa.

Resoplé y bajé la vista desde la rama en la que llevaba un buen rato deliberando sobre la mejor forma de continuar escalando hasta las nubes, cada minuto más negras. Me preparé para lanzarme de un salto sin lastimarme, tal y como, tiempo atrás, me había enseñado mi padre. Entonces reparé en su ausencia. Resultaba extraño que no hubiese aparecido todavía por casa.

Salvo contadas excepciones, mi padre acostumbraba a llegar cuando se encendían las velas a la Virgen, a las ocho en punto, como dictaba la abuela, sobre todo en la noche de muertos. Por los difuntos, por supuesto, pero también por las castañas asadas, suponía mi inocencia infantil.

En aquellas cavilaciones andaba cuando, desde el fortín en aquel árbol de extraordinaria altura, pude ver cómo una columna blanca escalaba posiciones hacia el cielo impulsada por crestas de fuego. Imaginé que se trataría de un incendio, demasiado habituales al vivir en la falda de un monte cubierto de pinos y eucaliptos. Pero en esa ocasión el incendio parecía provenir de más abajo, de la ciudad de Santiago. Dudé un segundo y al siguiente levanté los hombros y miré de nuevo hacia nuestra casa. En ella descubrí cómo el humo de la chimenea se perdía rizado también entre las mismas nubes negras. Me pregunté si en verdad tendrían poder para acunar a los vivos y despertar a los muertos.

Cerré los ojos y me deleité con el olor a leña y a hogar. También a deliciosas castañas. Lo recuerdo y sé bien que una sonrisa se dibujó en mi rostro. Sonrisa que duró poco, muy poco. Se borró de un plumazo con lo que sucedió a continuación.

Oí el leve chirriar de unas bisagras. Sobresaltada, rodeé con mis brazos la rama del olivo y me quedé quieta, como un animal temeroso de caer en la boca de un depredador. La oscuridad engullía las formas y los colores del otoño e instalaba su ley para ocultar las peores intenciones. Para encubrir toda clase de males.

Ningún sonido más allá del murmullo del río, de los pequeños saltos de agua y las diminutas piedras que se desprendían y caían en la corriente.

Creí ver algo abajo, en el corral. Las gallinas descansaban en dos filas perfectamente alineadas. Los ojos les brillaban.

La noche de muertos se ceñía sobre los vivos.

Allí había alguien más. Pude sentirlo. El vello de mis brazos se erizó. «No hay nadie», me dije. «No hay nadie», me convencí. Y solo por eso fue por lo que no grité. Abracé con más fuerza el árbol y me esforcé en ver a través del denso manto de la niebla. Percibí la luz escasa que asomaba bajo el suelo del gallinero. Sentí miedo. Un miedo horrible por el dolor que despertaba en mis entrañas y para el que no encontraba explicación.

La trampilla del suelo del corral estaba abierta. Un agujero negro descendía a algún lugar bajo la tierra. Quizá al abismo o al infierno, dudé con los nervios retorciéndose en mi estómago. Me acordé incluso de las historias que contaba la abuela Dina de los muertos que volvían del más allá para cenar en la Noche de Difuntos; la única en que se abría el paso entre dos mundos igual de desconocidos y siniestros.

Pese a mi corta edad, sabía que aquello no tenía ningún sentido. Allí había alguien, una persona, probablemente, pero ¿qué hacía? ¿Qué quería? ¿Qué buscaba?

Aquel dolor en mi abdomen me retorció por dentro antes de expandirse por mi pecho. Un dolor que a cada segundo que pasaba se mostraba más fiero.

Las gallinas me miraban, parecían de mentira, como figuras de cera con ojos de ámbar, ninguna se movía.

Estreché mi cuerpo contra el árbol al sentir más fuerte el mal que me atravesaba. Recordé para infundirme ánimos que las heroínas también sienten miedo. Avancé por la rama de olivo, como una torpe sierpe arrastrándose sobre una áspera corteza. Quería ignorarlo, de verdad que traté de hacerlo, pero el dolor se incrementaba con cada mínimo movimiento.

La abuela me llamó con el tono grave de quien da un ultimátum.

—¡Sofía!

Una colonia de murciélagos atravesó el aire a mi alrededor y me llevé una mano al vientre. ¿De dónde venía ese tormento?

La portezuela continuaba abierta. Volví a advertir aquella luz tan tenue allí abajo. Alargué el cuello, imprudente. El viento que arrastraba el humo de la chimenea para mezclarlo entre las nubes sopló con más fuerza. Como un zarpazo en lo más profundo de mi ser, el dolor me derribó y caí al suelo.

No sé si hice poco o mucho ruido, si venía hacia mí la abuela, mi padre con sus avioncitos de papel, un ángel de la guarda o un demonio del infierno. Porque no veía nada. ¿Me cegaba la noche, la caída, el miedo?

Nada más lejos de todo eso. Era el dolor. Ráfagas de sombras que alternaban chispazos eléctricos bajo mis párpados. Por primera vez en mi vida el dolor me paralizaba con una desesperación ajena a la razón. Me llevé las manos a los ojos. Fue todo muy rápido. Estaba en el suelo, tendida sobre un costado. Ni rastro de más vida ni suerte que la propia noche. Solo el murmullo del río. Y aquel mal, que cada vez me atravesaba con más fuerza.

Hecha un ovillo sobre la tierra, seguía en silencio para que la bestia que me devoraba no se agitase, no clavase sus garras furiosas en mis entrañas.

Descubrí el rostro... Frente a mí, estaba ella.

—Sofía, ¿qué has hecho? —preguntó la abuela.

Se arrodilló con el gesto descompuesto por la fatal intuición. Abrió con urgencia la blusa de nido de abeja que yo llevaba puesta y apartó el escapulario que ella misma me había colocado con un imperdible esa mañana. En una fracción de segundo, sus ojos se inundaron de angustia y su boca quedó entreabierta de estupor. Consciente de la impresión que provocaba en el reflejo de mi rostro, rápidamente recuperó la voz para repetir:

—Pero ¿qué es lo que has hecho?

El dolor me impedía entender la pregunta. Mucho menos darle la respuesta que ella necesitaba.

Insistió una vez más, bajé la mirada y entonces lo vi. El viento sopló frío y mi piel se contrajo. Mi piel húmeda, mi piel cubierta de sangre. ¡De sangre! Pero ¿de dónde salía?

La abuela buscaba, miraba, palpaba, pero no encontraba ninguna herida. Llegó a dudar primero si era sangre, y después si era mía. Pero y de quién iba a ser si no, debió de contestarse ella misma.

Sacó el pañuelito de tela que llevaba siempre doblado y escondido en el pliegue de su chaqueta y me lo pasó por el pecho. Lo movió de un lado a otro, de izquierda a derecha, limpiando con cuidado y decisión mi piel, permitiendo que el algodón blanco se tiñera de rojo.

No tardó en aparecer mi abuelo tras ella para conocer de primera mano lo que estaba pasando.

—Ay, Manolo —dijo mi abuela.

Los dos se miraron confundidos al comprobar que la sangre brotaba en diminutas esferas de los poros de mi piel. Lentamente, pero sin pausa, la totalidad del abdomen y el pecho mostraba una especie de rocío carmesí. Ninguno de ellos encontraba explicación a lo que veían, ni mucho menos sabían de qué forma atajarlo con los rudimentarios remedios de los que disponían en casa.

El «¿Qué has hecho?» se transformó en un «¿Qué vamos a hacer ahora?».

—Habrá que llevarla al hospital —resolvió él.

—¿Al hospital? —dudó la abuela—. No, no, al hospital no... —Su voz decaía abatida con aquella propuesta.

Él la miraba indagando en la negativa sin necesidad de palabras, manteniendo en todo momento la urgencia de encontrar una solución.

—Ay, que el dios del cielo nos asista —exclamó ella hacia la única estrella que asomaba en la oscuridad del firmamento antes de apostillar en un bisbiseo—: O que el de la tierra nos perdone. —Después bajó la vista y se santiguó sumisa.

—Yo la llevaré, Dina —dijo el abuelo para ofrecerle tranquilidad, sin saber que eso era insuficiente, que nada podría aliviarla.

Porque ella tenía un oscuro secreto, muy oscuro, solo a la altura del terrible secreto que ocultaba él.

10

El miedo, las dudas y otras mil posibilidades debían de bombardear la cabeza de mi abuela al tiempo que daba pequeños pasos, todos inquietos, de un lado a otro de la puerta del corral, incapaz de avanzar. ¿Qué pensaba? ¿Hacia dónde apuntaban sus temores? Imposible contestar a eso todavía.

Lo que sí descubrí pronto era que no quería dejarme sola, ni cargar el peso de la responsabilidad únicamente en el abuelo, por lo que resolvió venir conmigo, con nosotros dos, al hospital.

Antes de que me cogieran en brazos para trasladarme, eché un vistazo al gallinero, al suelo, a la portezuela. Pero no se advertía ni tan siquiera su existencia. La oscuridad de la noche la protegía. La misma noche por la que mis abuelos transitaban conmigo a cuestas, a falta de mejor solución, cada uno con un secreto sobre el ánimo y sorteando los silencios que parcheaban su conversación.

De camino al hospital, acudieron a mí fragmentos de recuerdos cercanos: un cesto de mimbre, el huerto en otoño, el estruendo de un disparo nocturno, el río en el que casi pierdo la vida, la sangre de un gallo sin cabeza derramándose sobre una extraña portezuela y, por encima de todo, la fuerza de ese aire frío que empujaba humo entre las nubes y que, en un descuido, me derribó.

II

AIRE FRÍO

[Frente de baja temperatura que dispersa las piezas hasta acusar su soledad].

11

Desde el fatigado trotar de mi abuelo, contemplé por primera vez el mundo a mi alrededor más allá de la casa, el río, la huerta y el oscuro fayado en el que pasaba cada noche en estricta soledad.

Por breves fracciones de tiempo, durante el recorrido, el dolor, que seguía oculto como una bestia salvaje en mi interior, se adormecía. Aproveché esos minutos para percibir aquella realidad de calles que se buscaban y se encontraban, la mayoría de tierra y, cuanto más cerca del casco antiguo, adoquinadas.

Avanzábamos pegados al río, con los saltos del agua ocultando el sonido de nuestros pasos. Vi un lavadero con restos de jabón de sosa en la aspereza de la piedra, varias fuentes que surtían a las casas aledañas y las fábricas de curtidos donde trabajaban muchos vecinos de nuestro barrio, el del Carmen de Abaixo. Pese a la oscuridad, el abuelo conocía bien la ruta por ser la que tomaba cada día para ir al taller. Gracias a eso sorteó ligero una de las tinas pétreas utilizadas para el tratamiento de las pieles y de esa forma evitó un disgusto mayor para todos.

Subimos hacia el hospital por la rúa das Hortas, pues era el camino más directo, pero también, según comentó el abuelo, para evitar la zona donde se concentraban los prostíbulos de la rúa do Pombal.

—A ver qué miedo les vamos a tener a esas pobres almas —dijo la abuela con su habitual tono airado frente a las indicaciones de su marido—. Que no se te vaya a olvidar que esas mujeres hacen lo que pueden para salir adelante: igualito que nosotros..., pero a su manera.

Él suspiró calle arriba, me apretó contra su pecho a fin de que no resbalase y evitó contestar. Se limitó a señalar con una mano la zona para mostrar que estaba cortada por un terrible accidente que había tenido lugar unas horas antes.

—¿Un accidente? —se interesó la abuela.

—Cuando regresaba hoy para casa me enteré de que un autocar de la empresa Manolito se acababa de estrellar contra un árbol y todo el equipo de fútbol del Iberia Sporting iba a bordo. Se dirigían a Carballo para jugar un partido.

—Ay, Dios mío, qué desgracia.

—Sí lo fue —confirmó él—. El depósito de gasolina explotó y todo el coche ardió en llamas.

En ese momento recordé la columna de humo blanco que perseguía a las nubes al final de la tarde, justo antes de caerme del olivo y de ese mal que ahora dormitaba dentro de mi cuerpo.

—Imagino entonces que habría muertos... —quiso saber la abuela con distancia y prudencia.

—Tres o cuatro al menos, eso oí decir a dos clientes que venían de ayudar en el accidente y que eran justo de ahí abajo, de Galeras. También dijeron que, de no ser por las señoritas de las casas de mancebía del Pombal, que salieron con mantas mojadas a socorrerlos, habrían muerto todos en el fuego. No se habría salvado ni uno.

El gesto de la abuela Dina demudó de genuina sorpresa a absoluto pesar.

—¿Y te dijeron si están todas bien? —balbuceó en una pregunta—. ¿Te has enterado de si alguna resultó herida o algo peor?

El abuelo negó sacudiendo la cabeza.

El paso del tiempo supo dar respuesta a mis dudas de entonces, y así, con los años, llegué a entender aquello de lo que mi abuela estaba realmente convencida: que las mujeres de esas casas de citas se veían empujadas a llevar una vida licenciosa por necesidad, por la obligación de sacar adelante a sus familias. A fin de cuentas, qué no estaría dispuesta a hacer ella por el mismo motivo. Pero, así como no entendí eso de inmediato, sí pude ver que una sombra asomaba en su rostro con aquella noticia, y supe que escondía algo, más allá de su honesta preocupación por la vida de otras personas.

—En una ciudad como esta, mañana antes del mediodía conoceremos todos los detalles del siniestro —dijo el abuelo dando fin a la conversación.

Alcanzamos la parte alta de la rúa das Hortas y, en el cruce con la rúa da Trindade, mis abuelos se pararon en seco. La niebla se suspendía en lo alto de las farolas, espesa, brillante y amarilla.

Debían de ser ya casi las diez de la noche. Aparté el rostro del hueco que el abuelo con tanto mimo me había concedido entre el brazo y el pecho, y lancé una mirada en la misma dirección que absorbía con un punto místico la fe y toda la devoción de mi abuela.

Allí estaba, frente a mí, frente a todo el que pasara y quisiera ver o incluso quedarse a mirar —porque esa es la diferencia entre un movimiento pequeño y un estado profundo—, sobre una hornacina en la fachada de la iglesia de San Fructuoso: Nuestra Señora de las Angustias.

La abuela Dina contrajo el gesto por no llorar. Sin embargo, pude reparar en los surcos que miles de lágrimas pasadas habían dejado en su rostro. Cada año que cumplía, menos podía engañarme.

Continué observándola sin romper el estricto silencio en el que llevaba sumida todo el camino y guardé la pregunta, otra más que algún día ella tendría que contestarme para entender la causa de su dolor.

Reconozco lo mucho que me sorprendió encontrar a la santa que tan bien conocía, desde que alcanzaban mis recuerdos, justo allí, tan cerca del hospital al que me llevaban para descifrar el origen del extraño mal que por momentos secuestraba parte de mis pensamientos.

De la nada, una silueta se movió entre las sombras de aquella noche de viento y tinieblas. Mi abuela continuaba absorta en su devoción a la Virgen cuando me estremecí y me aferré al cuerpo del abuelo. Ambos advirtieron igual que yo el movimiento de una figura que parecía buscar escondite entre los matorrales a un lado de la capilla.

—¿Lo viste, Manolo?

—Venga, Dina, subamos ya al hospital. Estamos a un paso de llegar —dijo él sin resuello.

—No me lo niegues, que son muchos los años que llevamos casados como para que no nos conozcamos —protestó ella.

—Claro que lo he visto, mujer, pero no es asunto nuestro.

No habían dado más que un par de zancadas en dirección a la plaza del Obradoiro cuando en la penumbra se oyó el trotar de un hombre armado cuyo eco escalaba severo y autoritario por las piedras de aquella calle estrecha.

Tan grande había sido el susto que mi abuela me arrancó de los brazos de su marido con el mismo gesto descompuesto que debía de tener yo cuando creía oír al hombre del saco. Después me agarró con fuerza por la cintura, ignorando la lentitud de mis pasos y que me encorvaba con una mano en la tripa. Detrás de nosotras, cubriendo nuestras espaldas, nos seguía el abuelo. Los tres nos perdimos en un mar de ropa tendida perteneciente al hospital, sábanas y más sábanas que se agitaban como fantasmas sobre la tierra del antiguo cementerio de los peregrinos.

De ese lugar había escuchado hablar a mi padre cuando me mostraba, entusiasmado, cuentos ilustrados, libros de aventuras y hasta cuadernos de peregrinos que habían llegado a la ciudad tras cruzar media Europa con el fin de alcanzar la tumba de Santiago el Mayor.

Según me había contado, lo hacían cargados de fe cristiana, muchas veces sin zapatos, con el hambre arqueando espaldas y hundiendo hombros, aferrados a un báculo más o menos robusto y en demasiadas ocasiones con terribles enfermedades a cuestas, dispuestos a morir en Compostela para ser enterrados con una concha de vieira a los pies del apóstol.

Un grito cortó el aire caliginoso de la noche. Se me encogió el pecho en el acto y el dolor volvió a atacarme. Cerré los ojos. La abuela me abrazó contra su cuerpo para evitar que el mío cayera desmadejado al suelo.

Pese a que no vi nada de lo sucedido, intuía por la tensión en sus brazos que no debía de ser agradable. Presentí forcejeo y golpes sobre aquella silueta que buscaba refugio a los pies de Nuestra Señora de las Angustias.

Al ruido de ramas entre pequeños arbustos y plantas altas siguió el taconeo del mismo hombre armado de antes —quizá el del saco— por el empedrado de la calle. Esta vez arrastraba algo; o a alguien.

Apreté los párpados con tal presión que creí que los ojos se me hundirían en lo más profundo de la cabeza.

Segundos después, expectante de nuevo, entre las sombras y la niebla, nada más acerté a descifrar la palidez de mi abuela con una mano cubriendo su boca ante el muro de la iglesia de San Fructuoso. En él una calavera hecha de piedra parecía sonreír.

Enfoqué la mirada y, debajo de ella, pude leer una terrible inscripción que no olvidaré nunca:

COMO TE VES, YO ME VI.
COMO ME VES, TÚ TAMBIÉN TE VERÁS.

12

De vuelta en los brazos de mi abuelo, con el dolor despertando y el mal recuerdo de aquel hombre del saco y de la mismísima muerte en el viejo camposanto, antes de subir la costa do Cristo, a nuestra derecha, oímos el lamento de una madre arañando con poca voz y ya sin lágrimas las puertas de la cárcel de la Falcona.

Acerté a asomarme sobre el hombro de mi abuelo mientras él paraba a coger aire unos minutos. Entonces la vi: era una anciana, cuerpo de gorrión artrítico bajo telas del color del alquitrán. Tan mayor que parecía que Dios le hubiese concedido una prórroga para percutir en el empeño de encontrar a su hijo.

—¿A dónde lo habéis llevado? ¿Dónde está mi Juanín?

Dos guardias abandonaron sus puestos para acercarse a ella con el cansancio de quien repite una y otra noche la misma actuación.

—Señora Carmiña, háganos el favor y vuelva a su casa a atender a los hijos que aún le quedan —dijo el de más edad con una pátina de lástima en la voz.

El dolor alcanzó a mi abuela, que sacó otro pañuelito de tela, de esos que noche tras noche, durante años después de la guerra, lavaba, tendía y planchaba a conciencia, para aliviar con él la fatiga de los párpados.

—No se te vaya a ocurrir ponerme una mano encima, Alfonsito —amenazó la anciana con un dedo en alto y los ojos cubiertos de traslúcidas cataratas—. Que bien sé yo que ayer a tu padre se le llenaba la boca votando al Frente y hoy tú no sabes a qué boca acallar.

—A la del hambre, señora Carmiña —susurró él con los dientes apretados—, a la del hambre —repitió—, por la gloria de España.

Ella lo miraba, quizá nada más lo buscaba en las sombras que no siempre acertaba a descifrar, y con un intrépido movimiento pese a su edad, dio con el semblante del uniformado. Palpó su rostro con el cuidado de una madre y subrayó:

—Estarás orgulloso. —Sonó tanto a queja como a interrogación—. Dime ahora dónde está mi hijo menor, mi Juanín. Por el dios de este cielo que nos juzgará a todos, dime dónde puedo encontrarlo. Porque, aunque hoy tú u otro como tú me pegue un tiro en la cabeza, no dejaré de buscarlo, me entiendes, ¿verdad? ¿Eres padre, Alfonsito? ¿Has traído a este vil mundo a alguna criatura a la que proteger?

Alfonsito cabeceaba, mi abuelo apretaba el gesto y el paso sin mirar atrás y mi abuela continuaba tragando sal.

—Porque mi Juanín ha sido padre. Una dulce criatura que ha llegado para socorrernos. ¿Se lo dirás, Alfonsito? ¿Le dirás que la vida de su hijo corre riesgo?

Y el guardia cabeceaba de nuevo, incapaz de sostener la evidente respuesta de la suerte de Juanín a una madre tan ciega como desesperada.

—Claro, señora, yo se lo digo. De verlo, se lo diré. Pierda cuidado.

Y la señora, más allá del tiempo y la razón, en esa fórmula que una madre no alcanza a comprender en sus entrañas, se alejó con el andar torpe de los años y la intuición de las formas que escondía la noche.

El abuelo acarició el hombro de su esposa y la atrajo hasta él.

—Él estará bien, verás que sí —susurró.

«¿A quién se refiere?», me pregunté en varias ocasiones hasta que alcanzamos el alto de la cuesta en la plaza del Obradoiro. Fue en aquel espacio concebido como limbo entre vivos y muertos, también como histórico punto de encuentro entre los poderes de la tierra y del cielo, donde mis ojos se anclaron únicamente en una dirección: la que apuntaba a la magnificencia de la catedral de Santiago.

En ese instante de magia, las nieblas parecían cobrar vida a su alrededor, protegiéndola o acechándola —difícil saberlo con la fe todavía en construcción—, en un aura de misterio propia de alguna de las leyendas que contaba mi padre. Dudé que pudiera existir obra más hermosa al ver cómo las nubes se acercaban a acariciar sus torres.

En la diáfana amplitud de la plaza, el tañido de las campanas rompió el silencio y su eco se derramó por las empedradas calles de Compostela. Me acordé de Dindón. Estaría solo y asustado en casa con aquel reloj de péndulo. Lo que hubiera dado en ese momento por tenerlo conmigo, pegado a mí para acariciar sus orejitas desiguales.

Los silbidos de un sereno captaron nuestra atención en la paz que se suspendía tras las campanadas. Pasó a nuestro lado alzando ligeramente la barbilla. Un gesto que mi abuelo imitó, seguro siempre de sus actos, y que mi abuela, en su papel de esposa y mujer, rehusó para la tranquilidad de ambos, posando su mirada en el suelo. Pequeños detalles percibidos incluso por una niña como era yo.

Al fin alcanzamos la catenaria que delimitaba con eslabones de hierro la fachada del Gran Hospital de Santiago. Denominación, por otra parte, que mi abuela se resistía a utilizar; ella prefería continuar llamándolo «Hospital Real», por sus orígenes y la historia que se remontaba a los Reyes Católicos.

Dudaron si entrar los dos en el vestíbulo, pero como ninguno quería dejar solo al otro, ni mucho menos dejarme sola a mí, al final hicimos la entrada los tres juntos.

Atravesamos la imponente portada principal del edificio, que no hacía tanto albergaba únicamente a peregrinos en busca de la salvación que Santiago prometía.

Pese a que el dolor constreñía mi gesto y me nublaba la vista, sentí una punzada de extraña satisfacción al reconocer en aquel retablo pétreo algunas de las figuras religiosas que tantas veces mi padre me había mostrado en los libros. Estaban todas allí representadas: desde Adán y Eva, causantes de la llegada de la enfermedad y la muerte a la humanidad, hasta Juan Bautista, responsable de anunciar la venida de Cristo, y María Magdalena, testigo de la resurrección que entregaría a los hombres la salvación.

Entre ellos santa Lucía y santa Catalina, abogadas de las enfermedades de la vista, demás enfermos y moribundos, llevaban cinco siglos recibiendo al caminante necesitado de curación; para el cuerpo, pero también y sobre todo para el alma. De ahí la capilla en el interior del hospital, pues entre misas y plantas medicinales todos debían ser reconfortados. Y algunos volvían a pisar la tierra, y otros muchos no tardaban en dormir bajo ella.

Pese a que pueda resultar contradictoria la expresión, el alboroto allí dentro era más bien mudo. Crujir metálico, ruedas sobre baldosas y maderas, instrucciones con gestos firmes, precisos, marciales.

No tardé demasiado en perder la consciencia. Justo antes de ese punto de desconexión, cuando mis ojos empezaban a apagarse, oí al abuelo hablar con una enfermera en una especie de mostrador donde se recibía a los dolientes.

—Nombre de la niña.

—Sofía Santalla Sarela.

—Padres de la criatura.

—Madre fallecida. Padre... fallecido también.

—¿Huérfana?

—Sí, señora.

«¿Qué? ¿Yo? ¿Cómo que huérfana?». El dolor me atravesaba y aquellas palabras me golpearon como piedras a traición. ¿Lo peor de todo? No sería el último golpe.

—¿Santalla Sarela ha dicho? —preguntó la mujer.

—Sí —afirmó el abuelo, sin dudar.

—No son apellidos muy comunes.

—No, no lo son.

—Pues qué coincidencia... —musitó ella con la vista sobre un papel.

—¿Coincidencia? —repitió extrañado el abuelo sin mirar el rostro de su mujer ni advertir que estaba de nuevo pálida como la cera—. ¿A qué se refiere?

—Justo acaba de ingresar su hermano.

13

No estoy segura de si el dolor tiene como fin acercarnos a la muerte o si es el encargado de proteger de ella nuestra vida. Supongo que un poco de ambas. Nos deja en una tierra extraña, de luces y sombras, de recuerdos y esperanzas, de añoranzas y sueños, y en ese punto intermedio nos habla y nos muestra cuanto necesitamos entender y aceptar.

Con el impacto de aquel mal en mis entrañas deseé desaparecer. Después regresé agarrada con más fuerza a cada oportunidad que brindan los sentidos; desde la inmensidad del sol bailando en aguas turquesas al rayo de luz que cruza las finas motitas de polvo de una habitación. Un recordatorio del incalculable valor de la vida para los afortunados que, en el hospital, volvíamos a abrir los ojos.

Lo hice despacio, buscando un rostro conocido, pero con cada movimiento, por pequeño que fuese, sentía que me ahogaba. Incluso me provocaba ganas de vomitar. Me llevé una mano a la cara y descubrí con horror que un tubo entraba por mi nariz para llegar a... No sé a dónde llegaba. Sin embargo, vi que tenía vendado el abdomen, desde la altura del estómago hasta..., bueno, hasta muy por debajo del ombligo. Me habían abierto de arriba abajo buscando la causa de mi dolor y de aquella sangre que, para mi alivio, había dejado de exudar.

Todo a mi alrededor era blanco. No el blanco de una mañana de invierno, mucho menos de primavera o verano. Las paredes, el techo, las sábanas: todo tenía la blancura apagada y enfermiza de la falta de luz, de los tiempos de espera, del paréntesis que abre la enfermedad en el camino de cualquiera. Sí, todo era lastimosamente blanco y estático, salvo por las sacudidas de las arcadas que aquel tubo me provocaba y que dejaban el rastro de una larga sombra en mis ojos.

En lo alto, frente a mi cama, había un crucifijo de madera. Desde él, el Hijo de Dios, pese a su padecimiento, parecía mirarme compasivo. Con él alcancé cierta tranquilidad, era el rostro conocido que necesitaba para aliviar el miedo.

Oí un lamento fatigado y entendí que había alguien más en aquella pequeña habitación. Me giré despacio y comprobé que, en una cama idéntica a la mía, había otra niña. No parecía sumar más años que yo. No obstante, pronto adiviné que sí tenía mucha más experiencia en la tragedia de enfermar. Lancé una mirada discreta y observé con qué desesperación buscaba el calor de su madre.

El mal que la afligía debía de admitir poco consuelo. Una condición que la encadenaba a la fragilidad.

Lloraba sin fuerza, su mano se desplomaba hacia aquella mujer que la miraba como suplicando ocupar su lugar.

Tan grande debía de ser su mal que el mío se encogió cuando una enfermera la ayudó a ponerse de pie. Su cabeza era anormalmente grande y supuse que también pesada, pues ella se mostraba incapaz de sostenerla.

Traté de disimular lo mejor que pude mi indiscreta observación, anclando mi mirada al suelo. Fue la lástima, también la curiosidad, humana y morbosa, lo que empujó a mis ojos a resbalar poco a poco por su cuerpo hasta alcanzar las baldosas bajo sus pies.

Inspiré con fuerza, sobrecogida por lo que acababa de descubrir, con todos los resortes de mi cabeza disparados y en alerta. La reacción me provocó un acceso de tos que puso a funcionar esa sonda que parecía aspirarme por dentro.

—¿Estás bien? —me preguntó ella al tiempo que hacía un esfuerzo titánico por acercarse a mi cama.

—Julia, no —censuró su madre.

La muchacha desoyó la advertencia, tampoco dejó que la enfermera la agarrara e hizo nuevamente el intento de alcanzar mi cama.

Pero yo había vuelto a bajar la vista y me negaba a levantarla otra vez. No quería mirarla. Tan solo buscaba en mi mente alguna explicación.

—¿Estás sola? —dijo con un hilo de voz.

Tan pronto habló, las piernas le fallaron y se desplomó sobre mí.

La madre ahogó un grito, la enfermera llamó a una compañera pidiendo ayuda y yo permanecí inmóvil, con los ojos muy abiertos, frente a esa niña de nombre Julia y su camisón. Un camisón con letras pequeñas a la altura del corazón, en las que pude leer con claridad «Gran Hospital de Santiago» sobre una cruz, la cruz potenzada de Jerusalén, emblema del centro y de las cruzadas cristianas.

Un camisón blanco sobre el que no albergaba dudas y sí los peores miedos: el mismo que vestía la niña que me rondaba desde la primera vez que estuve a punto de abandonar este mundo.

14

Resulta difícil precisar hasta qué punto alteró el curso natural de mi convalecencia el golpe que recibí cuando Julia cayó sobre mí. Por no hablar del impacto de ver de cerca ese camisón que, por otro lado, era igual al que llevaba puesto yo.

Pasé varios días durmiendo sin interrupción, o quizá estuviese inconsciente, o incluso puede que flotase en los extraños contornos que habitan los que no se van pero tampoco vuelven.

Eso fue, claro, hasta que el grito de una mujer y su eco metálico en los resortes de una mañana que despertaba a medio gas pusieron en alerta a toda la planta del hospital en la que estábamos. Me giré asustada hacia la ventana para saludar a un sol que animaría al mismísimo Lázaro a levantarse y salir de allí.

Aún desconocía la causa de mi mal y cuánto tiempo más debía permanecer hospitalizada. Julia seguía en la cama de al lado. Estaba dormida.

No había sabido qué responder a la pregunta de si estaba sola en aquel lugar. ¿Lo estaba? En ese caso..., ¿y mis abuelos? ¿Dónde se habían metido? ¿Y mi padre?

A mi mente viajó entonces la imagen de un instante en la entrada del hospital, cuando un uniformado se acercó al abuelo. Había sido justo en el lapso en que la abuela Dina se ausentó con discreción evitando mostrar el rostro. A decir verdad, no sé quién de los dos apareció o desapareció antes que el otro: si ella o aquel hombre de condecorada pechera.

No era una situación que me extrañase demasiado; allí dentro había muchos hombres con uniforme militar y demasiados civiles con miedo. En la calle, por lo que los abuelos se contaban, incluso más.

Mi abuelo se había dirigido a él como «coronel Vallejo» en un saludo formal, acentuado por un rictus severo. Tras las primeras palabras, pude oír como aquel hombre contestaba:

—No olvide que tiene pendiente pasarse a la mayor brevedad para hacer un arreglo al trabajo que encargué a su taller.

El abuelo puso la espalda recta.

—Se nos ha presentado una dificultad que requiere una pronta solución —dijo el uniformado con tono autoritario—. Recuerde el contrato que ha firmado. Ya sabe a qué me refiero.

El abuelo asintió con una mirada fría en la que pude leer un punto de resignación.

—Incluida la letra pequeña —añadió Vallejo—. Sobre todo, la letra pequeña: silencio. Tenga muy presentes las terribles consecuencias que podrían derivarse de no respetarla.

—Sí, señor —dijo mi abuelo con un nudo en la garganta.

El coronel le dio la espalda dejando en claro su rango —no solo militar— antes de alejarse a paso ligero hacia una puerta que decía: ¡ALTO! SOLO PERSONAL AUTORIZADO.

El abuelo constató que su esposa no se encontraba junto a la camilla en la que yo continuaba postrada y miró a un lado y a otro. Indagó en rostros decrépitos, cuerpos maltrechos y el sentir enfermizo que vagaba por aquel pasillo, hasta que la vio aparecer doblando la esquina, con la cabeza escondida en el interior de su pañuelo negro.

Tan pronto se encontraron, se miraron a los ojos para leerse en silencio. Ella arrastraba los pies, rendida. Como una figura recortada sin una pizca de color. Se veía tan pálida... Advertí la forma en que sus manos pellizcaban la tela del abrigo. El abuelo también debió de advertirlo y por eso la miró con la fijeza de quien descubre una terrible verdad, como si dos piezas dolorosas se uniesen dentro de su cabeza. Y en aquel aliento de una fatiga de años lanzó una pregunta para la que no querría escuchar nunca la respuesta:

—¿Qué hiciste, Dina?

15

Desde ese punto mi memoria se volvía frágil. Solo veía fragmentos impregnados de alarma. Como si el único testigo de cuanto había sucedido fuese un espejo roto en mil pedazos; cada uno de ellos con su destello, su arista y su sombra.

Me moví bajo la sábana despacio; la sonda me arañaba por dentro. Julia dormía con los ojos en blanco. Supuse que sus párpados ya habrían perdido la capacidad de permanecer cerrados en los escasos momentos en que ella encontraba descanso.

La puerta estaba abierta y, aunque no veía a nadie más allá del umbral, intuí la presencia de Soledad, la madre de mi compañera. Hablaba con alguien en voz baja.

—¿Le harán más pruebas hoy? Está visiblemente cansada y dolorida.

—Seguro que podrá soportarlo. Su hija es una valiente, señora.

—¿Acaso le queda alternativa? Usted sabe tan bien como yo que su mal no tiene cura, que nunca tendrá una vida diferente a esta. La única que no lo sabe es ella...

Se hizo un incómodo silencio y Soledad lanzó otra pregunta:

—¿Ningún médico tiene pensado pasar a verla?

—Hoy no creo que sea posible.

—Ni hoy ni ayer ni mañana.

—Desde el accidente del autobús en Galeras los días están siendo complicados en el hospital.

—¿Me quiere decir que el médico de mi hija no puede pasarse a verla?

—No creo que deba ser yo quien responda a eso, señora. Como le decía, tenemos el hospital hasta arriba: quemados, mutilados...; incluso un hombre infartado tuvimos esa noche del accidente. —Luego, como queriendo evitar que la conversación llegara más lejos, añadió veloz—: Ahora debo irme.

Nada más dijeron. El rostro de Soledad se asomó para comprobar que su hija seguía dormida y después desapareció.

Reparé en el repiqueteo de la lluvia en la ventana. Sin que me hubiera percatado, sumida como estaba en aquella conversación ajena y en mis tribulaciones, el sol había sido reemplazado por gruesas gotas que se buscaban para dar caudal a decenas de riachuelos entre postigos. Mis pensamientos se adentraron en una espiral del tiempo y recuperé otro fragmento de aquel espejo roto en mi memoria.

Tras un largo suspiro, regresé a aquella noche de agua y a nuestra llegada al hospital, al recuerdo borroso de lo que en un instante descifré como un ave de blanco plumaje. Debía de ser la única enfermera sin hábito religioso en el lugar, y, aunque no tenía plumas, en el largo corredor, por un momento, creí ver que volaba. Vestía pulcros atuendos bajo una cabellera de algodón que flotaba al compás del trotar propio de los estados de alarma.

Mis abuelos permanecían a varios metros de mí. En mi esfuerzo por fijar el recuerdo, ellos eran poco más que trazos en blanco y negro. Los miré con la expectación de aquella última pregunta: «¿Qué hiciste, Dina?».

No oí la respuesta. Quizá no llegó a pronunciarse.

El estruendo de un rayo sobrecogió a los presentes y sacudió los cristales de las ventanas. Clavé las uñas a la camilla y doblé las piernas.

El susto dominaba las facciones de la enfermera. Su trote se acentuó para dar auxilio. Seguí su avance entre parpadeos. Abracé mi abdomen tratando de calmar el dolor. Las manos me temblaban, era incapaz de controlarlas. Sentía calor y humedad. Levanté la vista buscando a la enfermera, confiando en que, en efecto, venía hacia mí, pero me equivocaba. Iba hacia un hombre que estaba tendido en el suelo. Un hombre con la mirada perdida en aquel cielo de piedra. ¡El abuelo!

Lejos del hecho de que alguien empujó mi camilla por ese largo pasillo, nada más recuerdo.

Regresé a la ventana de la habitación. Gotitas de agua fina resbalaban a ambos lados del cristal. ¿Qué había pasado con el abuelo? ¿Dónde estaba la abuela Dina? ¿Y mi padre? Tenía claro que yo no era huérfana, como había dicho la mujer que nos atendió esa noche. Aunque entonces, con esa visión tan viva escociendo en la memoria, sí me sentía huérfana. Porque la orfandad es una luz que se apaga, un faro que no vuelve a guiarnos. Y a veces se llama «padre»; otras, «abuelo», y siempre, «fortuna».

Miré el crucifijo e invoqué los rezos que la abuela me había enseñado. Me esforcé en no olvidar ninguna palabra para que aquel terrible presentimiento que acababa de asaltarme no fuera cierto.

—¿Te duele mucho?

La voz quebradiza de Julia rompió mi ensimismamiento.

—Respira despacio y no te muevas. Al dolor le gusta saltar en los nervios.

En sus ojos vi la mano tendida de quien habla las distintas lenguas de todos los males del cuerpo.

—Puedo acercarte un poco de agua, si quieres. O al menos intentarlo... —Esbozó una pesarosa sonrisa—. Prometo no aplastarte esta vez.

Respondí con otra sonrisa.

—Mi madre ha conseguido que colocaran una mesa con

ruedas al lado de la cama para cuando ella no puede estar conmigo. Aunque lo cierto es que casi vive aquí para no dejarme sola.

—¿Llevas ingresada mucho tiempo?

Julia se perdió en algún lugar de aquella atmósfera de piedra antes de encontrar las palabras.

—No sabría decirte si es mucho o poco. Lo importante es que ya queda menos para curarme.

Julia era tan joven como yo, pero en aquel momento creí hablar con alguien que tenía la experiencia de varias vidas.

—Dices que tu madre casi duerme aquí, ¿y tu padre? ¿No tienes? —curioseé, y tan pronto lo dije sentí una terrible culpa.

Ella respondió con la templanza que parecía caracterizarla.

—Sí, claro que tengo. —En su cara asomó el rastro de una duda—. Pero es un hombre muy ocupado. No puede perder el tiempo en esta habitación. —Percibió mi gesto de pena y, para mi tranquilidad, añadió—: Él trabaja duro para que me cure, daría cualquier cosa por que yo fuese una niña sana y fuerte como casi todas las demás.

La escuché con una pregunta asomando en mi cabeza: ¿sería aquel otro tipo de orfandad?

—Estoy hablando mucho, perdona —me dijo con un punto de pudor—. No estoy acostumbrada a tener compañía.

Fue en ese momento cuando un trabajador del hospital entró en la habitación con cara de pocos amigos.

—Hora del tratamiento —indicó mirando a Julia.

Ella recibió la noticia como un jarro de agua fría.

—¿Otra vez? Solo han pasado dos días desde la última sesión.

—Recibo órdenes, señorita. Haga el favor y suba a esta silla para que pueda llevarla.

Ella bajó la cara, resignada.

—¿Necesita ayuda? —preguntó el celador.

Yo sentí que la respuesta era evidente, pero Julia, antes de admitirla, quería intentarlo. Era de esas personas que nunca desisten.

Finalmente, el hombre la cargó con pocos miramientos y la dejó como un saco muerto encima de una silla de ruedas.

—Suerte —dije, y no supe por qué hasta que ella se giró para mirarme con un brillo tenue de agradecimiento.

No hubo más palabras entre nosotras. Tan solo las pronunciadas por el celador antes de llevársela de la habitación:

—Despídase usted ya, señorita Vallejo.

16

Julia abandonó la habitación en aquella silla de ruedas. Quise corresponder con una sonrisa al sabor triste que me había provocado su mirada, pero no fue posible. Ni dos segundos tardó en cerrar los ojos y dejar caer la cabeza sobre la cuenca de las manos.

Entendí que ya no estaba allí, que calmaba sus nervios con una templanza entrenada para que el dolor no pudiera saltar muy alto, cada vez más alto, como un diablo en tensos y finos hilos elásticos.

Julia... ¿Vallejo? ¿Podía ser una casualidad que se apellidase como el coronel que había hablado con el abuelo al poco de ingresar yo en aquel lugar? ¿Sería Julia la hija de aquel militar?

Traté de levantarme sin éxito. Estaba anclada a aquella máquina que me aspiraba por dentro. Tenía que encontrar a los abuelos. Imposible que me hubiesen dejado así. ¿Cómo se puede pasar de dormir bajo un candado a hacerlo completamente sola y desamparada?

Mil preguntas en mi cabeza y ninguna respuesta que pudiera darme consuelo.

El zarpazo de un grito rasgó la atmósfera de la habitación. «Quiero ver a mi hijo. Quiero ver su rostro y oler su piel. Dejad que lo vea. Dejad que vea que nació muerto. Os lo ruego». Se me encogió el estómago. Quise llevarme las uñas a la boca, pero me controlé. Aquella mujer debía de estar muy cerca de donde yo me encontraba, al otro lado de una fina pared que parecía de papel.

Y, en efecto, como después descubriría, más allá del cuarto que yo compartía con Julia había una estancia mayor que ocupaban el resto de las mujeres ingresadas en el hospital, donde se extendían dos filas de camastros con cabeceros metálicos.

De ahí procedía esa voz suplicante.

—Por favor, señorita, acérquemelo, deje que vea su cuerpo —imploró una vez más.

Aunque apenas tenía diez años, nunca dejará de dolerme lo que oí aquel día. Podré no recordar la hora, pero siempre sentiré las astillas de aquel tiempo.

—¿Qué quieres ver? Estaban muertos. Ya está.

—¿Muertos? —dudó aquella voz sin suerte—. ¿Acaso eran dos niños?

Sus palabras arañaban el aire.

—¿Qué más te da a ti? —le preguntó la otra mujer, supuse que una enfermera. El mal asomó y su lengua lanzó veneno sobre la herida de aquella madre—. No tienes más que volver a abrirte de piernas. Eso es lo que hacéis las de tu especie; que no sabéis esperar al matrimonio. Sois animales sin cabeza.

Un oscuro silencio envolvió la vergüenza de la parturienta durante largos segundos en los que yo me preguntaba qué especie sería esa; si tendría cola de lagarto, escamas de jurel o la sangre fría de un reptil como aquella mujer que le hablaba.

No me sorprendió que, pasado ese primer impacto, el inmenso vacío de la madre se llenara de fuego hasta hacerla explotar.

—¡Hija de Belcebú!

Oí golpes, empujones, objetos que caían, resistencia y una larga lista de insultos tras los cuales entendí que la habrían arrancado de la cama para echarla del hospital.

Permanecí unos minutos pensando en el dolor de esa mujer, que había perdido a sus hijos como yo perdí a mi madre al nacer.

—¿Sofía?

A los pies de mi cama, un médico barbilampiño, de mediana estatura y que llevaba el cuello de la camisa con el desaliño propio de quien se acicala en el último segundo me miraba con una carpetilla en la mano.

—Vengo para revisar tus curas. Soy el doctor Freire.

Dejé que apartase la sábana y con sumo cuidado descubrió mi vientre. En cuanto posó dos dedos encima de la venda, me estremecí con el impulso de llevarme una mano a la nariz, a la sonda.

—Sé que te molesta, pero ha sido necesario para limpiarte... ahí dentro —dijo, y señaló mi tripa—. Echaré un vistazo y estoy seguro de que hoy ya podrán retirártela.

Quizá fruto de la ilusión que me hacía aquella noticia, juraría haber visto cómo me guiñaba un ojo. No estaba acostumbrada a que un desconocido actuase así conmigo, por lo que continué observándolo con curiosidad.

El médico retiró el vendaje poco a poco y, al fin, pude ver lo que protegía. Puntos de sutura del color del alquitrán descendían desde el ombligo como el largo camino de un engranaje imperfecto.

El doctor Freire me examinó la herida a conciencia y, tras desinfectarla, volvió a taparla con el mismo cuidado con el que la había descubierto.

—Esto pinta bien —dijo, y creí ver un amago de sonrisa de satisfacción—. Diré a la enfermera que se pase por aquí para retirarte la sonda de la nariz. Para lo demás deberás tener un poquito de paciencia todavía.

Quise preguntarle qué me había ocurrido para acabar con el abdomen abierto de aquella forma, pero no fui capaz de pronunciar ni una sola palabra. Mi falta de costumbre a la hora de hablar con otras personas no ayudaba demasiado.

Él echó un vistazo a las cuatro esquinas de la habitación y preguntó:

—¿Estás sola?

Tampoco ahí dije nada. ¿Debía decirle la verdad? ¿Y cuál era exactamente esa verdad? Hasta donde yo sabía, mis abuelos me habían acompañado hasta el hospital, y luego, tan solo parecían haberse... esfumado. Pero yo sabía que era imposible que me hubieran dejado allí sola. ¿Tendría que ver su desaparición con aquel recuerdo fragmentado del abuelo desplomándose sobre el suelo el día de mi ingreso? Me negaba a creer que le hubiera pasado algo grave. Pero, entonces, ¿por qué no venía a verme? El abuelo siempre había estado ahí cuando yo lo había necesitado: me había salvado en el río, había evitado que me atragantara con las vainas de guisante... Siempre aparecía en el momento oportuno, como un héroe. ¿Por qué, entonces, no había venido a verme en todos esos días que yo llevaba ingresada?

Me di cuenta de que no habría podido responder al doctor Freire ni aunque hubiera querido, de modo que me limité a parpadear.

Él buscó algo entre los papeles de su carpetilla.

—Sofía Santalla Sarela —murmuró, y me observó como si me redescubriera—. ¿Eres la hija de Félix? ¿Félix, el bibliotecario?

Asentí lentamente sin dejar de mirarlo a los ojos.

—¡Qué buen hombre tu padre! —exclamó con genuina sinceridad.

Unas palabras que yo recibí con la misma ilusión que aquellos aviones de papel que me avisaban de que mi padre ya estaba en casa.

—Recuerdo cuando tenía la librería en la rúa do Vilar —continuó el médico—. El cariño con el que cuidaba cada ejemplar de sus estanterías, las cuartillas escritas a mano en donde recogía citas clásicas para animar a los estudiantes de Medicina que, como yo, pasábamos por allí para hacernos con los manuales que nos pedían en la facultad...

Por un segundo creí que se había perdido en un tiempo muy lejano.

—Me viene a la mente uno de los primeros mentores que tuve en este mismo hospital, el doctor Servio Puente —agregó tras rescatar el nombre del recuerdo—. Murió al poco de acabar la guerra. Él siempre hablaba maravillas de tu padre; contaba que era el único librero que daba facilidades a los estudiantes con menos recursos para comprar libros. Imagino que tal cosa no ayudaría demasiado a mantener la librería y que por eso acabó sus días con la pequeña biblioteca de tu madre... —barruntó antes de concluir con un broche de lástima en la voz—: Una pena lo que le sucedió.

Alcé las cejas con los ojos como platos: «¿Qué le sucedió?». «¿La biblioteca de mi madre?», quise preguntar, pero una vez más no me sentí capaz de decir nada.

—Bueno, ahora vendrá la enfermera Carmona para retirar la sonda y al menos podrás ponerte en pie —dijo él a modo de despedida, y salió cabizbajo de la habitación.

La tarde caía plomiza despertando a las sombras que habitaban las piedras del hospital cuando la enfermera Carmona se me acercó.

Nada más necesité dos palabras en su voz grave para identificar que era la misma que había hablado esa mañana a la mujer que pedía ver a sus hijos recién nacidos.

—Coge aire —ordenó.

Mi respiración estaba demasiado agitada y tardé en controlarla.

—¡No me mires con esa cara y coge aire!

Me quedé congelada. Ella tiró con fuerza y la sonda salió como una serpiente negra por mi nariz, abrasando todo a su paso.

Sé que no lloré, cómo hacerlo, pero los ojos se me llenaron de lágrimas demasiado asustadas para saltar.

Ella no dijo nada hasta que alcanzó la puerta. Justo en ese punto reparó en la misma cuestión en la que horas antes había reparado el doctor Freire y me preguntó:

—¿No hay nadie contigo?

Si no había reunido valor para decirle nada a su predecesor, la precaución me susurraba al oído que mucho menos debía hacerlo con aquella mujer que, indiferente a todo cuanto tuviese que ver conmigo, se alejaba con la lengua preñada en viscoso desdén para decir antes de salir:

—Estarán con tu hermano; otro indeseable.

17

La tarde dormitaba en el silencio enrejado de la habitación. Con Julia aún ausente y mi reciente liberación de la sonda que me había tenido amarrada a la cama durante todos esos días, era hora de ponerse en pie.

Después de unas cuantas pruebas y errores, caminé con empeño y de la mano del gotero hasta alcanzar la ventana. Me apoyé en el alféizar de piedra para coronar el éxito de haber llegado hasta allí yo sola. Desde aquel punto abierto a la ciudad que tan poco conocía entonces, lo primero que hice fue buscar el horizonte, los confines, la medida de lo grande tan necesaria para recordar que todo lo demás era pequeño, especialmente yo.

Con la vista en lo alto, hacia el tejado del que un día había sido el Hospital Real de pobres peregrinos, descubrí una monstruosa gárgola de gesto impasible sobre la costa do Cristo.

El viento soplaba y, para mí, su aliento misterioso recorría la rúa da Trindade. Azotaba a su paso arbustos y matorrales y se regocijaba en dar forma de fantasmas a las sábanas blancas que colgaban junto a la iglesia de Nuestra Señora de las Angustias de Abaixo.

Al lado del hermoso templo, en un banco de piedra que miraba hacia la cárcel de la Falcona, se recortaba la silueta de una mujer de negros ropajes con las rodillas muy juntas y las manos descansando sobre su regazo.

Quise ver en su figura a la abuela Dina, pero sabía que no era ella. El cuerpo de esta mujer era más menudo y lucía un diminuto moño blanco a la altura de la nuca. La abuela, en cambio, siempre ocultaba la cabeza bajo su pañuelo negro. Nunca llegaré a saber si se escondía de Dios o del resto de los presentes que cuestionaban su cartilla de racionamiento en la cola del azúcar o del arroz.

A la silueta sentada en el banco le colgaban los pies, apenas acertaba a apoyar las puntas de los zapatos en el adoquinado que barría el aire. Continué observándola largo rato. Desde la altura de mi ventana se veía como un puntito negro. Parecía aceptar el viento que soplaba furioso en su cara sin bajar la cabeza para protegerse, sin rendirse. Me pregunté si estaría esperando a que el reloj marcase las ocho campanadas para rezar también a Nuestra Señora de las Angustias.

Son curiosas las cosas que pueden llegar a extrañarse. En ese momento hubiera dado lo que fuera por estar en casa oyendo el viejo reloj marcar la hora señalada para prender la vela a la Virgen, bien pegadita a la abuela y ante los ojos encendidos de incomprensión de Dindón.

Echaba en falta también a mi padre. ¿Dónde estaba? ¿Por qué no venía a verme? Su ausencia llenaba de interrogantes el inmenso agujero que se abría en mi pecho al extrañar a toda mi familia. A la que conocía, claro. Reparé en la existencia de ese hermano que en el hospital afirmaban que tenía. ¿Sería verdad? A tenor de lo poco que me habían contado en casa del resto de la familia, quizá sí. En ese caso, ¿nos pareceríamos? ¿Nos veríamos y sentiríamos una conexión? Tal vez él supiese dónde estaba mi padre..., ¿nuestro padre? De pronto se me encendió una ilusión, necesitaba encontrarlo y hablar con él.

El gotero estaba provisto de ruedas, por lo que pude salir de la habitación por mi propio pie. Nada más cruzar las jambas, fui consciente de que no tenía ni idea de hacia dónde dirigirme. Lo resolví al azar, guiada por un impulso. Y no tardé en descubrir mi error.

En uno de los intrincados pasillos de aquel inmenso lugar dos hombres de avanzada edad hablaban, debatían, discutían...

—Explíqueme otra vez por qué se ha hecho cura, Avelino. Mire que me esfuerzo, ¿eh?, pero hay algo que no acaba de quedarme claro... Porque usted es de Granada, ¿no? —dijo el de mayor tamaño, orondas formas y una bota de vino que parecía soldada a su mano derecha.

—Mariano, por favor... Todos los días lo mismo —se quejó el otro, que vestía alzacuellos y caminaba con el cuerpo encorvado de quien acostumbra a rezar de rodillas y ver las nubes solo en el reflejo de los charcos.

—Todos los días no. Ya me gustaría —rio el primero—. Eso es mentira y por lo tanto es pecado, padre. Cuidadito. Debería saberlo y tenerlo bien presente. —Levantó el dedo índice con una mirada de traviesa advertencia—. No querría ver yo esa sotana que cada día le queda más grande ardiendo en las llamas del infierno. Usted y yo solo departimos cuando lo hacemos con franqueza, y eso es únicamente los días que los pipos se llenan hasta arriba en las bodegas que tan bien saben guardar aquí bajo llave. Bueno..., no tan bien —añadió pícaro, y alzó la bota para dejar caer un buen chorro de licor en su boca.

—Acabarán poniéndote de patitas en la calle como no reconduzcas tu actitud.

—¿Mi actitud? —se sorprendió el orondo, y trató de apoyarse sobre un codo en la pared, pero resbaló y se dio un costalazo.

—Este es un lugar de curación para enfermos y tú no lo eres.

—Este lugar se levantó como hospital para pobres peregrinos: y qué soy sino justo eso.

—Si ni siquiera crees en Dios, Mariano —negaba resignado el sacerdote.

—Pero creo en su gracia. —Alzó la bota como un trofeo enseñando los dientes teñidos—. Y no me diga que no tiene gracia que este lugar se haya construido con el obligado Voto de Granada que pagaron sus antepasados y ahora esté usted aquí como cura —se carcajeó perdiendo el equilibrio de nuevo.

—Mariano...

—Beba un poco conmigo, padre Avelino, por la buena compañía en el camino de la vida... ¿Ve como sí soy un peregrino?

Sin haber comprendido aquella conversación entre un beodo y un beato, continué avanzando, perdiéndome y virando hasta dar con la zona donde estaban ingresados los hombres. Una vez allí pregunté a una amable religiosa por un chico apellidado Santalla Sarela y añadí que se trataba de mi hermano.

Ella me miró de arriba abajo y yo confié en que la suerte se hiciese dueña de mi dosis de verdad. La monja colocó una mano bajo mi mentón animándome a mostrar los ojos ante ella. Al fin, para mi respiro, me indicó dónde se encontraba aquel chico con quien compartía apellidos, de nombre Daniel.

—Menuda pieza tu hermano, bonita —dijo por despedida—. Por eso lo tenemos en una habitación a él solo.

Tragué saliva con el gesto congelado, agarré con fuerza el metal del gotero y seguí las instrucciones paso a paso. Llegada a ese punto, me pregunté en un susurro si era buena idea acercarme a alguien que tenía esa carta de presentación.

18

La puerta estaba cerrada. Justo en el último segundo dudé si llamar y esperar, llamar y entrar o, incluso, si no llamar y dar media vuelta. Finalmente, opté por entrar despacio sin aviso previo. Para nada lo hice por un acto de osadía, sino por el temor a interrumpir el descanso del misterioso ocupante de la habitación.

Con una mano en la manilla, asomé sigilosa mi cara antes de dar un paso al frente. Ante mí, un joven de unos dieciséis años me miraba con una expresión desafiante. Por un segundo consideré la posibilidad de que estuviese esperando mi visita, pues no parecía sorprendido.

Su cuerpo era delgado, aunque de espalda ancha y hombros bien dispuestos. Su voz, sin embargo, tenía el peso y la experiencia de varias generaciones.

—¿Quién eres y qué quieres?

Otra cosa no, pero directo sí me pareció en su falta de preámbulos.

—Verás —comencé diciendo, y me di cuenta de que me temblaba la voz.

Tragué saliva antes de continuar, incapaz de moverme del umbral de la puerta, todavía abierta.

—Me han dicho que tu nombre es Daniel.

—Así es, ¿y...?

Su piel era morena y en su cabello castaño se entreveraban rayitos dorados con la gracia del mismo sol.

Me fijé en sus ojos, tan claros y brillantes que caí en la ensoñación que despertaba la primavera al otro lado del río, ese que yo atisbaba desde un ventanuco de la casa de mis abuelos.

—Si vas a tardar tanto en hablar, digo yo que o entras o no, pero evítame la corriente, que aún me estoy recuperando. Además, aquí las piedras tienen oídos.

Acostumbrada como estaba a seguir las indicaciones de todos en casa, no dudé y obedecí. Lo hice con tanta rapidez que las ruedas del gotero se golpearon con las jambas y se fue al suelo. Y con él yo, claro.

Daniel saltó de la cama vestido nada más que con unos pantalones. Además de sentirme torpe por la caída, acusé un sonrojo equiparable al carmesí de una amapola. No sería hasta que abandonase la habitación cuando repararía también en el hecho de que Daniel no llevaba la misma ropa que el resto de los ingresados en el hospital, abriendo así otro interrogante.

—A ver que lo entienda —empezó él—: entonces, además de problemas con el habla, también tienes dificultades de percepción espacial, ¿no?

Si aquel comentario pretendía ser gracioso no fue así como lo recibí. Algo que disparó —todavía más— el rubor de mis mejillas.

Me ayudó a ponerme en pie. Fui consciente de que me sacaba casi dos cabezas de altura y que de cerca sus ojos tenían un punto de enigma insolente que medio ocultaba un flequillo largo y travieso.

—Gracias, aunque no era necesario, podía sola.

Mentí con un punto de orgullo frente a su burla para que no intuyera la queja por el dolor en la zona del pinchazo que facilitaba la entrada del suero y la medicación en mi brazo.

—Venga, siéntate en la cama, se te ve pálida —dijo Daniel, y yo asentí con cierta aura de servidumbre.

Me fijé en que él llevaba una mano vendada, pero evité hacer ningún comentario al respecto. Cuanto menos se alargase aquella situación, mejor: empezaba a plantearme si era un error estar allí, frente a un chico desconocido cuyos modales dejaban tanto que desear.

—Explícame cómo es que has acabado hoy aquí. Exactamente en esta habitación.

Si antes me había parecido complicado comenzar una conversación, retomarla se estaba convirtiendo en un verdadero reto.

—Lo cierto es que... yo... quería saber. —Vi su cara de impaciencia, respiré despacio y continué—: Me han dicho que te apellidas Santalla Sarela, ¿no?

Desperté al fin su interés.

—¿Y tú quién eres?

Tras un largo intervalo de duda, reuní el coraje suficiente para contestar:

—Soy Sofía.

Fue decirlo y desear que significase algo para él, y no que simplemente me hubiese confundido de puerta o de cama y estuviera haciendo el ridículo de nuevo.

—Algo me dice que no eres una enfermera —dijo con indiferencia—. De serlo, nunca dejaría que me pusieras una mano encima.

Sentí vergüenza con aquella broma. Los nervios me habían jugado una mala pasada de nuevo; no le había dado a Daniel la información más relevante.

—Sofía Santa... —me trabé—. Quiero decir que me llamo Sofía Santalla Sarela.

No supe qué más añadir, pero tampoco hizo falta pensar demasiado, porque él no tardó en hablarme.

—Está bien, ¿y...? —Hizo una pausa y añadió—: ¿Por qué me miras así?

No fui consciente de que me había quedado absorta observándole. Su piel, su pelo, sus ojos... Tardé un minuto en comprenderlo: era un chico bien parecido, pero no se parecía a mí. De no haber sido por el gotero, habría salido corriendo con algún pretexto que no me hiciese quedar como una cría con la cabeza llena de pájaros.

—Verás... —continué—. En el hospital piensan que somos hermanos..., y yo..., bueno, yo solo quería conocerte para confirmar que eso es imposible.

—¿Hermanos? —Dibujó una sonrisa burlona—. Claro que no.

—Lo sé, lo sé —dije para alejar aquella absurda creencia al tiempo que creí necesitar un abanico o un ventilador—. No me cabe ni la menor duda.

—Que no te cuenten mentiras en este lugar —aconsejó—. Yo no tengo hermanos.

—Claro. Perdona... —Preferí despedirme sin demoras tras esa respuesta—. Te dejo descansar tranquilo.

Ya me iba, pero al aproximarme a la puerta reparé en un libro que estaba sobre una pequeña mesa al lado de la ventana. Lancé una mirada fugaz al libro y después a Daniel. Una vez más: al libro y de nuevo a Daniel. Solo quedaba que me acercase hacia la ventana y lo tomase en las manos para comprobar algo que me ardía en los ojos y en la punta de los dedos.

—Este libro me suena —murmuré.

Sin inmutarse, Daniel contestó:

—Lo he cogido en la biblioteca.

—¿Qué biblioteca?

—La del hospital.

—No sabía que hubiese una biblioteca aquí —respondí apocada.

Dio un par de pasos hacia la ventana y señaló en una dirección.

—¿Ves aquel corredor?

Sin moverme del sitio, alargué el cuello para fijar en mi retina el punto que me indicaba.

—Pues por allí está la biblioteca —completó sin aportar una pizca de precisión.

Después caminó hacia mí y sin malas formas trató de quitarme el libro de las manos, pero no se lo permití.

Por primera vez fruncí ligeramente el ceño ante él.

—¿Qué te ha pasado en la mano? —pregunté—. ¿Está rota?

La pregunta se precipitó desde mi boca, pese a haber tomado tan solo unos minutos antes la decisión de no comentar nada sobre su mano vendada. De algún modo, había algo en Daniel que me impedía actuar con coherencia.

—No es asunto tuyo —me soltó—. ¿Acostumbras a interrogar a los desconocidos?

Ignorando sus palabras y su tono, abrí el libro y encontré la referencia que necesitaba para constatar que era de la colección de mi padre.

—¿De dónde lo has sacado?

—De la biblioteca, ya te lo he dicho. ¿Es que también estás sorda? Devuélvemelo.

Lo miré con envalentonado desafío antes de dejar el libro sobre la palma de su mano extendida.

—Hay una biblioteca en los sótanos del hospital —me aclaró—. Compruébalo cuando seas capaz de no perderte o chocarte con las esquinas.

Avancé hacia la puerta mientras él todavía hablaba.

—La buscaré —dije, y sentí que había crecido los cuatro palmos que me faltaban para ser tan alta como él.

—Seguro que Félix también ha dejado algún regalito allí para su hija.

Me di la vuelta con los ojos abiertos como platos, a punto de saltar de sus órbitas.

—¿Cómo sabes que mi padre se llama así?

III

VIENTO

[Movimiento acelerado de aire húmedo que une las piezas de la historia].

19

Sofía

Comprendí, acepté y agradecí confirmar que no era hermana de ese tal Daniel. Menuda forma de tratar a una niña. Estaba claro que compartíamos apellidos por una de esas cuestiones inexplicables del destino, pero nada más.

La única conclusión destacable que había sacado de aquel encuentro era que mi padre había estado en ese hospital. Aquel libro, sin lugar a dudas, formaba parte de su colección más especial. Lo supe porque en todos los ejemplares por los que sentía cariño les escribía a mano una cita seleccionada de entre sus páginas, con la letra de perfecto escribano que siempre se esforzó en cuidar.

Daniel había dicho que ese libro pertenecía a la biblioteca del hospital, por lo que desplegué la batería de recursos e intuición propia de las heroínas de los cuentos y me dispuse a actuar como ellas: en clave de misterio, al frente de una aventura y, sobre todo, deseosa de comenzar la más apasionante búsqueda de la verdad.

Tocaba ser expeditiva y encontrar ese pequeño templo que custodiaría títulos y miles de historias. Necesitaba constatar que ese chico no me había mentido y, con un poco de suerte, comprender por qué mi padre había pasado por allí, y lo más importante: cuándo.

«No ha podido ser hace poco —me dije—. Es imposible que mi padre haya venido al hospital sin acercarse a verme».

Pero ¿era imposible realmente? Aparqué aquellas cuestiones pensando que recibirían respuesta cuando al fin regresara a casa y pudiera hablar con él, y recorrí alambicados corredores de piedra bajo la luz que exhalaba la última hora del día. No tardé en acusar el cansancio en las piernas, en los brazos y hasta en la mano que empujaba el gotero con la quemazón de una incipiente callosidad.

Hice varias paradas para coger aliento. En una de esas pausas, probablemente tras haber forzado el cuerpo más de la cuenta, otra duda me sacudió por dentro: ¿qué estaba haciendo? Si la abuela hubiese estado conmigo, me habría dicho: «Pero ¿a dónde vas? Vuelve a la cama, Sofía». Y habría acabado con un: *«Non hai cabeza mais que para levar golpes»*. Lo malo era que, en buena parte, razón no le hubiese faltado. Lo peor, que el abuelo no estaba cerca para salvarme una vez más.

Si la invocación de la abuela Dina me había hecho dudar de mi coraje y mi capacidad para asumir riesgos en una coyuntura como aquella, pensar en el abuelo me desinfló por completo.

Pasé largos minutos cogitabunda con la mirada en el suelo. No recuerdo si llegué a sentarme en alguno de los bancos del patio de San Juan o si permanecí con la espalda pegada a una columna, pero no olvido que sentí una brisa fría en la cara y que el polvo frente a mis pies se levantó formando un pequeño remolino hasta alcanzar las cuatro hojas secas que habían caído en aquel patio arrastradas por el viento. Me quedé observando con las lágrimas estancadas en los ojos; la hojarasca se elevaba un par de palmos desde las piedras.

Al fin me agarré al palo del gotero y me dispuse a avanzar de nuevo. Si aquella expedición mía resultaba ser un error, aprendería de él, pero en ese momento necesitaba continuar y descubrir si existía esa biblioteca. Dejé atrás aquel patio y crucé varios pasillos, cada uno más intrincado y peor iluminado que el anterior. Me topé con un angosto corredor por el que a duras penas podía caminar al lado de mi inseparable compañero de metal. Sin espacio para estirar un brazo, abrí la palma de una mano para leer las asperezas de la piedra y guiarme en la oscuridad.

Al fondo se veía un candil junto a una puerta de hierro abierta. Me acerqué y descubrí que daba paso a unas escaleras.

Al borde del primer escalón, me detuve para lanzar una mirada a esa boca de húmeda negrura. Casi agradecí estar anclada por las venas a una bolsita de suero para no verme obligada a ser valiente y bajar hasta donde fuese que condujesen; por lo que a mí respectaba, podrían haber descendido al mismísimo infierno.

El grito de una niña trepó desgarrado en la oscuridad. Sentí como si dos brazos buscasen liberarse desde el fondo de un pozo y el miedo me llevó a colocar una mano sobre el vendaje del abdomen buscando un alivio que no iba a llegar.

Un estruendo metálico, un impacto contra el suelo o la pared, siguió a las notas desesperadas de quien chillaba y varios bebés rompieron a llorar.

¿Qué estaba pasando? ¿Les estaban haciendo daño a esos niños? ¿O se encontraba todo en mi imaginación?

No me quedaría a averiguarlo. No estaba en condiciones de ayudar a nadie y ya solo volver al cuarto que compartía con Julia me parecía una proeza.

Alcancé el patio de San Mateo; recuerdo leer el nombre del evangelista sobre una piedra. Busqué la disposición que me había enseñado la abuela Dina para insuflarme ánimo y apuré el paso. Uno, dos, rápido, más rápido, izquierda, derecha.

Hasta que vi la sombra de una gárgola inmensa derramándose hacia donde yo estaba. Sentí que caía a plomo sobre mi cabeza con sus fauces de piedra dispuesta a devorarme. Quise dejar atrás la pesadilla, y casi lo habría conseguido de no ser porque las ruedas del gotero se engancharon en un parterre. Tiré con fuerza. Intenté varias veces liberar aquel palo, pero, tras el último empujón, la suerte se puso del lado de la oscuridad.

Caí de espaldas en medio de una enorme cruz delineada con boj. Se trataba de la cruz potenzada de Jerusalén, el emblema del hospital.

Pese a no suponer un duro golpe por el amparo del seto y lo mullido de aquella moqueta de verde naturaleza, el impacto reverberó en mis entrañas y sentí lava de volcán en el abdomen.

Oí pasos; el afán de una pierna que luchaba por desplazarse y se arrastraba sobre las piedras. Había alguien cerca.

Me volví hacia la siniestra gárgola. Sus ojos permanecían abiertos, mirándome, mirándolo todo, leyendo en la oscuridad cuanto yo no acertaba a interpretar... Y entonces la vi. Se deslizaba sobre la hierba y venía hacia mí. Era ella. Ojos perdidos y andar de sombra. Vestía el camisón del hospital con la misma cruz sobre la que yo permanecía tirada. Luché por levantarme: la niña que tantas veces se me había aparecido estaba allí, frente a mí, recortando la distancia que nos separaba...

Sentí más calor en la herida. Un calor húmedo. Aparté las manos y vi sangre. Demasiada. Hasta que mis ojos se fundieron con el mismo negro de aquella noche.

20

Daniel

«Qué cría tan molesta. Reconozco que no me la imaginaba así. Lo que me costó librarme de ella con tantas preguntas. Qué insistencia al indagar sobre Félix. Menos mal que estuve rápido...».

Al siguiente día, Daniel rememoraba la impresión que le había dejado Sofía. Él, sin detallar nada, le había dicho que sabía quién era su padre porque se trataba del librero más conocido de la ciudad y que, en una ocasión, le había contado que tenía una hija llamada Sofía.

Daniel lamentaba haberle hablado de la vieja biblioteca y hasta haberle dado instrucciones para llegar a ella. Curiosamente, a la cría no le había sorprendido lo bien que conocía aquel hospital. «Pero, claro, con la cantidad de veces que he estado por aquí para que me dieran puntos o me vendaran...».

El chico cavilaba cuando oyó la voz de un guardia abriéndose paso en el corredor. La alerta se dibujó en su rostro y tensó la espalda. Aguzó el oído y no tardó en entender que era a él a quien buscaba. Algo que, por otro lado, no le sorprendía a tenor de lo que había hecho; ese acto que le había llevado a ingresar en el hospital con una mano rota.

En cualquier caso, ahora debía fugarse. Tenía que salir de allí cuanto antes. No iba a consentir que lo encerraran en la Falcona a la sombra de un enrejado de hierro. «Ni de broma».

Daniel se echó una manta sobre la cabeza y, encorvado, con el rostro apuntando al suelo, abandonó la habitación. Avanzó discreto camuflándose entre vagabundos y pobres peregrinos, contando sus pasos. Se centraba en esquivar miradas y tropiezos para dar con una sala en la que pretendía aliviar el mayor de sus temores.

En el recibidor, que daba hacia la plaza del Obradoiro, vio a una mujer que caminaba con dificultad. Llevaba una mano sobre el abdomen, mientras la otra, convertida en cuenca y santuario, sostenía una medalla de Nuestra Señora de las Angustias. Lloraba con amargura frente a la Capilla Real, que hacía las veces de iglesia en el hospital, después de enfrentarse a una enfermera con el alma tiznada por el fuego del infierno.

Daniel abrió los ojos al reconocerla: era una vecina de su barrio a quien el novio había abandonado tras enterarse de que estaba embarazada.

Otra mujer se acercó a ella con intención de ofrecerle consuelo, pero ¿cómo aliviar el duelo de una madre privada incluso de la posibilidad de ver el rostro de sus hijos? La miraba con pesar. Dudaba si abrazarla, si permanecer callada a su lado o si dar un generoso donativo al limosnero oficial del lugar. Y fue esto último lo que hizo: ayudar con todas las monedas que llevaba en la cartera, confiando en que la Divina Providencia perdonara a su amiga por no haberse guardado de los apetitos de la carne hasta pasar por vicaría.

Metió las monedas una a una, con decisión. Primero introdujo la de comprar el pan de la mañana, después la del arroz para cenar, también la de los retales para remendar el uniforme del niño y hasta la de la sal, pues ya se encargaría ella de llorar lo suficiente al llegar a casa.

La lucidez alcanzó a la doliente, quien se dirigió a su comadre.

—Déjalo estar —pidió—. No se puede ahogar el mañana con las lágrimas que nos inundan hoy.

La otra contenía el llanto al tiempo que con una moneda más en la mano dudaba si perderla o guardarla.

—La vida sigue —insistió la pobre mujer con fingida entereza en una voz que hacía llorar al corazón—. Y continuará sin ser fácil para ninguna de nosotras dos.

Después colocó la mano en el brazo de su amiga para detener aquel último movimiento, lo cual provocó que, por un terrible error de la suerte, la medalla de la Virgen se perdiera dentro del limosnero.

Daniel reconoció la tristeza y el dolor de aquellas mujeres y no dudó en actuar. Se acercó a ellas sin descuidar la manta que ocultaba su rostro. En el sobresalto de una y el aliento contenido de la otra supo leer que lo habían identificado, pero no disponía de mucho tiempo para solventar aquella situación. Sin intercambiar palabra se afanó en recuperar la medalla. Una especie de ganzúa, la mano sin fracturas y varios movimientos a izquierda y derecha con su oído entrenado consiguieron que, al cabo de pocos segundos, abriese el candado del limosnero para extraer con cuidado aquella joya entre todos los billetes y las monedas.

El santo apóstol Santiago, sin ver, miraba desde una columna, la piadosa amiga se santiguaba y la mujer en duelo imploraba por recuperar aquel tesoro cubierto de agua salada.

Daniel abrió la mano para ver la medalla en medio de un puñado de billetes.

Ni un segundo tardó el brazo de un militar en agarrarlo con violencia para retirar la manta que cubría su cabeza. Lo que no sabía Daniel era que ese hombre llevaba rato observándolo.

—Reconozco el valor de un chico como tú en las deplorables artes del latrocinio. De todas ellas, esta es la más execrable.

El coronel Vallejo habló, y el silencio que siguió sepultó el derecho a réplica de cualquiera, de todos los presentes e incluso los que no estaban cerca.

—Y vosotras, ¿qué hacéis aquí? ¿Acaso no tenéis familia que atender?

Las mujeres lo miraron un segundo buscando entre los nervios las palabras justas con las que defender el buen acto del joven, pero antes de que pudieran abrir la boca, el militar ordenó:

—¡Largo!

Daniel apretaba las mandíbulas en su rostro imberbe.

—¿Qué es esto? ¿Un libro? —añadió el militar.

Vallejo le arrancó el libro que tan bien protegía bajo el brazo y, sin medias tintas, se dispuso a abrirlo. Incluso a leer parte de su contenido.

No tardó en encontrar entre las primeras páginas una fotografía en blanco y negro de un soldado, al que reconoció enseguida.

—Un buen médico reconvertido en mal soldado —murmuró.

Daniel pareció seguir la trayectoria de sus palabras y de su pensamiento sin intención de añadir nada.

—¿De qué lo conoces? —preguntó Vallejo.

—¿Quién dice que lo conozca?

—Cuidado, mocoso. Ya te he pillado robando. No te la juegues: mi paciencia es limitada.

—No creo que sea lo único...

A punto estaba el coronel de golpear el rostro de Daniel cuando apareció como en una invocación el padre Avelino con su escaso metro y medio de estatura.

—Uy, hijo, gracias por recoger las limosnas —dijo hacia Daniel, y completó después hacia Vallejo—: ¿Se puede creer usted que he perdido la llave del candado?

El coronel frunció el ceño con la duda coronando el desagrado que todo aquello le provocaba.

—Menos mal que este chico tiene manos de oro para abrir y cerrar cualquier cosa que se le antoje... —prosiguió Avelino.

—Así que entiendes de cerraduras... —profundizó el coronel con la audacia de un halcón, tras un exhaustivo repaso con la mirada al candado de hierro que colgaba del limosnero.

—Sí, señor, entiende —respondió el sacerdote.

—Déjele hablar a él —ordenó el militar.

—Podría decirse que no tienen secretos para mí —contestó ufano el joven.

—Necesito a alguien para un trabajo bastante más delicado que este candado —dijo Vallejo, y lanzó otro vistazo de arriba abajo a Daniel—. Alguien con una extraordinaria habilidad en las manos; alguien que podrías ser tú.

—¿Yo? Pero si solo tengo dieciséis años —dudó.

—¡Qué importa la edad! Los años no garantizan nada, ni en uno ni en otro sentido. Y quien iba a encargarse de ese asunto no creo que pueda ayudarnos más.

Daniel asintió con diligencia. De negarse a la propuesta del coronel Vallejo, podría terminar en la cárcel de la Falcona. O sufrir, incluso, un castigo peor, como sumarse a un batallón de trabajos forzados.

Sin expresar ninguna emoción, el coronel se despidió del padre Avelino y emplazó a Daniel para comenzar con el trabajo a la mañana siguiente.

—Demasiado pronto —repuso el joven—. Todavía no tengo el alta médica —añadió, y levantó la mano para mostrar que estaba rota y escayolada.

El oficial contrajo el gesto con desagrado y fijó la vista en el brazo de Daniel. Después, con un leve movimiento de dos dedos, llamó al cura para que se acercara de nuevo.

—Más vale que el chico se recupere pronto —amenazó—. Necesito a alguien con carácter inmediato. No puedo ni quiero esperar.

El padre Avelino mantuvo la cabeza gacha antes de asentir

con vehemencia para dar la cara por ese chico al que acababa de conocer.

Aparentemente satisfecho, el militar se retiró con paso firme.

—¿Le parece que estoy sordo o qué? —le dijo Daniel al sacerdote—. Que tengo la mano rota, no los tímpanos. Y si tardo en recuperarme, ¿qué pasa?

—Debes entender la importancia de tener contento a ese hombre. Sobre todo, después de que te haya pillado robando.

—Sabe tan bien como yo que no estaba robando. Pero si usted mismo ha mentido para protegerme y le ha dicho que me había encargado recoger las limosnas...

—En efecto, yo he mentido —dijo Avelino, y se dio la vuelta para santiguarse con la vista en el altar de la capilla, que se encontraba a su espalda—. Que Dios me perdone. El problema es que el coronel Vicente Vallejo lo sabe. No te quepa un mínimo de duda —murmuró con la barbilla buscando el alzacuellos.

—Usted vio cómo estaba ayudando a esas dos mujeres para recuperarles una medalla.

—No tienes que convencerme a mí, muchacho. Poco importa que yo te crea. Para tu desgracia, a los hombres como el coronel no se les convence; se les vence en el campo de batalla o se acatan sus órdenes sin más pamplinas que el «sí, señor». Y la guerra ha terminado, de modo que a callar —exclamó con recelo mientras se afanaba en dibujar sobre su propia boca una cruz para sellar sus labios. Había reparado en las dos monjas que se deslizaban parsimoniosas a su lado y temía que pudieran oírlo.

—Eso no es justo, padre —se quejó Daniel.

—¿Hablas de justicia? —se sorprendió el religioso con un tinte tan honorable como infantil—. Solo existe una justicia, hijo, y es la divina. —En su voz afloraron la sinceridad y una tristeza contenida—. En la mayoría de los hombres los juicios se hacen con los ojos y las sentencias ni siquiera se molestan en hilar palabras. Basta una mirada al color de la piel, a los callos de las manos, a la falta de brillo en los zapatos o a la ausencia de eco en el apellido para enjuiciar a cualquiera sin necesidad de más pruebas.

—Pero ¿no ha dicho que se ha acabado la guerra? —intervino molesto el joven.

—Será posible... —El sacerdote dejó caer la cabeza sobre una mano con el cansancio propio del predicador, y a continuación contestó mirando fijamente a los ojos de Daniel—: Hay un tipo de guerra que no se acaba nunca. —Sus ojos se tornaron brillantes como un faro en la más oscura profundidad antes de apuntar con un dedo sobre el pecho del chico—: La de Dios y el diablo en el corazón de los hombres.

Se sostuvieron la mirada durante varios segundos. El silencio en torno a aquellas palabras, en cambio, se alargaría más tiempo. Mucho más tiempo.

—Ven conmigo —dijo el padre Avelino al fin—, te daré algo de comer y de beber. Bueno, de beber no sé si podré ofrecerte...; pongo en duda que cierto peregrino haya dejado una gota de lo que sea para nadie —murmuró.

—Se lo agradezco, padre, de verdad que sí. Y se lo aceptaré más tarde, pero antes debo hacer una cosa.

El cura lo escrutó a la espera de que aportase más información sobre sus planes, pero solo encontró un mutismo sin visos de romperse.

—No te metas en más problemas —advirtió con el deje de autoridad que le otorgaba la sotana y una mano en alto que volvía a apuntar al pecho espigado del joven—, ni me metas a mí en ellos.

Sin necesidad de esconder su rostro y sin prisa por salir de aquel lugar, Daniel cruzó pasillos, patios, corredores, escaleras y bustos de piedra que dejaban caer espesas sombras, hasta alcanzar al fin la sala que ansiaba encontrar desde que había puesto un pie en el hospital.

El dintel sobre una gran puerta de madera rezaba en letras teñidas de negro: Observatorio de Agonizados. Miró a un lado y al otro antes de entrar, aunque el personal sanitario era escaso en aquella zona tan apartada de las demás.

Dos filas de camastros formaban un pasillo entre silencios y aullidos de cuerpos maltrechos. Daniel rastreó en rostros y manos las señales de quien busca un abrazo necesitado de auxilio.

Había jóvenes de espaldas cuadradas, miradas sin pestañas y piel calcinada, hombres sin miembros cubiertos de vendas. Eran los futbolistas del Iberia Sporting, los que habían sufrido el accidente del autocar Manolito en los días previos. Todos tenían un porvenir, ahora mutilado, transformado, un inminente partido que ya no iban a poder jugar de la misma forma, y todos habían resultado perdedores en el incendio que había dado lugar a la tragedia tras el impacto contra un árbol.

A pesar de los lamentos, Daniel continuó avanzando casi sin mirar. Nunca es fácil ver la dolorosa realidad que nuestra existencia necesita ignorar.

Al fondo, una mano herida se movía sobre una sábana blanca. Sin anillos ni alianza, los dedos reptaban, buscaban y estrujaban el tejido. Daniel la vio, la encontró y al fin suspiró.

No se acercó de inmediato. La dueña de esa mano susurraba. Hablaba con alguien en aquella oscuridad reservada para los que han perdido la oportunidad de ver de nuevo el sol.

A su lado, una anciana vertía palabras en su oído. Y preguntaba e insistía, una y otra vez, mientras la convaleciente negaba despacio.

—Ya ves que no puedo ayudarte. No imaginas cuánto lo siento. Lo siento mucho...

Con intención de argumentar, la silueta de la anciana se doblaba por la cintura más, un poco más, con cada negativa.

—Lo entiendo... Pero no hay nada que pueda hacer. También yo debo pagar mis deudas a la suerte. No perdona a nadie.

El chirrido de unas bisagras descentró unos segundos a Daniel, quien rápidamente se reenganchó a aquella conversación.

—Nunca deberías haberlo hecho —dejó escapar en un susurro quebradizo la mujer que permanecía tendida sobre un camastro, sin dejar de negar con movimientos de cabeza—. Nunca, Dina, nunca...

21

Sofía

Como una mañana de nieblas dispersas, con los rayos de un sol tibio desplegándose en abanico, así abrí los ojos para disipar la incertidumbre que me rodeaba.

Me encontraba en la habitación del hospital. Lo primero que hice fue girarme y comprobar que Julia dormía con placidez. Sentí alivio por volver a verla. Lo contrario a lo que experimenté al descubrir que a los pies de mi cama había un hombre sentado. Me miraba con curiosidad. En la mano agarraba por el cuello una bota de vino, cuyo cuerpo descansaba sobre una pierna que permanecía inmóvil y estirada.

—Bienvenida —me saludó a modo de brindis, y, tras alzar la bota, dejó caer en el gaznate un trago largo de tinto.

No dije nada. Sentí la rigidez en los hombros, en los brazos, en las manos. Perpleja, agarré con fuerza la sábana que me rozaba el mentón.

—¿Quién es Dina? —lanzó él sin preámbulos.

Aquella pregunta me cogió desprevenida, algo que debió de asomar a la expresión de mi cara.

—En sueños, gritabas: «¿Qué has hecho, Dina?» —explicó para conseguir alguna respuesta por mi parte.

—Disculpe, señor, pero ¿quién es usted?

—Soy Mariano —dijo, y dio otro trago al vino—. Nada

más que un peregrino en estas tierras de promesa eterna —sonrió burlón mientras se llevaba el dorso de una mano a las comisuras para limpiarse.

Mi visitante era el mismo hombre al que había visto discutiendo con un sacerdote en un pasillo, justo cuando me dirigía a la habitación del tal Daniel.

—Ahora te toca a ti responder a mi pregunta: ¿quién es Dina?

Retiré ligeramente la sábana antes de decidirme a hablar. Supuse que no podía demorar por más tiempo la contestación.

—Es mi abuela.

Escuchó con el ceño fruncido.

—¿No hay nadie contigo? —trató de indagar, percutiendo de nuevo en mi ánimo con aquella pregunta que me recordaba el abandono en el que me sentía—. Como se han tomado su tiempo en coserte, he echado un vistazo al informe que tienes junto a la cama y he visto que te han abierto una buena cremallera, ¿eh? —dijo con un silbido al tiempo que escenificaba la subida y la bajada de una cremallera en el abdomen.

Lo miré con sorpresa y desagrado. No fue hasta pasados unos segundos cuando sus palabras calaron en mí y recibí con alivio aquello que había dicho: porque eso quería decir que la sangre que recordaba provenía de mi herida, se me habían saltado los puntos de la operación.

—¿Ha sido usted quien me ha traído desde el patio de San Mateo?

Sin palabras, asintió.

—Gracias —musité bajando la vista—. ¿No había nadie más allí?

Él levantó una ceja, suspicaz.

—No, ¿por qué? ¿Recuerdas que estuviera alguien contigo? —se interesó.

No podía contarle que había visto a una niña descalza y

en camisón, más parecida a una sombra o a un espectro. Una niña que, además, se me había aparecido ya en otras ocasiones. No quería que él ni ninguna otra persona supiera que tenía alucinaciones, por lo que rápidamente zanjé:

—No, no recuerdo a nadie.

—En el informe dice también que eres huérfana —señaló sin una pizca de consideración, y no pudo imaginarse cuánto me dolió su comentario—. Entonces, ¿estás sola?

La insistencia de aquella pregunta en boca de un hombre del que nada sabía me hizo extremar precauciones. Tal vez no hubiera tenido mucho contacto con el mundo más allá de mis abuelos y mi padre en mi primera década de vida, pero la abuela Dina me había hablado de los males que acechaban en la calle, y era muy consciente de que un hombre interesándose por la soledad de una niña podía ser muy mala señal.

—¿Cómo habría de estar sola, señor? Estoy con mis abuelos. Imagino que habrán salido a almorzar algo. Pero volverán dentro de poco.

Yo todavía no era consciente, pero Julia lo estaba escuchando todo. O, dicho con otras palabras: mi compañera de habitación sabía que yo estaba mintiendo y no me descubrió. Le bastó dejarlo claro con un comentario una vez que el tal Mariano se marchó.

—Ya veo que no te falta imaginación —me susurró—. No hay duda de que lo tuyo es contar historias.

Aquel señor se movía con dificultad, arrastrando una pierna por las baldosas. Fue verlo salir y reparé en mi soledad de nuevo. Le había mentido sobre mis abuelos no solo para protegerme de él, sino también porque era la mentira en la que yo necesitaba creer. ¿Dónde estaban? ¿Dónde estaba mi padre? ¿Por qué no venía nadie a por mí?

No me apetecía hablar de eso con Julia, por lo que desvié la mirada hacia la ventana. El agua bajaba veloz; lo único que se movía en aquel lugar.

—¿Te gusta la lluvia?

La voz pausada de Julia quebró el embrujo del agua.

—Perdona, no quería asustarte —se disculpó.

No supe qué contestarle. ¿Qué sentido tendría romper la dulzura de sus palabras con la dosis de sinceridad que invadía mis pensamientos?

—A mí me encanta cuando llueve —dijo, y me sonrió.

—¿Por qué? —Yo estaba absorta viendo el brillo de sus ojos.

—Porque el agua limpia. Limpia los cristales para que podamos verlo todo. Y, si no todo, al menos lo importante: el sol. —Hizo una pausa—. Por eso persiguen su luz los peregrinos desde hace casi dos mil años —volvió a sonreír—. Me lo dijo el padre Avelino. El único sacerdote que se pasa por aquí de vez en cuando a hacer visitas.

A mi cabeza viajó la imagen de un cura bajito, de cuerpo menudo y espalda encorvada, que mostraba una gran paciencia ante el peculiar peregrino que me había recogido en el patio de San Mateo.

—Es curioso —continuó diciendo Julia—, nos limpian los catéteres, las sábanas de la cama, las vendas, la piel..., pero nadie se preocupa de limpiar los cristales de las ventanas para que veamos el mundo que nos espera ahí fuera.

Entendí que si a mí me asustaban las noches de oscuridad desde que tenía recuerdos, al menos podía correr y saltar en la huerta, al lado del río, y hasta conocía la sensación de impulsarme sin miedo con mi bicicleta..., pero Julia..., ella no podía hacer nada más que esperar en la ventana. Y aun así eso le bastaba para sonreír.

—Está parando de llover —dije, y lamenté en el acto que esas palabras hubiesen salido de mi boca.

—¡Qué bien! —contestó Julia para mi sorpresa—. Ahora el aire estará limpio, nuevo, por estrenar. Seguro que pronto vuelve el sol.

Trató de incorporarse con tantas ganas como poca suerte. Se apoyaba en los codos y tensaba el cuello buscando ese sol que yo dudaba que fuera a aparecer por aquella ventana.

Tras varios intentos, demasiados para ella, sus fuerzas comenzaron a desinflarse.

Cerca de la puerta, permanecía aparcada la silla de ruedas en la que la llevaban a hacer sus sesiones de tratamiento.

Los niños no miden las consecuencias de sus ideas, de sus actos. Eso es lo malo. Lo bueno es que no miden las consecuencias de sus ideas, de sus actos. Y nosotras éramos niñas.

Dejé caer las piernas hasta tocar el suelo y me levanté con decisión, algo que estaba aprendiendo de mi compañera de cuarto. Tal fue mi empeño que a punto estuve de hacer saltar de nuevo los puntos de mi abdomen.

Caminé hacia la silla sin decir nada, ni una palabra, completamente concentrada en mi objetivo, mientras Julia continuaba con la vista en la ventana.

Agarré una de las empuñaduras de goma y le di un primer empujón. La habían dejado con los frenos puestos, por lo que solté el palo del gotero y rodeé la silla a fin de liberar el movimiento de las ruedas. Después comencé a alternar golpes para impulsarme hasta que me coloqué al lado de Julia.

—Siéntate aquí —pedí con un punto de triunfo en mi rostro y en mi voz.

Ella me miró y sonrió. Lo hizo con ternura, pero también con profunda tristeza.

—No puedo levantarme sola, Sofía. Y no te ofendas, pero tampoco creo que tú puedas ayudarme mucho...

Me encogí de hombros.

—Podemos intentarlo —sugerí de todas formas.

Así lo hicimos. Poco a poco, sin prisas. Con la medida del tiempo que solo enseñan los hospitales.

Tal y como era de esperar, no conseguí sostenerla. Odié

mis piernas enclenques, el pinchazo de la aguja en la mano que me anclaba al gotero, la falta de fuerza, de destreza necesaria para ayudarla..., y al final mi ánimo resbaló más allá del bajo de aquel camisón.

Con la impotencia ardiendo en las palmas de mis manos, un tímido rayo hizo acto de presencia en la ventana y con él la suerte entró por la puerta.

—Buenos días, señoritas; ¿se puede saber qué estáis haciendo? —El doctor Freire trotó hacia nosotras con el gesto de alarma contenido en dos cejas levantadas, pero no nos regañó.

Cualquier otro médico de más edad habría derramado sobre nuestra triste estampa toda una sarta de amenazas, advertencias y hasta castigos, pero él tenía esa mirada de quien entiende que la noche más oscura es la que necesita más brillo en las estrellas lejanas.

Conmovido por nuestro empeño y nuestra complicidad, acercó a Julia hasta la ventana. Lo hizo con delicadeza, extremando cuidados para no lastimarla, al menos no demasiado, pues solo ella sabía cuánto dolor albergaban aquellos largos parpadeos en los que se esforzaba en respirar tranquila.

—No puedo quedarme con vosotras —se disculpó el médico—. Si me encuentra aquí tu padre —dijo mirando a Julia—, no sería nada bueno. —Esta vez habló mirándome a mí—. Así que prometedme que en no más de un cuarto de hora estaréis descansando en vuestras camas.

Las dos asentimos. Yo con fastidio, porque me parecía poco tiempo para disfrutar. Julia, sin embargo, con una amplia sonrisa.

—Avisaré a un celador para que se acerque a devolver a Julia a su cama dentro de quince minutos.

El cielo ante nosotras mostraba nubes dispersas y un sol que parecía jugar a las escondidas.

—¿Lo ves, Sofía? —Mi compañera de habitación señaló a través del cristal—. ¡El sol! —exclamó.

Miré en la dirección que ella me indicaba. Se intuía una luz tras una espesa nube. Una nube que solo veía yo.

22

Daniel

Daniel permaneció en su escondite, a varios metros de una estrecha puerta solo para el personal médico, tras haberse adentrado en aquella atmósfera de pesadas agonías reservada a los desahuciados.

Dina vertió alguna que otra palabra más en el oído de aquella mujer tendida sobre un camastro. Tal vez se tratase de una advertencia a modo de despedida o incluso de un secreto. Algo que, por el tono, no pasó desapercibido para Daniel.

«¿Qué ocultarán?», se preguntaba aguzando la mirada, cuidándose de no ser visto todavía, pese a desear acercarse a aquella paciente que agonizaba.

Antes de que el joven abandonase sus cavilaciones, la sombra de la provecta señora desapareció como por efecto de algún sortilegio. O, al menos, así lo percibió él.

Tras un intervalo de prudente espera, Daniel dio un paso al frente, muy cerca de la salida de aquella estancia, pero no alcanzó a dar el segundo. Se quedó clavado por la sorpresa.

—¡Me mentiste! —recriminó un hombre que arrastraba con dificultad una pierna por las piedras de aquel corredor poco iluminado.

El perfil de la anciana se alargó ligeramente del susto.

—Mariano... —acertó a decir Dina, quien parecía no dar crédito.

—¡Me mentiste! —repitió él.

Antes de añadir una sola palabra más, ella le hizo una seña para que se acercase a un rincón en el que poder hablar al margen de ojos indiscretos.

—No te mentí —repuso Dina con la cabeza alta, sin importarle que el pañuelo se deslizase por sus cabellos grises.

—¿Cómo que no?

—Para mentir hay que hablar, y a ti, decir, lo que es decir, yo no te dije nada —comenzó explicando la mujer con un punto de indiferencia—. Sencillamente guardé silencio. En estos tiempos creo que es lo más inteligente. Solo una lengua sin palabras da una oportunidad para llenar la panza.

—No me vengas con tus dichos y refranes.

—No sé de qué me hablas, pero llevo prisa —trató de zafarse ella dándole la espalda.

—Dejaste que creyese que había muerto —espetó Mariano.

Dina inhaló despacio todo el aire que pudo con los ojos cerrados antes de darse la vuelta para contestar.

—¿Y cómo sabes que no lo está?

—¿Que cómo lo sé? ¿Me tomas el pelo? —preguntó Mariano con el gesto tan irritado que acentuaba el bermejo de su vasta nariz—. ¡Está aquí! ¡Ingresada en este sitio!

Una nube de plomo ensombreció por un instante el rostro de Dina.

—¿Pretendes negar que es ella? ¡La he visto! —arguyó él al tiempo que se señalaba con el índice un ojo bien abierto—. ¡Con mis propios ojos!

—Tú no has visto nada —repuso Dina con un tono a medio camino entre la afirmación y la amenaza, antes de amagar una vez más con marcharse.

Mariano alargó el brazo para detenerla. Ella giró la cabeza y se sostuvieron la mirada.

—No me vas a perdonar nunca lo de tu hijo, ¿verdad? —dijo el hombre en un tono cercano a la confidencia.

Ella se contuvo y no contestó, pero fue incapaz de controlar la tensión en sus mandíbulas.

—La niña se llama Sofía —adujo él esgrimiendo seguridad.

—Santalla Sarela —agregó Dina sin menguar firmeza—. ¿Acaso no te has informado de cuáles son sus apellidos?

Desde un rincón en penumbra, Daniel recibía esa información con el gesto demudado. En su mente apareció el rostro de una niña con apenas diez años tropezando con los pies de un gotero.

—¿A quién le importan los apellidos? —soltó Mariano—. A saber por qué lo habréis hecho. No me puedes engañar, Dina. Esa niña es el vivo retrato de Cecilia. —Su voz volvía a agitarse antes de estallar de nuevo—. ¿Por qué no me lo contasteis?

—¿Y a dónde debíamos ir a contártelo, si se puede saber? ¿A alguna cárcel o campo de concentración? ¿Al monte? ¿Debíamos preguntar a las cabras por tu paradero?

—¿De verdad no sabías dónde estaba? —preguntó él, con el tono más contenido.

—¿Cómo iba a saberlo? —se defendió Dina—. Nadie en mi casa lo sabía.

—¿Nadie? —recibió Mariano con genuino desconcierto.

Ella trató de confirmar la respuesta con una mirada fija de obviedad.

—Cecilia lo sabía —declaró Mariano—. Lo supo siempre.

—Imposible... Pero si nunca nos dijo nada.

—Ah, ¿de verdad te sorprende que guardara silencio viviendo bajo tu techo?

Dina no contestó.

—Bueno... —agregó él, reflexivo , ella querría protegeros, por eso os mantuvo al margen —bajó la voz con la mirada también en aquella pared inundada de falsa noche.

—Cecilia hizo lo que debía hacer: proteger a su familia —concluyó Dina más recompuesta. Un viento frío se coló en su pensamiento helando las palabras que estaba a punto de pronunciar—. A nosotros, pero sobre todo a ti: su padre.

23

Sofía

El tiempo en los hospitales no existe. O no de la misma manera que fuera de ellos. Se transforma en un puñado de fórmulas que sostienen a quienes esperan al lado de quien padece. Los horarios que marcan entradas, salidas, visitas, comidas y cenas en verdad son mucho más que eso. Son hojas de ruta por las que transita la esperanza, aunque a veces sea una esperanza yerma y cansada. El acompañante no solo acompaña, mantiene viva la fe que cuenta pastillas, tratamientos, cucharadas de caldo, hasta gotas de agua, confiando en la mejoría, en la vuelta a otra forma de vida donde no aceche la sombra de la soledad. Y es muleta y bastón. Y da la mano. Las dos manos. Los ojos y los pies. Pero, por encima de todo, espera. Suma días, resta penas, multiplica alegrías y divide todo el peso que no se ve y que solo se atreve a llorar al caer la noche.

Por eso, al llegar la noche, no me sorprendió oír un doloroso gimoteo. Provenía del otro lado de la pared. Era una mujer. Una madre que enfrentaba el demonio de mil culpas frente a la ventana contigua a la de nuestra habitación. Por eso alcanzábamos a oírla —Julia, su madre y yo— con una punzante claridad.

La mujer lamentaba haber dejado a su hijo en época de lactar en el hospicio hasta dar con la mejor forma de llevarlo a casa para criarlo, si no con holgura, al menos con paz. Así se lo contaba a alguien que prestaba sus oídos dispuestos para escuchar. No tardé en descubrir quién era.

—Es culpa mía, padre. Es todo culpa mía —sollozaba la mujer.

—Dios te perdonará. Seguro que ya te ha perdonado —dijo Avelino.

—Pero yo no me perdonaré nunca. Nunca, padre.

—No sabías lo que iba a pasar. Nadie podía saberlo. Hiciste cuanto pudiste. Tus lágrimas hablan de tu buena intención.

—¿Cómo saber de esa horrible enfermedad?

—Sí, hija, sí. La sífilis es una horrible enfermedad.

—Lo dejé en el hospicio para ganar tiempo. Usted me entiende, ¿verdad?

Intuí que el padre Avelino habría asentido a la pregunta.

—Necesitaba arreglar algunas cosas para llevarlo a un cuartito en el que estuviéramos los dos solos. Ya imaginará que en mi profesión no es habitual contar con un hombre, y de haberlo nada más querría estropear la vida de mi criatura, además de la mía. Lo entiende, ¿verdad?

La mujer se esforzaba en explicarse con el sorber de los mocos que acompañaban a las lágrimas.

—Fueron unos meses duros —continuó—. Al fin conseguí reunir dinero y encontrar un trabajo decente, muy decente, padre, de verdad, y fui a buscarlo. Pero me dijeron que estaba muy enfermo, moribundo. —Se hizo un silencio en el que supuse que rememorar la habría hecho descargar más pena en un pañuelo, o quizá en el hombro del sacerdote.

—Suelta lo que llevas dentro. Llorar sana.

—Ay, padre..., se lo entregaron a una familia para que lo amamantara y, al saber que era hijo de una mujer de la calle, dieron por hecho que portaba esa maldita enfermedad y me lo condenaron. ¡Me lo condenaron, padre!

El llanto de la mujer me alcanzó. Su dolor viajó en el aire

con diminutas agujas que pinchaban en un lugar muy profundo.

—Permitieron que pasara hambre..., hasta dejármelo a las puertas de la muerte.

—Ellos tenían miedo, hija..., no debemos juzgar.

—No juzgaré, pierda cuidado. Sé muy bien lo que se siente en el banquillo de los acusados perpetuos, padre, y también que era una buena familia, pero saldré de aquí con el cuerpo de mi hijo para decirles a la cara que él, por la gracia de Dios, era un niño sano.

Soledad tomó la mano de Julia mientras yo abrazaba ausencias. No dejaba de preguntarme dónde estaba mi abuela, dónde el abuelo y mi padre en aquel silencio casi sepulcral. Ninguna de nosotras encendió la luz. Dejamos que la noche llenase la habitación. De esa forma, cuando saliesen las estrellas, seríamos capaces de admirar su esplendor.

Tras un largo silencio, oímos cómo la misma mujer imploraba a médicos y enfermeras que le dejasen coger en brazos a su hijo para despedirse.

Soledad no pudo resistirlo más y se puso en pie. Aún sin prender la luz, se dirigió a la ventana. Quiso abrirla solo un poco, pero el viento de la noche empujó ambas hojas hasta abrirla de par en par. Algo que estaba prohibido, pero que a ella no le importó; parecía agradecer que el aire removiese la oscuridad de cada rincón de la estancia.

Se encontraba visiblemente nerviosa. El dolor de aquella madre al otro lado de una fina pared, de vida tan distinta a la suya y, sin embargo, tan cercana, latía en su pecho y saltaba de sus párpados buscando refugio en el cielo.

En un principio fingí dormir, pero no tardé en abrir los ojos para observarla con discreción. Me parecía una falta de educación contemplar como un búho en la noche aquella escena de dolorosa intimidad.

No oí sus gritos y, aun así, sentí la manera en que se ahogaban en su garganta. La luz de la luna se reflejaba en su mirada. Una mirada que resbalaba indagando en la fachada de la catedral de Santiago, la de todos los peregrinos; los que caminaban, los que buscaban, los que al fin llegaban a su destino.

De pronto, Julia pidió encender la luz de la habitación.

—Madre, madre, ¿dónde está? —preguntó con la voz asustada.

Soledad cerró la ventana, evitando hacer ruido. Después sacó discreta un pañuelito de tela de la manga de la chaqueta, de esos que tienen las iniciales bordadas y se planchan y se doblan con esmero, y se lo acercó a la cara para limpiarse con varios toques.

Tan pronto se dio la vuelta para ir hacia su hija, yo cerré los ojos de nuevo para ahorrarle una incomodidad.

—Estoy aquí, Julia —dijo serena mientras le acariciaba una mejilla.

—Necesito ir al baño —confesó con vergüenza la niña, e intuí que en su rostro podría leerse el «lo siento» de quien no quiere molestar.

—Dame un segundo —pidió su madre—. Saldré al pasillo a buscar a alguien para levantarte.

La espera fue breve. Soledad regresó apurando los pies, pero con el gesto abatido. La puerta permanecía abierta tras ella, por lo que lancé una mirada de exploración al pasillo. Lo primero que vi fue una figura de poca estatura. El padre Avelino estaba de espaldas, y reconozco que en la distancia me pareció un niño disfrazado. Frente a él intuí a una mujer sentada sobre un banco de madera. No pude verle la cara, pero sí que llevaba en brazos a alguien con los pies diminutos. Debía de tratarse de la madre que pedía coger a su hijo fallecido. El sacerdote le agarraba tan solo una mano y, sin embargo, parecía sostenerla a ella por completo. Pensé que, con aquel gesto tan pequeño, el padre Avelino era un hombre muy grande.

No vi a nadie más allí fuera. Entendí que la madre de Julia no habría ido muy lejos a buscar ayuda; que se habría encontrado ante aquella escena y habría decidido no interrumpir tan triste momento.

—No hay nadie cerca. ¿Quieres intentarlo en la cama? —preguntó sin mucha convicción, tratando de impulsar dos cejas desalentadas.

Julia negó con la cabeza, sin dejar de mirarla como un cervatillo con sus ojos redondos y saltones. A ella no le gustaba hacer sus cosas en la cama. Algo que no necesitaba mayor explicación. Yo lo entendía perfectamente. Como también lo entendía su madre.

Bastó una fracción de segundo para que Soledad reaccionara a la mirada de su hija. Se quitó los zapatos de tacón bajo que siempre llevaba puestos, sin falta, pese a que, como yo misma había podido comprobar esos días, hacían que se le hincharan cada noche los tobillos por la mala circulación que padecía. Después retiró la manta y la sábana para destapar a Julia. Fue moviéndola poco a poco hasta colocarla en una posición más elevada con ayuda del cabecero.

—¿Quiere usted que la ayude? —pregunté al tiempo que movía ya los pies hacia el suelo.

Ella se giró y dibujó una sonrisa.

—No hace falta, pequeña. Descansa y tápate bien.

Me sentí más niña de lo que ella me veía e hice exactamente lo que me dijo. Nunca ponía en tela de juicio la indicación de un adulto; otra de las enseñanzas inamovibles de la abuela Dina. Sin embargo, me costó contener el impulso de ayudarla de alguna forma.

Julia fue incapaz de sentarse en la cama, por lo que su madre respiró hondo, hizo acopio de fuerzas y la levantó en brazos.

—Agárrate a mi cuello —le pidió con el rostro congestionado por el esfuerzo.

Julia siguió sus instrucciones y dejó caer la cabeza sobre el hombro de su madre.

Pese a los tobillos hinchados, las rodillas flexionadas y el carmesí de sus mejillas a punto de explotar, Soledad le dio un beso en la cara a Julia y salió por la puerta hacia el aseo. Por suerte, este no se encontraba muy lejos.

La escena que siguió a continuación configuró un poderoso recuerdo en mi mente que jamás olvidaré.

Cuando Soledad salió con Julia, el padre Avelino se hizo a un lado y, compungido, bajó solemne la vista al suelo. El movimiento del sacerdote me permitió ver claramente a aquella mujer de escote pronunciado y rostro castigado. En sus brazos, un niño de unos dos años con las mejillas hundidas y el color de la cera parecía dormir.

Un escalofrío me recorrió el cuerpo al contemplar a las dos madres, una frente a otra. Se miraron como en un espejo en cuyo reflejo parecían reconocerse. Ambas con sus hijos en brazos. No se hablaron. No hizo falta. Había un puente entre sus miradas que no necesitaba palabras. El mismo puente que la abuela Dina encontraba cada día a las ocho en punto frente a Nuestra Señora de las Angustias.

El padre Avelino fue consciente de que yo seguía desde mi cama toda la escena y se acercó a cerrar la puerta.

Me vi sola en aquella habitación. Había aprendido a dominar el miedo a la oscuridad tras tantas noches en el cuartito abuhardillado de la casa de los abuelos, pero resultaba imposible controlar ese otro miedo a lo que no se ve pero se oye; a lo que incluso se siente en la piel.

Sin más luz que la de las estrellas, oí un extraño ruido. Parecía un golpe al que seguía una especie de arañazo sobre un metal. Me llevé las manos a la boca con los ojos fuera de las órbitas.

Provenía de la pared o, al menos, eso creí en un primer momento. Me cubrí la cara con la sábana y apreté los párpados; no sabría decir si con ganas de desaparecer o con la infantil creencia de que así no sería vista por nada ni por nadie.

El mismo ruido me alcanzó de nuevo. Un golpe y el arrastrar de unas uñas sobre una superficie metálica. ¿Qué era aquello?

El terror daba vueltas en mi cabeza y hormigueaba en el resto de mi cuerpo. Estaba sola, y de mí dependía la elección de continuar alimentando al monstruo del miedo o salir de la cama y desenmascararlo para volver a dormir en paz.

No tardé en tomar una decisión. Me decanté por levantarme. Por suerte ya no seguía enganchada al gotero, pero podría decirse que no acababa de recuperar las fuerzas. Me acerqué hasta la pared desde la que sospechaba que salía aquel ruido. La escasa luz me mostró en lo alto un respiradero casi al nivel del techo. Deduje que el sonido provendría de allí.

Con cuidado me subí a la única silla que había en la habitación. Si en aquel momento me hubieran visto el doctor Freire, el padre Avelino o cualquier adulto, me habrían dado un buen tirón de orejas. Extendí una mano y me aproximé para echar un vistazo entre aquellas ranuras. Mala consejera a veces la curiosidad. Evidentemente estaba mucho más oscuro y era imposible ver nada. ¿Qué esperaba descubrir allí dentro?

Y, aun así, quise intentarlo una vez más. Me estiré desde las puntas de mis pies. Alargué el cuello y me encaramé a la pared como una araña. Agucé la vista entrecerrando los ojos y pegué la nariz hasta sentir el frío del metal.

No debería haberlo hecho... De pronto, en mi cara, noté el calor húmedo de un aliento.

24

Daniel

Unas voces alertaron a Daniel cuando escuchaba atento la conversación entre Dina y Mariano. Alargó el cuello y comprobó con fastidio que el coronel Vallejo y una enfermera de gesto cruzado se aproximaban decididos por el pasillo.

Se pegó a la pared para ocultarse mejor, aprovechando la oscuridad que dominaba aquel rincón. Y no tardó ni diez segundos en darse cuenta de que Dina y Mariano habían hecho lo mismo: desaparecieron sigilosamente para escapar de la vista del militar, como hacía la mayoría de la gente en aquel tiempo.

Bajo el amparo que le prestaba la penumbra, Daniel se colocó con disimulo junto a la estrecha puerta del Observatorio de Agonizados. Desde allí confiaba en ver cómo pasaba de largo el coronel.

—Me han informado de que son muchos los supervivientes del accidente del autobús —dijo Vallejo a su acompañante sin mirarla a la cara y con ese andar envarado que lo caracterizaba.

—Así es, señor. La mayoría están aquí —respondió la enfermera Carmona, y estiró una mano señalando la puerta en la que Daniel se escondía.

El uniformado, sin perder un ápice de gravedad en el rostro ni una pizca de tirantez en el cuerpo, se detuvo frente a la entrada de aquella estancia. La mujer lo imitó con los pies muy juntos. El temor de Daniel al tenerlos tan cerca se acrecentó.

—¿Algo que pueda ser de interés? —Vallejo hizo una breve pausa antes de continuar con una mirada afilada—. Ya sabe a qué me refiero.

La mujer, cofia en alto y rictus en los labios, asintió como un soldado.

—Estoy pendiente de que se arreglen algunos desajustes para que no haya más sorpresas desagradables —agregó el coronel desviando la vista hacia un horizonte difícil de precisar.

—Sin duda el infarto del herrero ha resultado toda una complicación. Justo ahora —juzgó la enfermera con esa voz fría.

Vallejo asintió con los labios fruncidos antes de hablar.

—Tengo entendido que no ha muerto.

—No estoy muy segura. Lo investigaré, señor —contestó ella.

El coronel movió la cabeza con fastidio.

—No tengo intención de esperar para comprobar si vive o muere. Ya he encontrado a alguien que pueda encargarse de la parte del herrero —concluyó—. Dicho esto, ¿qué hay de los ingresados por el accidente del autobús? Dígame qué es eso que puede interesarme —inquirió con un punto de repentina impaciencia.

Sin darse excesiva prisa, la enfermera Carmona sacó unos papeles de una carpetilla.

—Aquí mismo tengo la lista. Entre ellos hay una mujer que se metió en el fuego para jugar a ser heroína, supongo —murmuró, y el veneno salpicó el tiempo y el espacio, pero sobre todo su alma—. El resto eran hombres, casi todos jugadores del Iberia Sporting.

—Déjeme ver —ordenó el coronel extendiendo la mano para que le entregase aquel listado.

—Ningún menor —añadió ella.

—Qué sorpresa —dijo él con la vista en el papel, sin dar mayor explicación, y dibujó una perversa sonrisa—, me pasaré a ver a una de estas personas.

La enfermera Carmona lo miró expectante sin atreverse a preguntar.

—Hagan análisis a todos —exigió el coronel.

—No es algo que me preocupe, señor, pero ¿para qué malgastar recursos con esta gente? Buena parte de ellos se encuentran en un estado irreversible.

—Si no le preocupa a usted, ¿qué le hace pensar que vaya a condicionarme a mí, que soy el médico?

—Por supuesto, señor —respondió ella, bajando la cabeza para tomar nota—. Les haremos análisis a todos.

«¿Análisis de qué? —se preguntó Daniel—. Y... ¿para qué? —Su gesto traslucía inquietud—. Pues sí que estamos bien si tipos como este son los encargados de devolver la salud a las gentes necesitadas».

Daniel siempre había albergado el sueño de convertirse también en médico. No sabría decir cuándo surgió ese deseo en el que, por otra parte, evitaba pensar demasiado. Tenía muy presente el lugar que la sociedad del momento reservaba a un chico como él. Él, que había aprendido a recoger los puros a medio fumar en la puerta del Casino de Santiago para convertirlos en una picadura digna de ser reciclada por algún vendedor con pocos escrúpulos. Él, que reunía las chapas de Auxilio Social en la puerta del Teatro Principal antes de que los pudientes consumidores de cultura las tiraran a la basura para entregarlas por una mísera cantidad a quien tenía el poder de revenderlas. Él, que hacía recados cargando compras desde el mercado de la plaza de Abastos hasta varios kilómetros alrededor de Santiago. Él, que había comulgado tres veces fingiendo que todas eran «la primera» para conseguir de cada parroquia una hogaza de maíz de buen tamaño y una onza de chocolate.

No, él no había nacido para ser médico. Lo sabía. Sabía que no estaba a su alcance. Por eso mismo reservaba el poder de aquel delirio para ejercitar el engranaje de los sueños que impulsan a no dejar de intentarlo.

Y, por eso mismo también, sentía cierta repulsión al comprobar lo que algunos privilegiados como el coronel Vallejo hacían con ese sueño suyo.

—Señor —intervino de nuevo la enfermera Carmona—, me han dicho otras auxiliares del hospital, las de la zona donde están ingresadas las mujeres y las niñas, que su señora ha preguntado por el tratamiento de su hija y el motivo por el que no va a verla.

El coronel Vallejo endureció el gesto. Parecía decir: «¿Quién se cree esta mindundi para hablar de mi mujer o de mis asuntos?».

Fue por eso por lo que levantó una mano, como si quisiese dar el alto, antes de hablar.

—Manténgase al margen —ordenó.

Ella bajó la cabeza y asintió.

—Ahora, pasaré visita a los pacientes del accidente. Hay alguien que me suscita un interés especial —concedió—. Usted, señorita Carmona, puede continuar su jornada.

—Si lo tiene usted a bien, señor —bajó la voz haciendo una breve pausa—, preferiría acompañarlo.

—Ningún problema por mi parte —contestó Vallejo con desdén.

—En ese caso, sígame —dijo ella envalentonada—. Ahí dentro no hay mucha luz.

El coronel fue tras ella. Una vez en el interior del observatorio, Vallejo sacó un pañuelo de tela blanco para cubrirse la nariz y la boca, dejando muy patente el desagrado que le provocaba estar allí.

Despacio y clavando los talones en el suelo, caminó frente a los dolientes lanzando miradas que le permitiesen descifrar rostros e identidades. A veces no era posible por el estado en el que se encontraban. En esos casos, pedía a la enfermera Carmona que le acercase el expediente de cada uno a fin de dar con la persona que buscaba.

Ese momento llegó cuando se colocó frente a una cama donde una paciente permanecía con los ojos cerrados. Desde lo alto de sus galones militares, Vallejo precipitó una mirada infame sobre ella.

Daniel contenía con dificultad los nervios en el escondite desde el que seguía aquella escena. Ver al coronel frente a la misma mujer a quien él buscaba, la misma que poco tiempo atrás hablaba con Dina, le impelía a decir algo, a interponerse para protegerla...

—Cuánto tiempo... —se dirigió el uniformado a la paciente.

Ella lo miró con un parpadeo exhausto.

—Hoy no me molestaré en repetir la pregunta que ya te hice una vez, pero como soy un hombre compasivo, estoy dispuesto a escuchar lo que tengas que decir —ofreció Vallejo en un tono amenazante.

La mujer volvió a cerrar los ojos y no despegó los labios.

—¡Habla! ¿Qué te dijo? —insistió él.

Daniel reprimía las ganas de saltar y dar la cara por quien permanecía inmóvil. Se conocía lo suficiente para saber que sus impulsos le habían llevado a consecuencias indeseadas en no pocas ocasiones. Por eso deliberaba sobre los perjuicios que podrían derivarse de jugarse el pellejo una vez más frente a aquel hombre que iba a darle un trabajo; algo que siempre era de agradecer, pues necesidad en su caso no le faltaba.

Al fin, el tiempo tomó las riendas y habló por él. O, más bien, fue el coronel Vallejo quien desatascó el debate interno del joven.

—Salgamos de aquí —ordenó a la enfermera al tiempo que

se giraba para mirarla a la cara—. No me gusta el olor de la carne quemada —añadió, y se llevó el pañuelo a la boca con el gesto inequívoco de quien amaga con vomitar.

Daniel los siguió con los ojos. Tras verlos desaparecer en un recodo de aquel largo corredor no dudó ni un segundo. Necesitaba verla de cerca, hablarle, preguntarle, sentirla... Se acercó despacio entre camastros hasta alcanzar el cabecero de la cama donde continuaba tendida aquella mujer. Tragó saliva, cogió aire y dijo:

—Hola, madre.

25

Sofía

El susto resultó mayúsculo. Mi corazón bombeaba sangre como un galgo hacia ninguna parte. Las manos me sudaban, las piernas me temblaban y mi cabeza daba vueltas, tan desorientada que a punto estuve de caerme de la silla.

¿Había alguien allí? ¿Alguien me observaba desde el respiradero? ¿O era más bien... algo? No quise saberlo. No me quedé a descubrirlo. Quizá habría sido mucho más sensato volver a la cama, encender la luz y esperar a que llegase Julia con su madre, pero el miedo no encontraba acomodo en mi cuerpo. Se había fraccionado en millones de insectos con sus diminutas patas corriendo en todas las direcciones posibles: piernas, brazos, cara, ¡hasta los párpados! Y decidí salir de allí. Necesitaba sentirme segura. Necesitaba un refugio.

De existir la posibilidad, habría corrido hacia mi abuelo o hacia mi padre. Incluso hacia la abuela Dina, aunque me regañase. Durante un largo segundo me pregunté si los habría encontrado el hombre del saco. Si vendría también a por mí. Mi respiración se aceleró y salí a paso ligero al pasillo. El padre Avelino ya no estaba allí. No había nadie. Soledad y Julia seguirían en los aseos y, por la calma en los rincones, supuse que sería más tarde de lo que pensaba.

Al principio avanzaba tan deprisa que me negaba a mirar

ni a un lado ni al otro, únicamente hacia delante. ¿A dónde iba? Todavía no lo sabía, por eso consentí a mis pies decidir por mí.

Pasé frente a distintas estancias donde largas filas de camas daban reposo a muchos enfermos. Algunos, por suerte, dormían. Casi diría que con cierto placer. Otros gemían tratando de ser silenciosos, sin encontrar remedio o compostura a un mal que despertaba sin piedad al salir la luna. Pero había un tercer grupo que ni dormía ni se movía: eran los visionarios. Su mirada se clavaba en el techo. Las manos, en más de uno, se entrelazaban sobre el pecho, a la altura del corazón. Imaginaban con mayor o menor acierto lo que iba a pasarles, dónde estarían al cabo de unos días, de una semana, de un año... Una parte de ellos, en esa fuga sin licencia de la mente, arrastraría al espíritu a una agonía innecesaria. Los demás, así lo confiaba, alcanzarían el sueño con una sonrisa pintada en el fondo del alma.

Reconquistada cierta parcela de la calma que tanto necesitaba, advertí que me encontraba en el intrincado cruce de pasillos que conducía —al menos en teoría, según me había dicho ese chico de nombre Daniel— a la biblioteca del hospital: la misma con la que yo no había conseguido dar la tarde anterior.

Me pareció curioso el haber caminado, en un estado cercano al trance, hasta allí. Justo hasta allí. Me pregunté por qué habría sido. Podría haber buscado la puerta de salida del hospital, o haber ido hacia los aseos en busca de Julia y Soledad, pero no lo había hecho; en lugar de eso, había salido de nuevo en busca de aquella biblioteca.

Mi razonamiento claudicó ante la más mínima posibilidad de encontrar allí a mi padre. Me lo imaginaba colocando libros, escribiendo citas con su letra espigada y haciendo aviones de papel que me daría antes de contarme nuevos cuentos de mis heroínas favoritas. Una idea que, por irrisoria que pudiese parecer, me ofrecía un buen motivo para moverme y buscar refugio; y, desde niña, no conocía mejor abrigo ante la soledad que el universo de los libros.

En los libros, además, había puertas, ventanas, jardines, el sol... Me detuve a coger aire un segundo al entender que quizá el sol que esperaba Julia era el mismo que hallaba yo entre las páginas de una buena historia. Esa idea impulsó mi ánimo y decidí que debía encontrar la biblioteca, no solo por mí, sino también por ella.

Con esa nueva determinación y bajo los auspicios de aquella noche ventosa, salí al patio de San Juan. Levanté la vista. Una niebla espesa desdibujaba los contornos de la planta más alta del complejo del hospital. El viento luchaba por arrastrarla con implacables bocanadas que caían del cielo a gran velocidad, en picado, como un pájaro con afiladas intenciones hacia su presa.

Procuré avanzar con pasos rápidos. El aire era frío y yo caminaba descalza. Nada más llevaba puesto el camisón y, por suerte, también la chaqueta de lana roja con la que había ingresado en el hospital. Era muy confortable y daba bastante calor, por eso me la ponía casi a diario desde hacía dos inviernos; cuando la abuela Dina me la entregó después de robar horas al sueño haciendo calceta. Recuerdo que al principio me quedaban tan largas las mangas que les daba hasta tres y cuatro vueltas. La abuela insistía en que los niños debían llevar la ropa para *as medras*, o lo que era lo mismo: teniendo en cuenta el crecimiento. De esa forma, un año me quedaba muy grande, otro en su medida y el tercero tirando a justita.

Reconozco que, aunque aquella prenda aliviaba bastante la sensación del frío húmedo que se colaba en mis huesos, bajo mis pies la piedra se sentía tan gélida que me obligaba a apurar el paso para meterme cuanto antes en otro corredor lejos de aquel patio. Con mi cuerpo a cubierto, avancé despacio para no hacer ruido. Percibí una luz distante al fondo de aquella espesa oscuridad y, tras vacilar unos segundos, me dirigí hacia ella con la firme e inexplicable convicción de que me conduciría a mi objetivo.

Alcancé el escaso fulgor que proyectaban unos candelabros como si de un faro se tratara. Sentí miedo y cierta confusión. Desde allí no había más faros que seguir, solo oscuridad.

Me hice con uno de aquellos candelabros que descansaban sobre lo que parecía ser una consola pegada a la pared y lo agarré con fuerza. Lo usaría para guiar mis pasos hasta el final de un pasadizo estrecho por el que decidí adentrarme.

Resultó ser el mismo pasadizo que había atravesado en mi primer —y fallido— intento de buscar la biblioteca, que, según mis cálculos, debía de encontrarse al fondo, descendiendo por aquellas horribles escaleras con las que me había topado en mi anterior incursión. En esa ocasión no había llegado a bajarlas por miedo. Un miedo irracional que me había paralizado e impedido entrar en una atmósfera desconocida. Pero ahora no encontraba motivos para considerar menos peligroso estar en cualquier otro lugar del hospital.

Las llamas de los tres brazos del candelabro comenzaron a temblar y a deformarse. Emitían un siseo zigzagueante que amenazaba con apagarse. La causa eran las pequeñas ráfagas de aire que se colaban por aquella angostura de piedra carente de ventanas. Deduje que esa corriente solo tenía explicación de estar abierta la puerta al otro lado del corredor.

Aunque no me detuve, evité mirar a ambos lados para no asustarme con la danza de sombras proyectadas por el fuego. Mi prioridad era alcanzar la escalera que me conduciría a la biblioteca. Si antes había dejado algún espacio para la duda, ahora ya no lo hacía: la biblioteca tenía que estar allí, en mi cabeza no existía otra alternativa. A fin de cuentas, Daniel me había dicho que estaba en un sótano y me había señalado esos mismos corredores que yo acababa de atravesar. Tenía que estar en el sitio correcto.

En efecto, como había supuesto, la puerta al fondo del pasadizo continuaba abierta, tal y como me la había encontrado la primera vez. Alargué el brazo con el candelabro hacia el interior de aquella garganta para ver la cantidad de peldaños que me esperaban.

Comencé a bajar uno a uno los escalones de piedra. Estaban húmedos y resbaladizos, por lo que debía extremar las precauciones para no caerme.

A medida que descendía, el olor empeoraba. Era una mezcla de potente limpiador, quizá sosa cáustica, con heces, orina y puede que incluso algo en estado de avanzada descomposición que penetraba el aire, atravesaba mi nariz y me revolvía las entrañas. Empecé a sentir náuseas. Alargué una mano hacia la pared para ganar estabilidad. Palpé musgo y una sustancia viscosa similar al mucílago. Era terriblemente desagradable. Bajé otro escalón y otro más. Qué frío hacía. Lenguas de humedad me envolvían con una densidad mohosa que parecía cobrar cuerpo.

Me planteé renunciar a la tentativa de seguir adelante. Incluso me giré y valoré el trayecto que desandar. Pero, en ese momento, una vaharada putrefacta desde el fondo de aquella oscuridad me asaltó y recibí el golpe en toda la cara. Fuertes arcadas me obligaron a doblarme por la mitad. Temí resbalar con la violencia de unas sacudidas que se acentuaban con cada respiración hasta que, finalmente, un pie se escurrió ante mi impotencia y me desplacé escalones abajo. Me detuve de forma abrupta al llegar al fondo.

Cuál fue mi sorpresa cuando fui consciente de que me sumergía en agua... ¡Agua! Difícil, por no decir imposible, haber advertido a tiempo que aquella estancia estaba inundada. Al menos un metro de agua en el que no llegué a hundir la cabeza. Reaccioné justo a tiempo para apoyarme en la punta de los pies e impulsarme hacia la superficie.

Sentí los ojos fuera de las órbitas, un frío inconmensurable en la piel y un hedor que me mareaba. ¿Dónde estaba? ¿Por qué había tanta agua? ¿De dónde había salido?

En mi descenso y caída hacia esa especie de embalse maloliente, había perdido el candelabro. Pero la fortuna quiso que una pequeña claraboya en lo alto permitiera la entrada de un mínimo de luz en aquella oscuridad que buscaba imponerse sobre el agua y que reinaba debajo de ella.

Cogí aire en pequeñas bocanadas. Sentía tanto frío... Me llevé las manos al abdomen. La herida estaba caliente, como si quisiera recordarme la importancia de no arriesgar la piel.

Creí oír pasos. Quizá nada más que la ilusión de un salvador como en otro tiempo había sido el abuelo. Miré en todas las direcciones.

De pronto, una corriente de aire gélido atravesó el pasadizo y descendió veloz hasta donde yo estaba. Con el gesto constreñido de miedo en aquella oscuridad casi total, imploré a la suerte o al destino para que me enviara ayuda.

Avancé con pasos descalzos, impulsándome con fuerza para flotar en la densidad del agua. Traté de hacerlo sin pensar y así contener las ganas de llorar.

Cuando ya daba por alcanzado el primer peldaño para retomar el trayecto hacia la salida de aquella estancia que ya estaba deseando olvidar, una segunda ráfaga se adentró con fuerza como el más cruel fantasma. Quise gritar. No pude. Las notas desgarraron mi garganta al ver cómo la puerta se cerraba de golpe. No..., no, por favor, no. ¿Estaba encerrada? ¿Podría salir de allí? No había tiempo de pensar en más interrogantes. Debía llegar rápido a la salida y comprobarlo. Tenía demasiado frío. Tanto que no podía dejar de temblar.

En mi desesperado esfuerzo por alcanzar la puerta, algo me hizo retroceder. Algo que estaba bajo el agua. Algo que rocé con mis pies... Alcé la vista al techo y un grito quedó prisionero en mi garganta al tiempo que estiraba mucho todos y cada uno de mis dedos engarabitados. Contuve el aire en el pecho e introduje una mano bajo el agua turbia para descubrir de qué se trataba. ¿Qué más podría perder?

Me armé de valor y continué explorando las profundidades. Rastreé con las yemas de los dedos a derecha e izquierda hasta que encontré algo. Comencé a temblar con una sensación que traspasaba la piel y los sentidos, incapaz de moverme, congelada por el pánico. Moví la mano muy despacio. ¿Qué estaba tocando? No podía creerlo... No quería creerlo... ¡Otra mano!

26

Daniel

«¿Es usted, madre? ¿De verdad es usted?». La pregunta sonaba y resonaba hueca en el pensamiento desbordado de Daniel.

¿Cómo creer que su madre se encontraba tras aquel rostro reconvertido en cuero carmesí con poco más que cuatro pelos en la cabeza? Lili, la bellísima Liliana, de quien Daniel había heredado su tez morena y esos expresivos ojos color verde esperanza; Lili, conocida también como «la Isleña» en todo Santiago, aunque nadie sabía a qué isla hacía referencia el mote, en cuál había nacido o de cuál se había escapado; que tanto podía ser un islote en la provincia de Pontevedra como un cayo en el mar de las Antillas.

La miró y evitó mostrar la tristeza que le producía su estampa. Una imagen que le perforaba los ojos y caía pesada en el sótano de su alma. Reaccionó con el corazón en un puño al compás de su voz y del movimiento de sus manos. Contuvo las inmensas ganas de abrazarla, de arrancar las manecillas al reloj de la fatalidad, de gritar y salvarla. Dominó la rabia y se obligó a mirarla a los ojos mientras se pellizcaba el muslo. Quería demostrar que no era un crío, que allí estaba el hombre de la casa. Y en verdad era un hombre y en verdad era un crío. Pero también era el único que buscaría la forma —la que fuese— de aliviar aquel dolor, aunque tuviese que impregnar de mentira cada una de sus palabras.

—Descuide, madre, saldrá de aquí. Se curará. Solo es cuestión de días —dijo, y tragó saliva—. Pronto tendremos esa vida con la que soñaba, ¿recuerda? Piense en eso. Piense en el mar salvaje del que tanto me ha hablado y en ese limonero que un día plantó y al que tiene que volver.

Daniel vagabundeó en un largo suspiro a través de la memoria. En ella, una fuente de latón sostenía media docena de limones bajo la pequeña ventana de la cocina. Con el aroma cítrico inundando la estancia, su madre dibujaba la melancólica sonrisa de un recuerdo con sabor a infancia. Fue entonces que le había prometido llevarla de vuelta algún día a esa isla y a ese limonero. Por eso leía libros sobre el mar y distintos tipos de embarcaciones. Porque por ella aprendería a navegar.

Lili miró a su hijo. No sentía dolor por la pérdida del rostro ni del cabello, solo una lanza se clavaba profunda en su pecho con cada respiración: le dolía él. Quizá por eso en sus ojos despuntó nada más que una lágrima, una única lágrima que se negaba a caer.

—Mi chico valiente... —murmuró incapaz de mover ningún tejido alrededor de su boca.

Daniel recibió aquellas palabras apretando las yemas de dos dedos, una contra otra, para despistar su abatimiento. La pena lo quemaba por dentro como un balazo. Tanto apretó sus dedos que estuvo a punto de fracturarse las falanges.

—Madre, no se rinda. Se va a poner bien. Lo sé porque se lo he oído a un médico que estaba hace un rato por aquí. —Se giró nervioso interpretando la mentira.

Ella quiso besarle la frente, pero se conformó con arrastrar la mano hacia él, despacio, sin llegar a rozarlo. No necesitaba un espejo para saber que su aspecto resultaba desagradable, y por nada del mundo querría atisbar el reflejo de un escalofrío en los ojos de su hijo. Se limitó a susurrar su nombre, con el que lo había bautizado dieciséis años atrás en la iglesia de Nuestra Señora de las Angustias.

—Ay, mi Daniel...

Lo había decidido en la mismísima catedral de Santiago mientras buscaba paz y respuestas, en medio de la soledad de su embarazo, cuando hasta los desconocidos la censuraban. Tras cruzar la inmensa puerta del templo y dar gracias por no arder en llamas como una zarza en el Edén, levantó la vista y encontró un rostro de piedra que parecía mirarla. Le sorprendió que lo hiciese con benevolencia y, sobre todo, con la humanidad que desde hacía tiempo ella no encontraba. Preguntó por el nombre de aquella figura que captaba la atención de los pocos peregrinos que pululaban a su alrededor. Desde lo alto él sonreía recordando a los creyentes que había sido un hombre de carne y hueso y, sin embargo, allí estaba, en el pórtico de la Gloria: el profeta Daniel.

Lejos quedaba aquel tiempo ya, y ahora Lili, más allá de la piel y su tragedia, no podía apartar la vista de su hijo desde el camastro del hospital. Lo contemplaba con preocupación.

—¿Cómo tienes la mano? ¿Te la has roto?

Daniel quiso esconder el brazo detrás de la espalda, pero le resultó imposible. Lo movió con toda la soltura que pudo, antes de contestar ligero como una pluma:

—Dentro de un par de días estaré nuevo.

—No debiste golpear a ese hombre.

—¿Y consentir que la insulten..., que le falten al respeto?

—Baja la voz, Daniel —pidió su madre.

Él arrugó el ceño. A su memoria acudió el momento en que un vecino de Santiago se había acercado a la rúa das Galeras tras el siniestro del autobús.

Justo en el instante de la colisión, uno de los jóvenes jugadores se encontraba subido en la baca. Fue el primero en morir. Sus gritos se sumaron a los del resto de los ocupantes cuando el vehículo empezó a arder, y no tardaron en alertar a la gente de la zona. Todos miraban, muchos incluso se acercaban, pero las únicas personas que se armaron de valor para hacer algo, para prestar ayuda, habían sido las prostitutas del Pombal.

Habían salido corriendo con mantas mojadas cubriéndoles el cuerpo y la cabeza. Esas mujeres no habían dudado en adentrarse en el fuego para sacar uno a uno a los jóvenes que la mala suerte había conducido a aquel autocar.

Ninguna de las presentes se había quedado con los brazos cruzados. Indiferentes a la edad. Unas muy jóvenes, tanto que todavía se asustaban al llegar la noche. Otras, madres en busca de sustento que se despedían cada día de sus hijos con un beso en la frente. Por último, las de más edad, las curtidas, quienes ya no esperaban nada de nadie, de Dios ni del infierno, sin sueños. Ellas fueron las primeras en ofrecer su ayuda.

Agarraban a los muchachos como podían y los arrastraban hasta dejarlos a salvo en el suelo. Y volvían a entrar, una y otra vez, hasta que no quedó nadie más.

La última en cruzar la puerta delantera del autocar cuando esta se encontraba a punto de venirse abajo había sido Lili. Lo había hecho después de impedir que entrara una mujer que padecía el mal de los nervios desde que un malnacido, de esos que disfrutan con el dolor ajeno, la había forzado a base de golpes.

Lili había visto el cansancio y la derrota en las manos de aquella compañera a medida que el fuego se expandía, y por eso la había agarrado con fuerza de un brazo justo en el momento en el que la mujer parecía calibrar la opción de exponerse ante la muerte, de salvarle la vida a un desconocido con tal de librarse ella de la suya.

—¡No! —le gritó la madre de Daniel.

Pero fue ella, entre la adrenalina y los nervios, quien terminó peor que el resto. Tantas fueron las incursiones de Lili en el peligro dentro del autobús que, además de ser quien más vidas logró salvar, acabó casi consumida por la lengua de las llamas.

Por eso cuando Daniel llegó al lugar del siniestro, a la vez que los servicios de emergencia, se le encendió la cabeza como una cerilla al oír en boca de un tipejo que la ambulancia debía atender primero a los futbolistas o a cualquier persona decente antes que a esas mujeres...

—Pero si no son más que rameras —desdeñó con la cruel hipocresía de los hombres que pagan por el placer de la carne y luego se esconden.

Daniel se había abalanzado sobre él con los ojos desorbitados y los nudillos blanquecinos de sus puños al frente.

Los golpes caían con la furia de una tormenta.

No era la primera vez que alguien se refería así a su madre o a cualquiera de aquellas mujeres entre las cuales él había crecido. No obstante, ese había sido el instante en que su pecho y, con él, sus manos habían rebasado el límite de lo difícilmente tolerable.

—¡Retíralo! —gruñía Daniel como si hablara con otro chiquillo de su edad—. ¡Pídele perdón! ¡Pídeles perdón a todas! —exigía fuera de sí.

El hombre gritó a un compañero de vinos para que llamara a la Guardia Civil, a los grises, a municipales, falangistas...

—¡A quien sea! —prosiguió—. Pero que alguien prenda a este hijo de puta..., ¡que me destroza la cara!

La mayoría, gente del barrio, había hecho oídos sordos, pues conocían desde la cuna a ese chico de los recados que era amable con madres y abuelas, hasta el punto de regalarles los huevos que cogía de los nidos de distintas aves a cambio de un pedazo de tortilla; el mismo chico que miraba con desconfianza a cada hombre que cruzaba el umbral de los muchos bares que albergaba la ciudad.

Un mal golpe, quizá el no acertar de pleno en la quijada, y Daniel sintió el dolor en la muñeca de su brazo derecho.

Por suerte para él, los primeros en acudir a la llamada de algún valiente sin nombre habían sido los municipales. Los uniformados habían conseguido reducirlo a fuerza de agarrarlo cada uno por un brazo, pese a lo enjuto de su cuerpo adolescente. La ira puede resultar más difícil de contener que los años, la altura o el peso.

—¡Cuidado! —gritó al sentir que le tocaban la mano que se había roto, aunque el verdadero dolor provenía de sus ojos, de no encontrar a su madre entre los allí reunidos—. No veo a mi madre. —Miraba hacia uno, otro y todos los lados posibles—. ¡Buscadla, por favor! ¿Dónde está mi madre?

Sin prestarle atención y arrastrando las puntas de sus pies por el empedrado de la rúa das Hortas, se llevaron a Daniel a un calabozo y de ahí, al poco tiempo, lo metieron en el hospital para que dejara de quejarse.

Había valorado la opción de escapar, pero en ese momento, con su madre cerca de él, tendida en aquella cama, ya no tenía a dónde ir, y, de alguna forma, se sentía en casa.

—Daniel, prométeme que no habrá más peleas. Dime que te cuidarás —rogó Lili a su hijo.

Él bajó la cabeza, sumiso, pensando bien la forma en la que contestar para no lastimarla.

—Madre, yo no buscaré nunca pelea. Se lo prometo por lo que más quiera.

—Lo que más quiero eres tú, Daniel —acertó a decir ella fatigada.

El joven cogió aire.

—Y por eso mismo le digo que —continuó— si alguien la busca a usted, me encontrará a mí preparado para lo que sea necesario.

Lili cerró los ojos. Sabía que solo se tenían el uno al otro. Y entendió que Daniel también lo sabía.

—No toleraré que la llamen así, con esos nombres.

Su madre lo escuchaba con resignación.

—Además, usted es quien limpia la casa y cuida las ropas a las demás, solo eso. ¿Cómo voy a aceptar que digan de su persona lo que no es?

Ella tomó una bocanada de aire antes de contestar.

—A quién le importa lo que digan de uno mismo. A quién le importa lo que piensen los demás. ¿Acaso eso cambia quiénes somos? Lo único que realmente importa es lo que nos decimos a nosotros en la intimidad. Esas deben ser las únicas palabras que guardemos para desempolvarlas en el camino, cuando el cielo se vuelva gris, haga frío y no haya luz en ninguna ventana. Y, si en algún momento dejan de servirnos esas palabras, si se nos quedan pequeñas o descoloridas, las tiramos y tejemos con cariño otras nuevas para abrigarnos.

Daniel miró a su madre con ganas de abrazarla, de besarla, de cogerle una mano, aunque solo fuera eso..., pero no era posible, su piel estaba demasiado dañada por el fuego.

De pronto, unas voces rompieron la silenciosa atmósfera del Observatorio de Agonizados.

Sin posibilidad de despedirse, Daniel se deslizó hasta el rincón que poco tiempo antes lo había estado ocultando; desde allí podría averiguar qué pasaba o qué querían aquellos tres hombres con uniforme blanco de hospital que se aproximaban.

—¿Alguien sabe para qué quieren la sangre de toda esta gente? —preguntó uno de ellos a los otros dos—. Está claro que no es para salvarlos de ninguna enfermedad, ni mucho menos de la muerte; es obvio que ninguno de ellos va a atravesar esta puerta con vida... —dijo manifestando sus dudas al tiempo que señalaba la puerta por la que acababan de entrar—. En fin, si ya no puede servirles de nada.

—No lo sé —contestó otro—. Aquí pasan cosas muy raras. Como lo de la otra noche...

—¿Qué fue lo que pasó? —preguntó el tercero, más bisoño y con cara de susto.

—¿Sabéis Bruno, el médico medio alelado y tartamudo que nadie tiene idea de qué sigue haciendo por aquí?

—Yo no lo conozco, pero oí una vez que le había dado algo en la cabeza —añadió el de mayor edad—. Relacionado con una pastilla que no debía tomar...

—En cualquier caso —interrumpió el otro con intención de continuar con su historia—, eso ahora no es lo importante. La cuestión es que el otro día se entretuvo yendo con el mozo encargado del traslado de los difuntos hasta el cementerio de Bonaval. Sabéis, ¿no?

Los otros, que lo miraban expectantes, asintieron.

—Bueno, pues como el pobre hombre ya no sabe filtrar lo que dice y lo que no, me contó que al tirar en la fosa el cuerpo de un chico este abrió los ojos y habló.

—¿Cómo? —se asustó el joven.

—¿Y qué dijo? —se interesó el otro.

—No supo aclarármelo —respondió tan tranquilo el narrador levantando los hombros—. Solo insistía en que el chico hablaba en alemán.

—¿Por qué habría de hablar alemán?

—Porque es la única lengua que ha oído este hombre en su vida, además del castellano. Y, por lo que logré descifrar de todo lo que me dijo, había entendido el mensaje completamente.

—¿Y qué pasó con el chico después? ¿Se levantó de su tumba o qué?

—Bruno salió corriendo como alma que lleva el diablo, incapaz de pedir ayuda a quien fuese, que, digo yo que, en estos casos, lo mejor sería un cura.

Los compañeros, lejos de reír la ocurrencia, sopesaban con el gesto serio lo acertado de recurrir a un sacerdote armado con agua bendita.

—Pero... y después de eso, ¿no volvió por allí?

—Sí, a la mañana siguiente —dijo el narrador reservando el as de la historia en la manga.

—¿Y bien?

—El chico seguía allí, muerto y con las primeras moscas revoloteando alrededor de su cuerpo —señaló restando importancia a la anécdota, con una sonrisa burlona escondida en los labios.

—¿Ya está? —se quejó el de más edad.

—No, no está. El informe decía que era un chico sano que había muerto de paro cardíaco.

—¿Y eso qué tiene que ver?

—Que al chico esa noche le habían cortado la lengua... y los brazos.

27

Sofía

El graznido de un ave de plumas negras me pellizcó las tensas cuerdas de los nervios en lo más profundo de la garganta. No podía gritar. Las palabras trataban de trepar en busca de un aire que no llegaba.

Alcé la vista. En aquel lugar anegado de aguas fétidas, sin más claridad que la escasa guía que procedía del tragaluz, pude atisbar la forma de un cuervo en lo alto de una viga. Yo continuaba con el brazo sumergido, doblada por la cintura y con una oreja rozando la superficie. Juraría ante quien fuera que allí abajo había una mano. La había tocado. Había sentido el frío de sus dedos largos y finos. Un tacto que me había hecho saltar de espanto. Y, sin embargo, ahora no la encontraba. Como si no hubiera existido, como si no fuera más que el fruto de una imaginación inundada de miedo. Aunque también cabía otra posibilidad: que se hubiera escurrido como un pez exhausto, anclado a un gran peso que tiraba de él hacia el fondo. Imposible dilucidar en aquella turbia oscuridad si estaba o no en lo cierto.

El cuervo no dejaba de observarme desde las alturas. ¿Qué pensaba? ¿Qué esperaba? ¿Qué quería?

De pronto la estancia pareció volverse más y más pequeña. Mi corazón latía, las paredes se contraían y yo me ahogaba.

Cerré los ojos e inhalé todo el aire que pude. Después lo solté despacio por la boca. Muy despacio. Tal y como me había dicho el abuelo el día que me caí al río con la bicicleta. «Respira, Sofía, respira».

Recuperé la verticalidad sin prisas y sin apartar la vista de los diminutos ojos brillantes de aquel pájaro. Eché un vistazo a mi alrededor y comprobé que la habitación había recobrado sus dimensiones.

Entrelacé las manos, una con otra, y las apreté fuerte, muy fuerte, buscando un ápice del calor que le faltaba a mi cuerpo. Muy a mi pesar, no encontré más que dolor en los huesos.

Temblando, emprendí la subida escalón a escalón con el sueño de alcanzar la salida. Me apoyé con ambas manos en la pared, ignorando la herrumbrosa baranda que discurría en uno de sus laterales. El olor que desprendía era penetrante, un cóctel repugnante de moho y óxido que ponía a prueba la resistencia de mi estómago.

Las piedras resbalaban al tacto, y las yemas de mis dedos anestesiados se mostraban incapaces de leer nada en ellas a medida que conducían mis pasos en aquel doloroso ascenso. Otro peldaño, menos fuerza en el impulso. Me miré los pies, ateridos, y no me sorprendió verme las uñas azuladas.

Al fin alcancé la puerta. Posé ambas manos sobre ella. En silencio suplicaba para que cediera, pero permanecía cerrada a cal y canto. Un segundo de luz me animó a golpearla con los puños, pero la fuerza ya había empezado a abandonarme. No tardé en descubrir que no podría salir de allí sin recibir ayuda desde fuera.

Cogí aire, un aire resignado, y me senté sobre el frío velo que humedecía el primero de los peldaños, del que nunca debí haber pasado.

Me estremecí como una de las hojas que caían desprevenidas en el río al lado de la casa de los abuelos. Estiré cuanto pude la tela del camisón para cubrirme las piernas. Estaba tan frío y mojado que enseguida entendí que era una pésima idea. Lejos de ayudarme a retener el poco calor que me quedaba, ahondaba en una sensación próxima a la congelación.

Me froté las palmas de las manos y me rodeé las piernas con los brazos. Apoyé la cabeza sobre las rodillas y dejé que el silencio me arrullara. Después bajé los párpados despacio. Hasta ese momento no había pensado en lo mucho que necesitaba descansar. En aquella oscuridad, poco a poco dejé de temblar. El corazón ya solo se esforzaba por latir en la herida de mi abdomen.

No sé cuándo dejé de sentir el frío, la humedad y el olor que, minutos antes, me mareaba. Creo que dibujé una tibia sonrisa. Sentía el cuerpo relajado; como una crisálida, abriéndose, transformándose, desvaneciéndose muy lentamente. Qué poco me pesaban los brazos, los hombros, mis miedos, mis sueños. Ya no estaba cansada. Ya nada me preocupaba.

Decía el abuelo que quien tiene muchos problemas en verdad no tiene ninguno que merezca la pena. «Pero eso solo lo entenderás cuando llegue el único problema que sí la merezca, Sofía, y ese será el que te arranque la vida... y diga: se acabó el tiempo».

El cuervo en lo alto se mostraba ante mí como un ave del paraíso, quizá lo fuera, y aquella especie de cueva se asemejaba a las puertas del mismo cielo. Podrían ser también las del infierno. Pero era paz lo que yo experimentaba. El sentido de todas las cosas se vestía con las palabras que pronunciaba una voz lejana que despertaba en el centro de mi alma.

Y yo respiraba y el aire flotaba en mi cuerpo. Y, con él, flotaba yo. Yo sola..., sola en un lugar desde el que veía siluetas, formas, personas, más allá de la puerta, de las paredes, de cualquier otra pared.

Fue entonces cuando la voz del abuelo viajó hasta mí en un susurro. «No estás sola, Sofía».

Incapaz de hablar ni de moverme, desde mis ojos de oscuro naufragio percibí el deslizar ardiente de lágrimas a la deriva. Sentí una tierna caricia en la mejilla.

¿Estaba ahí? ¿Estaba conmigo? Creo que hay sensaciones que difícilmente se pueden explicar, pues la existencia es más grande que los ojos y hay lenguas que llenan silencios que solo el alma puede escuchar.

Me sentí caer. Un golpe contra el suelo, sin peso, sin herida, sin sangre que limpiar.

Una de aquellas siluetas que había visto en mi ensoñación corría hacia mí. Abrí los ojos con dificultad. La imagen se movía distorsionada debido a las lágrimas que retenían mis pestañas.

Una vez que llegó hasta mí, me agarró de ambos brazos para zarandearme. No comprendí lo que estaba pasando. ¿Por qué gritaba mi nombre?

—¡Sofía!

Me dio unos toques en la cara con la fuerza justa para espabilarme un poco. Algo que, por su gesto, no debió de funcionar como esperaba.

Se quitó el jersey que llevaba puesto para envolverme con él. Lo hizo dominando las prisas y supongo que también los nervios al ver que yo apenas me movía. Después, con decisión, me tomó en sus brazos.

Cuando lo tuve cerca, lo miré. Reconocí su rostro enseguida. Le sonreí. O creo que lo hice.

—Daniel... —musité.

—¿Qué diablos estabas haciendo aquí?

No contesté. Esperé a salir al patio de San Mateo para volver a ver el mundo. Y lo vi. Y en él encontré un viento que acarició mi mirada en la inmensidad del cielo.

28

Daniel

La luz amarilla de lámparas de aceite distribuidas por repisas y consolas a lo largo de los corredores resistía en amplias parcelas donde imperaba la oscuridad.

Daniel corría con Sofía en brazos. El eco de sus pasos ascendía por las piedras amplificando el aura de urgencia y soledad.

Se dirigía a la zona donde estaban las mujeres ingresadas. Todo el hospital parecía dormido. No había nadie a quien pedir ayuda. Ni tan siquiera a quien preguntar por la habitación de aquella niña y así poder dejarla en una cama, confiando en que el descanso fuera suficiente para que se recuperase.

Pasó por el altillo que conectaba la zona de hombres con la de mujeres y esquivó las filas de bancos desde los cuales, antes del canto del gallo, los enfermos escucharían misa para rogar por la salud del cuerpo y del alma.

—¿A dónde vas, muchacho?

Una voz lo asaltó desde la oscuridad del último banco.

Daniel se detuvo en seco, buscando con la mirada al dueño de aquellas palabras mientras exhalaba un aire fatigado.

El padre Avelino se acercó hasta él. En sus manos cargaba un rosario y en sus ojos la oración por un alma muy pequeña a la que no podría dar católica sepultura. Una amarga imposición de otros hombres con más peso en la sotana que fe en el corazón: algo que le hacía plantearse si seguían al mismo Dios.

—¿Qué ha pasado? —quiso saber el cura.

—La encontré empapada y muerta de frío en la fuente. No soy médico, pero creo que necesita que la hagamos entrar en calor —contestó Daniel.

El sacerdote dudó sin dejar de observar al joven.

—Ven conmigo. Te llevaré a su cuarto.

Esas palabras sorprendieron a Daniel.

—¿Tiene un cuarto para ella?

—No, para ella sola no. Comparte estancia con la hija del coronel Vallejo.

—¿Por qué? —preguntó con desconfianza el chico antes de acceder a seguir a nadie dentro de aquel lugar.

—Carece de mayor importancia, de verdad. Fue un médico, el doctor Freire, quien consideró que a Julia Vallejo le vendría bien tener algo de compañía de su edad. Y ahora sígueme si realmente quieres salvarla —dijo el padre Avelino, y esta vez sonó a orden.

Daniel fue tras él por un corredor en silencio y a buen ritmo antes de entrar en una habitación a oscuras.

Nada más asomó la punta de un zapato allí dentro, Soledad se puso en pie. Aquella mujer vivía en permanente estado de alerta.

—¿Qué ha ocurrido? —preguntó la madre de Julia.

—Se cayó en una fuente —respondió el sacerdote, que había sido incapaz de ver la mentira en el rostro de Daniel, antes de que este dejara a Sofía encima de la cama.

—Pero si tiene la ropa calada... —se preocupó la mujer—. Habrá que quitársela.

El padre Avelino se deslizó con rapidez fuera de la habitación. A Daniel nada más le dio tiempo a darse la vuelta a fin de respetar la intimidad de Sofía para que Soledad pudiera cambiarle el camisón.

Aprovechó el momento para sacudir su jersey antes de ponérselo de nuevo y, sin pretenderlo, provocó que Julia se despertase sobresaltada.

—¿Qué sucede? —dijo mirando hacia la cama de al lado—. ¿Es Sofía? ¿Le ha pasado algo? —se interesó al tiempo que se esforzaba por incorporarse.

—Está todo bien —contestó su madre vistiendo las palabras con serenidad para que alcanzaran los oídos de su hija con la dosis de calma que la niña necesitaba.

Sofía, entretanto, no hablaba. Su piel aterida de frío mostraba tonalidades moradas y azules.

Entre Soledad y Daniel le echaron por encima dos mantas.

—Ponedle la mía también —rogó Julia.

Su madre fingió no oírla.

—No tengo frío. De verdad, mamá. Yo estoy bien...

—No, hija —zanjó Soledad, dejando claro que no era negociable—. Entrará en calor pronto, ya verás.

Julia miró a un lado y al otro, con el nervio solícito de quien desea ayudar, hasta que reparó en un detalle.

—Mi bata, mamá, échale mi bata de casa por encima —insistió—. Sofía no tiene. Tampoco tiene zapatillas... —añadió con un matiz de pena en la voz.

La mujer accedió a la petición de su hija y en una zancada alcanzó aquella cálida prenda para ponérsela por encima a Sofía.

Un estremecimiento recorrió el cuerpo de la niña, y Daniel, sin pensarlo, se echó a su lado. La abrazó con cuidado por el dolor en su mano.

Al fin, tras largos minutos en los que el joven se afanaba en darle todo el calor que podía, Sofía dejó de temblar. Incluso se apreciaba en su rostro un punto de placidez.

—Necesita descansar —dijo la madre de Julia.

Un sueño reparador de varias horas fue cuanto Sofía necesitó para volver a abrir los ojos. Daniel, tumbado a su lado, la observaba con expresión tranquila al comprobar que había recuperado el color en la cara, sin obviar las ganas que tenía de reprenderla.

Sofía no pudo ocultar el impacto de verlo allí, en la cama, tan cerca. El rojo vivo de sus mejillas le hizo comprender al chico que era mejor levantarse y ocupar una silla. Y eso fue exactamente lo que hizo.

Entretanto, ella buscó a su nueva amiga, pero descubrió con pesar que la cama de Julia estaba vacía.

—Se la han llevado para su tratamiento —contestó Daniel adelantándose a la predecible pregunta que ella iba a lanzar—. Es una buena chica. Estaba realmente preocupada por ti.

Aquellas palabras cayeron pesadas en la mirada de Sofía, quien bajó los ojos y no dijo nada.

—Creo que es hora de que hablemos. ¿Qué hacías en ese sótano de madrugada? —indagó Daniel.

La niña cogió aliento para lo que prometía ser una conversación incómoda.

—Buscaba la biblioteca que me dijiste —explicó.

Él negó con la cabeza y se llevó una mano a la frente.

—No me lo puedo creer... Pero si aquí no hay ninguna biblioteca.

Sofía abrió mucho los ojos, con el desconcierto que antecede al enfado.

—¿Cómo que no? Tú me lo dijiste... Me dijiste que de ahí habías sacado el libro de mi padre... —argumentó sin entender aquella contradicción. Hasta que se le ocurrió la pregunta que podría arrojar luz a todo—: ¿Me mentiste?

—No —contestó él como un resorte—. Sí —rectificó al cavilar un poco—. Bueno, en parte.

—Entonces..., ¿me mentiste o no?

—A ver —dijo Daniel, y resopló—, había una biblioteca,

pero no era para los pacientes ingresados. Era para los médicos y los investigadores del hospital. Lleva tiempo cerrada.

—¿Y tú cómo sabes eso?

—Porque soy muy listo —respondió burlón.

Sofía frunció el ceño ante aquella respuesta para nada satisfactoria.

A él le hizo gracia el gesto viniendo de una cría tan pequeña, pero aun así mantuvo la seriedad que prefería exhibir ante ella.

—Me lo dijo Félix —concedió al fin.

—¿Te refieres a mi padre? —Los ojos de Sofía brillaron con creciente emoción.

—Sí, a Félix, el bibliotecario.

—¿Lo has visto? ¿Está por aquí?

—¿Que si lo he visto por aquí? —repitió Daniel.

La miró y entendió que era una niña y que por eso mismo habría muchas cosas que todavía desconocía.

—Me lo dijo hace ya un tiempo —añadió él restando importancia a sus anteriores palabras.

Ella parecía decepcionada, pero el chico supo que no era el momento apropiado para ahondar en una mejor explicación.

—Pero... pero ¿cuánto tiempo? —preguntó Sofía evidenciando su confusión.

—Volvamos a la pregunta que te he hecho en primer lugar. —Daniel cambió audaz la dirección de aquella charla—: ¿Qué estabas haciendo tú en ese sótano de madrugada? Y no me digas que te desvelaste para buscar una biblioteca, porque eso no hay quien se lo crea —advirtió.

Sofía compuso un gesto de molestia. Abrió la boca para contestar, pero algo le hizo dar un paso atrás para reformular lo que necesitaba decir.

—Un momento..., ¿y tú qué hacías allí?

La pregunta exigía a Daniel una respuesta convincente. Pero, en lugar de eso, él se había despedido con prisas fingiendo una urgencia. No quería contarle que, mientras estaba en el Observatorio de Agonizados con su madre, había escuchado a tres trabajadores del hospital hablando de un médico que respondía al nombre de Bruno, con el aderezo de la burla y sin apellido ni fórmula de cortesía. Y tampoco quería ahondar en la anécdota que había contado uno de ellos: que, supuestamente, el tal Bruno, una noche, había oído a un muerto hablar en alemán y al llegar la mañana había descubierto con horror que le habían cortado la lengua y los brazos.

Tras ese comentario que había dejado a todos los presentes con la boca abierta, incluido Daniel, que permanecía en su escondite atento a cada palabra, la conversación derivó en una competición por ver quién aportaba la anécdota más terrorífica y menos creíble.

—Recuerdo que una vez oí gemidos agudos que venían de la morgue... —dijo despertando el interés uno de ellos.

—¿Y no serían aullidos de un animal? Lo digo porque ahí abajo, en Galeras, hay jabalíes —observó dudando el más joven.

—Ojalá pudiera decir que sí, pero después de lo que se acaba de contar aquí..., ya no lo creo.

Duda razonable en bandeja de plata.

—De noche también se oye a veces el arrastrar de un cuerpo y hasta de cadenas dentro de los canales de los respiraderos.

—¿Y no serán los ratones en las cámaras de aire? O puede que se trate de los estertores propios de una construcción tan antigua como esta. Tengo entendido que data del siglo XV..., casi nada —volvió a dudar el más joven.

El otro negó dispuesto a subir la apuesta.

—Por no hablar de las gárgolas. Se dice que cobran vida

por la noche y sobrevuelan el hospital para ahuyentar al diablo.

En este punto, el más joven se dejó envolver por el aura de misterio y aportó un comentario que auguraba otra trampa a la razón.

—Pues yo os aseguro que vi el espectro de una niña cruzando el patio de San Mateo. Vestía el camisón del hospital y, lo más raro de todo, caminaba descalza como un ánima del purgatorio.

Tan pronto esas palabras llegaron a los oídos de Daniel, no tardó en relacionar a ese «espectro» con Sofía y, acto seguido, en imaginarla perdida por esa zona restringida del hospital en la que no debía entrar nadie, y mucho menos de noche.

Esa misma zona que él le había señalado desde la ventana de su habitación, cuando le había indicado una dirección falsa hacia una supuesta biblioteca a fin de deshacerse de ella cuanto antes.

El eco de aquella posibilidad había demudado su gesto. De sucederle algo a la niña, él sería el único responsable. Ahí supo que debía encontrarla.

29

Sofía

La luz de la alborada se veía diferente. No sabría decir si brillaba más, si se opacaba menos o si, sencillamente, lo que había cambiado eran mis ojos. En ellos había un agradecimiento nuevo por haber vencido al frío que me arrastraba a saber a dónde, pero también, y sobre todo, porque ahora tenía la esperanza de que había un «a dónde».

El sol ascendía en aquella mañana de rayos blancos cuando el doctor Freire pasó por la habitación para verme. Daniel ya no estaba conmigo, Julia no había regresado de su tratamiento y yo vagabundeaba en esa extraña paz de quien despierta tras un largo y espeso sueño, pero con la duda latente de si seguirá soñando.

No puedo decir que el médico me examinara a conciencia. En verdad, ni tan siquiera echó un vistazo a la herida del abdomen; por fortuna no se me habían vuelto a abrir los puntos y yo no manifestaba indicios de fiebre. Él se mostró entusiasmado con la idea de darme el alta cuanto antes para que pudiera regresar a casa.

—¿Estás contenta? —me preguntó con una satisfacción que pretendía anticiparse a mi respuesta.

Pero yo, lejos de ofrecerle la reacción que él esperaba de mí, en esos momentos transitaba por un terreno invadido por el miedo. Eran demasiados los interrogantes que comenzaban a desfilar por mi cabeza. «¿A dónde voy? ¿Con quién? ¿Me dejarán salir de aquí sin un adulto? ¿Y mi abuela? ¿Alguien sabe cómo llegar a la última casa que hay al lado del río? ¿Cómo se llama el río?».

Imposible. Todo me parecía, con buen criterio, imposible.

Y aun así, pese a lo azaroso de esta incierta circunstancia y a la angustia existencial que me invadía, podría decirse que hubo una persona que recibió la noticia de mi alta médica con mayor desazón que yo: Julia.

Al volver al cuarto con los brazos agujereados, la cabeza vendada y la piel en exceso pálida, Julia no pudo ocultar la inmensa tristeza que le provocaba conocer mi inminente partida. Me observaba y parecía preguntarse: «¿Qué será de mí?».

Un interrogante que percutía como un eco en mi pecho para arrojarme al abismo: «¿Qué será también de mí?».

Y cuando pensaba que las dificultades derivadas de aquella noticia no podían ser peores, una mirada cargada de silencio me bastó para comprender que la pena que había despertado en el pecho de Julia estaba alimentando al terrible mal que consumía su cuerpo.

—¿Te duele mucho? —le pregunté.

Ella no contestó. Deslizó los ojos hacia la ventana y yo la imité.

El sol brillaba en los millones de diminutas motas de polvo que cubrían el cristal e impedían ver nada más allá del alféizar. Lamenté que no lloviera.

Sin decir una sola palabra más, me levanté despacio y con cuidado. Ella ni siquiera me miraba. Su vista descansaba prisionera de un dolor que la sometía por completo.

Abrí la ventana de par en par y el sentido de la obediencia se activó en su voz para decirme:

—¿Qué haces? Nos van a regañar...

No dije nada. Sonreí y jugué con el cristal para que un haz luminoso apuntara a sus pies.

No sabría describir la luz que resplandeció por un segundo en su rostro cansado, pero me alcanzó en ese lugar en el que las palabras no duermen, solo viven y laten despiertas, increíblemente despiertas.

Las risas de unas niñas jugando en la plaza del Obradoiro llamaron mi atención y también la de Julia. Yo me acerqué a echar un vistazo a fin de descubrir la causa de la algazara. Ella, sin fuerzas en el cuerpo, pero con un poco de ánimo recobrado en la voz, se limitó a preguntar:

—¿Son niñas? ¿Más o menos de nuestra edad? ¿Y a qué juegan?

Tenía tanta prisa por saber las respuestas que entendí que su deseo era estar allí abajo, en la plaza, entre ellas, derrochando energía en el juego como una más, sin preocuparse de que pudiera acabarse, sin preocuparse por nada.

—Son niñas saltando a la cuerda —dije con un punto de arrepentimiento por acercarle una realidad que, sin embargo, para ella era solo una lejana ilusión.

Las niñas saltaban al tiempo que cantaban una canción. Me pareció el colmo y decidí cerrar la ventana a toda prisa.

—No la cierres, por favor —me pidió—. Quiero escucharlas —dijo, y entornó los ojos con una pacífica sonrisa mientras aquellas voces agudas entonaban:

«A un capitán sevillano siete hijos le dio Dios, y tuvo la mala suerte de que ninguno fue varón, un día la más pequeña presentó la inclinación de ir a servir al rey vestidita de varón, no vayas, hija, no vayas, que te van a conocer, tienes el pelo muy largo y dirán que eres mujer. Si tengo el pelo muy largo, madre, córtemelo usted, que después de bien cortado, un varón pareceré. Siete años en la guerra y nadie la conoció hasta que un día en la lucha el refajo se le vio. El rey, que estaba allí, de ella se enamoró, pidió permiso a sus padres y con ella se casó».

De pronto su gesto se tornó sombrío, se cayó en algún lugar plagado de afiladas espinas en donde sus pensamientos se convertían en puñales.

—¿Crees que, como dice la canción, hay padres que consideran mala suerte no tener un hijo varón?

Aquella pregunta me cogió por sorpresa.

Ella me miró queriendo disculparse. Temía haberme incomodado, por lo que improvisé una respuesta.

—Mi abuela siempre dice que «hay de todo en la viña del Señor» —repuse sin más, tan aprendida que tenía la frase—; así que supongo que es posible que haya padres de todo tipo. Bueno..., padres, madres, hijos, primos, hasta conejos, si me apuras. —En ese punto, a mi cabeza voló el recuerdo de la madre caníbal de Dindón.

Julia sonrió la ocurrencia y guardó un pequeño silencio que no tardó en volverse oscuro en sus palabras.

—Me pregunto qué pasaría si uno de esos padres que desean un hijo varón tuviera una hija; ¿la aceptaría? ¿Y si además esa hija fuera como yo?

No era necesario que dijera nada más para que yo captase el dolor que cargaba. Un dolor que conocía al sentirme igual de sola y abandonada en el hospital que ella, pues de ser su padre el mismo coronel Vallejo que había visto al entrar en el hospital, en esos días no había subido a visitarla ni una sola vez, pese a estar tan cerca de ella.

—¿Crees que enfermamos por mala suerte? —preguntó de nuevo, y yo, lejos de darle una respuesta inmediata, para ganar tiempo me afané en cerrar la ventana fingiendo dificultad.

—Todos los niños enferman alguna vez. O casi todos —contesté rendida al cabo de unos minutos.

—Ya sabes a qué me refiero, Sofía —se quejó con suavidad, como si estuviera demasiado acostumbrada a que nadie le diera respuestas, como si los demás reaccionasen evadiendo siempre sus preguntas.

Entendí que ella necesitaba aliados en aquella batalla y encogí los hombros, pensativa.

—No lo sé —respondí con sinceridad.

—¿Y te parece justo?

Negué con la cabeza. De todas las injusticias que conocía, la que ella padecía era, sin duda, la peor. Pero no quería decirle eso.

—También creo que contar con una madre como la tuya, que te coge la mano cada noche, es una suerte que no todos los niños tienen.

La mirada de Julia se desplomó sin posibilidad de tregua.

—Pobre mi madre... A veces pienso que le he fallado.

Dudé si intervenir, pero preferí dejarla hablar: lo necesitaba.

—Quizá lo que me pasa sea culpa mía. De niña, cuando era muy pequeña, comía muy mal; escupía las verduras, forzaba el vómito con la leche, no me gustaba la fruta... Mi madre siempre me decía que iba a enfermar y no se equivocó. Antes de los tres años ya vivía en este hospital.

No supe si esperaba una respuesta por mi parte, pero, al no recibirla, Julia se giró despacio, cerró los ojos y se quedó dormida. Lamenté no haber intentado quitarle esa idea de la cabeza, no haberle dicho que de ninguna de las maneras eso era cierto. Había pasado mucho tiempo seleccionando palabras, tejiendo un abrigo con el que arroparla: ¿cómo iba a ser culpa de un niño enfermar? Pero no llegué a pronunciarlas.

Fue así como transcurrieron unas horas en las que el cielo comenzó a volverse oscuro como el plomo y yo tuve ocasión de reflexionar.

No volví a meterme en la cama ni tampoco encendí ninguna luz. Me dejé caer en una silla con la vista en la pared, o lo que era lo mismo: en la nada.

No sabría decir con exactitud en qué momento oí un sutil ruido que me puso en alerta. Con los ojos muy abiertos, me incorporé de inmediato. De forma intuitiva, dirigí la mirada al respiradero. Una voz me decía: «No te acerques», mientras que otra, mucho más testaruda, me gritaba: «¡¿A qué esperas?!».

Sin pensarlo demasiado, aproximé con cautela una silla para subirme a ella. Tragué saliva unas cuantas veces. La boca se me había quedado seca. Había algo allí dentro, estaba segura, tras aquellas ranuras de metal. ¿Qué era? Me pareció que se agitaba, ¿aleteaba? Quizá fuera un pájaro que se había quedado atrapado. Bajé al suelo y abrí la ventana, nada más que una hoja, confiando en que el ave pudiera salir volando. Busqué entre los utensilios médicos que siempre dejaban cerca de Julia algo que pudiese ayudarme con el respiradero. Cogí una varilla de metal muy fina y me subí de nuevo a la silla. Estiré un brazo e introduje la varilla entre las ranuras para arrastrar aquellas alas hacia la salida. De pronto, una ráfaga de aire entró en la habitación por la ventana.

Entonces lo vi salir del respiradero. Salir y llegar volando hasta mí.

Creí que me mareaba. Me flaqueaban las piernas y hasta la vista me temblaba. Estaba allí, en mis manos: un avión de papel.

IV

OSCURIDAD EN EL CIELO

[Negro y opaco. Ausencia de sol].

30

Sofía

«La existencia se mueve en los parámetros de la verdad. O lo que es lo mismo, se maneja entre mentiras». Eso es lo que escuché que le decía el padre Avelino a Soledad en presencia del doctor Freire. El comentario respondía a la preocupación de la madre de mi amiga, que debía ocultarle a Julia el pronóstico que daban los médicos para el largo plazo.

—¿Y si al enterarse de las mentiras se revuelve contra mí? —manifestó ella angustiada.

—Los niños quieren tanto a sus padres que no solo no cuestionan lo que les dicen, tampoco lo juzgan —dijo el sacerdote.

El médico lo miró con un punto de sorpresa.

—¿Y usted cómo sabe eso, padre? —preguntó Soledad—. No se ofenda por mi sinceridad, pero me cuesta entender que comentarios de esta índole provengan de un hombre que no ha tenido hijos.

La sonrisa rendida y de medio lado de Avelino delató que había recibido algo parecido a un disparo.

—Hay hombres con muchos hijos que no serán nunca padres, y padres que rezan en silencio agradeciendo a Dios la oportunidad de ayudar a los hijos que vagan necesitados por el mundo —contestó—. Como le decía, la existencia camina en las fronteras de lo que definimos como verdad, y cada uno de nosotros define la suya.

Aquella conversación tuvo lugar en el pasillo, frente a la habitación y con la puerta entornada. Julia continuaba durmiendo. Si la última sesión del tratamiento la había dejado muy débil, la noticia de mi alta la había rematado.

En mi mano seguía aquel avión de papel como el mejor de los tesoros, pese a que no me atrevía a tocarlo mucho. No quería hacerle ni una mínima cicatriz, que no se arrugara ni se rompiera; y tenía demasiado miedo a que, si lo perdía, mi padre no me encontrara. Porque... lo que no dudé ni un segundo fue que había sido mi padre quien me lo había hecho llegar.

¿Cómo, por qué, en qué momento, desde dónde...?

No lo sabía. No sabía nada y nada importaba demasiado. Porque en lo único que pensaba era en que mi padre andaba cerca.

—¿Qué probabilidades tiene de no quedarse ciega, doctor Freire? —preguntó Soledad casi en un bisbiseo para que su hija no la oyera.

—Bueno, no me atrevería a decir mucho en este sentido, con los datos de que disponemos hoy, y menos a conjeturar un porcentaje —contestó el hombre, que parecía haber menguado dentro de la bata blanca—. Perdóneme, señora, pero ¿su marido no le ha comentado nada? Nadie mejor que él para saber en qué punto se encuentra la niña con el tratamiento...

La mujer estiró el brazo con la cara congestionada por una rabia sorda, agarró la manilla de la puerta y la cerró con discreción. Intuí que aquella respuesta que yo no llegaría a oír amenazaba con resonar en las campanas de la mismísima catedral de Santiago.

Mi pensamiento daba vueltas a la idea de cuánto debía de suponer la triste condición de perder la vista para alguien que alimentaba la imaginación a través de una ventana no muy grande ni muy transparente. Al cabo de largos minutos de aflicción en la oscuridad de aquella tarde, Julia se despertó.

—¿Qué es lo que tienes en las manos? —dijo.

Bajé la vista y observé mi tesoro.

—Un avión de papel.

—¿Me lo puedes enseñar de cerca? Nunca he visto uno.

Me acerqué hasta ella y se lo mostré.

—¿Lo has hecho tú? —Sus ojos rebosaban curiosidad.

—No. Lo ha hecho mi padre —respondí sin dudas.

—¿Ha venido tu padre? —indagó con mayor sorpresa que la provocada por aquel avioncito de papel.

Era difícil explicarle mi teoría de cómo mi padre me había entregado aquella figurita de papel. De hecho, ni siquiera tenía una teoría mínimamente plausible para contarme a mí misma.

—¿Te llevará él a casa? —dijo, y su rostro se oscureció como el cielo que anticipaba tormenta.

Aquella pregunta me recordó que no tenía ni idea de qué iba a ser de mí una vez que cruzase el umbral de aquel hospital.

—Menos mal que ha venido él a buscarte —continuó hablando Julia—, no dejan que los niños salgan solos de aquí. Los que no tienen a nadie que los recoja... —se produjo un silencio doloroso en el que entendí que había desgraciados a los que abandonaban allí en medio de una enfermedad, anticipando una muerte que al final llegaba, pero que empezaba por pudrir el alma antes de consumir el cuerpo— van a parar al hospicio.

Tragué saliva con dificultad. ¿Vendría alguien a recogerme? ¿Estaba por allí mi padre? ¿Por eso me había enviado el avión, como un mensaje para que no me preocupara? Las dudas corrían frías por mi cabeza y sentí que mi frente las exudaba.

La sombra de un dolor descompuso el rostro de Julia.

—¿Te alcanzo un poco de agua? —pregunté.

Ella negó buscando una sonrisa amable que no conseguía encontrar en las comisuras cansadas de sus labios. Después intentó devolverme el avioncito. La dirección de su brazo se desviaba unos dos palmos de donde mi mano abierta esperaba para recogerlo. Preferí no dejar en evidencia aquel error de cálculo y recogí la figura de papel sin decir nada.

—Guárdalo —me dijo tan pronto me lo entregó—. Los regalos de un padre deben guardarse en un lugar donde el tiempo no pueda estropearlos.

Me llevé el avioncito al pecho entre urgentes parpadeos. Qué mejor refugio que la memoria del corazón para hacer grandes los recuerdos.

—Parece algo verdaderamente importante para ti —añadió, e intuí que en realidad lo que quería era preguntarme por qué.

—Mi padre es el guardián de los libros —comencé explicando con tono de confidencia—. Me ha contado cientos de historias de aventuras.

Los ojos de Julia, pese al velo que parecía empañarlos aquel día, brillaron.

—Ya entiendo. Entonces esa facilidad tuya para contar historias la heredaste de tu padre, ¿no?

Sonreí ante la mención de aquel vínculo que nos unía.

—Eso parece.

—¿Te contó alguna historia sobre aviones?

—No, él convierte en aviones, en barcos y hasta en animalitos las hojas de los periódicos, todas plagadas de espantosas noticias de guerra y muerte —le expliqué al tiempo que me sentaba a su lado, justo en la orilla de su cama—. Decía que el papel tiene un poder inmenso, y que incluso la historia más horrible puede transformarse en algo nuevo. Solo hay que arrancar la página con cuidado y trabajar cada pliegue.

—Debe de ser un padre increíble.

Desplegué una sonrisa amplia, de las que permiten entrever un destello en el fondo del alma.

—Cuando llegaba a casa —continué—, siempre me daba una de sus figuritas antes de contarme una nueva historia.

—¿Cada día te contaba una nueva historia?

Asentí sintiéndome la persona más afortunada de la tierra.

—Ya me gustaría a mí tener esa suerte. —Suspiró buscando un sol que se resistía a asomar en la ventana de aquella habitación—. Sería muy útil para los días en que no pueda ver más allá del cristal.

—Yo te contaré esas historias. Me las sé de memoria. —Guardé silencio durante un segundo de entusiasmo con una idea vibrando en mi cabeza—. Además, te enseñaré a ver la lluvia y el sol sin necesidad de ventanas.

—¿Cómo podrías hacer algo así? —La curiosidad despertó en su voz.

—Con una herramienta muy poderosa..., la imaginación. Con ella podrás ver y ser lo que tú quieras. Te lo aseguro —confirmé acompañando las palabras con un asentimiento.

—Reconozco que eso suena muy bien, pero te vas a marchar mañana...

Ella estaba en lo cierto. Yo lo sabía, pero aun así exhibí seguridad en mi rostro para decirle:

—Es tiempo más que suficiente para contarte mis historias favoritas.

—Y ¿cuáles son?

—Las de aventuras con heroínas valientes que son niñas como nosotras. Después, te diré cómo inventarlas para que no haya un día en que te sientas triste frente a esa ventana.

—¿Crees que en tan poco tiempo podrás contarme tantas cosas?

A sus dudas les siguieron las mías. Pensé unos segundos antes de hablar y prometer nada.

—No necesitamos tiempo, necesitamos ganas, y tú las tienes. Además, yo volveré por aquí para verte, para contarte historias y que me cuentes las tuyas. Como dice mi padre: «Una vez que abras los ojos que todos llevamos ahí dentro —señalé en su pecho, a la altura de la cruz potenzada del hospital en el camisón—, serás dueña de tus miedos y capitana de tus alegrías».

La ilusión forjó un faro de dientes blancos en el rostro de Julia. Algo que me devolvió las ganas de sonreír y que me recordaría siempre la responsabilidad de no dejar de hacerlo nunca ante ella.

Antes de que su madre regresara a la habitación, le conté con todo lujo de detalles las mejores y más valientes historias que tantas veces me había narrado mi padre. Me detuve con especial cariño a relatar las misiones de la peculiar pareja formada por una niña y un conejo. Entonces le hablé de Dindón.

—¿Tienes un conejo? —preguntó con un punto de fervor.

—Es mi amigo y compañero de aventuras —dije con una sonrisa.

—¿Sabes? —Llamó mi atención con aire de secreto—. Cuando salga del hospital, mi madre me ha prometido que tendré un perrito. Se llamará Duna y seremos inseparables —confesó embelesada por aquel sueño, y yo sentí un punto de dolor en el pecho al recordar el pronóstico que daban los médicos para ella—. Ya imaginarás que no tengo muchos amigos... Bueno, en realidad solo te tengo a ti —bajó la voz con timidez—, porque somos amigas, ¿verdad?

—¡Pues claro que sí! —exclamé—. Y ahora háblame más de Duna —le pedí—. Cuéntame cómo te la imaginas.

Julia cerró los párpados.

—Veo un labrador con ojos dulces y sinceros. Yo le doy de comer a escondidas y ella me lame la cara.

—¿Dónde te ves con ella?

—Nos veo a las dos paseando por una playa. Nunca he visto el mar.

—Tampoco yo —añadí.

—Algo que tenemos en común. —Dibujó una sonrisa sin abrir los ojos.

—Ahora imagina que, en esa playa, mientras paseas con Duna, un brillo verde intenso en la arena llama tu atención. Te agachas a ver de qué se trata y descubres que es una piedra preciosa...

—¡Una esmeralda! —se entusiasmó, completamente metida en la historia.

—¡Sí, eso es!

—Como los ojos de ese chico...

—¿Daniel?

Julia se sonrojó.

—Es un chico muy guapo... —musitó con vergüenza—, ¿no te lo parece?

—No me había fijado —mentí—. Quizá por lo antipático que ha sido conmigo.

—Quién lo diría por la forma en que te cuidaba. Pasó horas abrazándote para darte calor. Además, mi madre dijo que cada poco colocaba un dedo bajo tu nariz para asegurarse de que respirabas.

En ese momento el sonrojo cambió de rostro y se me encendió la cara.

—Volvamos a la historia de Duna —pedí—. La esmeralda tiene un gran poder... —Lo dejé suspendido en el aire para que ella completase la frase.

—¡Un poder curativo! Es una piedra mágica que cura todo tipo de enfermedades y de heridas.

—¡Sí! —celebré—. Pero no puede caer en las manos equivocadas...

—Porque la piedra convierte en inmortal a quien la posee —añadió misteriosa.

Pasamos así un buen rato. Al verla disfrutar, me consentí estimular su imaginación para que fuese añadiendo todo tipo de accesorios y medallas a la historia.

—Cuando salga del hospital —dijo una vez más, y volví a sentir aquel pinchazo en el pecho—, Duna, Dindón, tú y yo seremos un equipo de superhéroes.

—Por supuesto —confirmé, y tragué saliva.

No mucho después de aquello, Soledad cruzó el umbral de la puerta para velar el sueño de su hija. Julia descansaba con el gesto plácido de quien vuela en una nube blanca. Mientras tanto, yo, en la cama de al lado, sentía que era esa nube y que flotaba bajo el sol dorado.

Al llegar la mañana, el apremiante recuerdo de mi alta médica me golpeó en el estómago. Estaba mareada, no quería beberme la leche ni, ya puesta, levantarme de la cama. Además, el cielo estaba plomizo y apenas se colaba un poco de luz para vernos las caras dentro de la habitación.

Cerré los ojos y pensé en desaparecer un rato. ¿De verdad los abuelos no iban a venir a buscarme? La imagen del abuelo tendido en el suelo invadió mi mente de pronto, pero la descarté con una sacudida. No. El abuelo tenía que estar bien. Probablemente se había desmayado aquel día a causa del susto que les había dado y la caminata conmigo en brazos. Pero, entonces..., ¿dónde estaban? Y mi padre, ¿por qué no cruzaba de una vez el umbral de la puerta y me sacaba de allí con mi avión en la mano? Sentí la sal ardiendo en algún punto de mi cabeza. ¿Cómo iba a evitar acabar ese día en el hospicio? Y, exactamente, ¿qué era un hospicio? Por el tono que había empleado Julia, desde luego que no podía ser ningún lugar agradable. Negué con la cabeza para alejar la visión de ese infierno desconocido e invoqué sin suerte al sueño para volar muy lejos.

Justo en ese momento, cuando mi tribulación se expandía, escuché una conversación entre madre e hija que se grabaría en mi alma para siempre.

—¿Llueve, madre? —preguntó Julia.

—Todavía no, pero lloverá.

—Madre, ¿de dónde viene la lluvia?

En un silencio liviano, Soledad acarició a su hija con ternura antes de contestar:

—La lluvia la envían los ángeles.

—¿Los ángeles?

Su madre asintió serenamente.

—¿Y cómo son los ángeles?

—Son como tú, mi niña. —Sentí que aquellas palabras la pinchaban y pese a todo, ella, estoica, continuaba hablando—. Almas puras a las que un día les crecen alas. Y no les pesa el cuerpo.

Cuando su hija giró despacio la cabeza hacia la ventana, Soledad cerró los ojos, abatida. Parecía que Julia buscase algo, estelas de alas quizá, para calibrar aquella posibilidad que había tejido la cálida voz de su madre.

—Pues si me hubieran dado la opción de elegir... —caviló mi amiga en voz alta—, yo habría preferido convertirme en la heroína de una gran aventura más que en un ángel.

Sonrió hacia mí con la llave de nuestro secreto en los labios, y entonces vi que en uno de sus ojos había sangre.

No supe qué hacer o si debía decir algo. Busqué con la mirada a esos ángeles de la guarda que permanecían dormidos en las cuatro esquinitas de la cama de Julia.

El gesto torcido de la enfermera Carmona apareció en la puerta tras abrirla de golpe, con la escasa consideración que mostraba siempre por los demás. Fue verla y sentir que un áspid venenoso me mordía por dentro.

—Traigo tu alta —lanzó al tiempo que rastreaba la presencia de algún adulto en torno a mi cama.

Intuí una lengua bífida dentro de su boca cuando la vi sonreír.

—Si pasa una hora y no viene nadie, yo me encargaré de ti.

Una nube inmensa engulló de pronto la poca luz de la habitación. Refugié mis ganas de llorar en la ventana. Y en ella solo encontré oscuridad.

31

Sofía

No fue necesario esperar una hora llena de angustia y sudores fríos. Nada más girarse, sin despedidas de ningún tipo, la enfermera Carmona se dio de bruces con la persona que quería sacarme del hospital.

—A la niña me la llevo yo —dijo.

—¿A qué niña? —desafió suspicaz la mujer.

—¿A quién va a ser? A Sofía Santalla —concretó él, y su voz sonó en mis oídos como un trueno.

Desde la impostada altura de una cofia blanca, los ojos de la sanitaria lo escrutaban como un depredador buscando carne blanda.

—¿Es usted un familiar? Solo se la entregaré a alguien de la familia.

Yo me limitaba a escuchar con los nervios atravesados en la garganta. Era incapaz de decir nada ni a favor ni en contra de aquella circunstancia, como si no fuera conmigo, como si yo no fuese más que una espectadora de mi propio destino.

El duelo de miradas entre ellos no se extendió mucho tiempo, pese a que para mí duró una eternidad.

Soledad evitó entrometerse y le preguntó a su hija si necesitaba que le trajese algo de fuera. Menuda suerte la suya, pensé, que podía salir y entrar sola cuando quisiese.

—¿Un poco de leche? ¿Te apetecen unas galletas?

Julia negó con la cabeza. Su madre frunció el ceño, dobló la espalda y, muy cerca de su cara, la miró fijamente.

—¿Qué te ha pasado en el ojo? —preguntó.

—¿En el ojo? No sé —contestó ella—. Me picaba mucho y lo froté.

—Pues cómo se te ha puesto... —Soledad la inspeccionaba a conciencia—. ¿Podría echarle un vistazo, señorita? —se dirigió esta vez a la enfermera.

Carmona, sin girarse para mirarla siquiera, levantó una mano dando el alto a cualquier posible petición y la ignoró con descaro.

—Le repito la pregunta: ¿es usted familiar de esa niña? —inquirió hacia quien pretendía sacarme del hospital.

—Sí —respondió él con firmeza.

Carmona compuso un gesto de duda y disparó de nuevo.

—¿Qué relación tiene con ella?

Recuerdo bien ese momento; yo seguía la escena sin entender lo que sucedía, al tiempo que trataba de dominar el terrible miedo que me provocaba la idea de ser condenada al encierro en un lugar llamado «hospicio».

—Soy su abuelo —lanzó al fin.

Los ojos se me salieron de las órbitas sin remedio. ¿Mi abuelo? ¿Qué? Eso era imposible.

El hombre que estaba allí de pie, en la puerta, plantando cara a la enfermera, era el mismo que me había salvado unos días atrás en el patio de San Mateo.

—Soy el padre de su madre.

Tras unos segundos en los que pareció poner a prueba la fuerza de su argumento, la mujer preguntó:

—¿Quién?

—Su abuelo —repitió él con impaciencia. Y luego concluyó—: Mariano.

Desde las jambas de la puerta, no dejaba de mirarme. El

peculiar peregrino aficionado a las botas de vino tinto afirmaba que era mi abuelo. «¿Cómo?», me pregunté, y entonces vi que él, con el disimulo propio de un prestidigitador, me guiñaba un ojo en la clandestinidad de una fracción de segundo. ¿De verdad aquel hombre era mi abuelo? ¿De verdad quería ayudarme? Entonces volví la vista a la enfermera Carmona y pensé que me iría con cualquiera antes que con ella.

Con el tiempo justo para despedirme, pues Mariano me apremiaba como si temiese que en el último segundo apareciese alguien que fuera a detenernos, abracé a Julia. Un gesto cariñoso que pretendía ser más comedido de lo que al final resultó, porque al apretarla entre mis brazos, al mirar aquel ojo suyo cubierto de sangre y al recordar los fatales pronósticos de médicos y enfermeras que yo captaba en mis escuchas clandestinas, sentí un miedo atroz a no volver a verla.

La enfermera había desaparecido sin intercambiar más palabra, y Mariano, después de pasarme la bolsa de plástico con mi ropa para que me vistiera, salió al pasillo.

Todavía descalza, le dije a Julia que mantendría mi juramento.

—Vendré a visitarte —bisbiseé en su oído—. Te contaré las mil historias de mis heroínas favoritas que nos han quedado pendientes.

—Eso suena estupendo —dijo, y me sonrió.

—Volveremos a vernos.

—Ojalá —susurró con tono de ruego—. Eres mi mejor amiga, Sofía.

Aunque yo no era muy dada a dar besos a nadie, la besé en la mejilla. Sabía que, de decirle lo que de verdad guardaba en el fondo de mi alma, acabaría llorando. Ella era mi única amiga.

—Te echaré de menos, Julia.

Desde la puerta comprobé que el ojo con el derrame había dejado de buscarme. Pese a todo, ella sonreía con una dulzura triste en dirección a mi voz.

Mariano me ofreció el brazo para caminar hasta la salida, aunque, debido a su cojera, tuve la sensación de que él necesitaba el apoyo más que yo. No me atreví a pronunciar ni una sola palabra en aquel trayecto de intrincados pasillos y escaleras.

En un momento dado, tras un recodo, apareció caminando con prisas el padre Avelino.

—¡Mariano! ¿Te vas? —exclamó, y nos detuvimos frente a él.

—Descuide, padre —contestó mi acompañante—, enseguida estoy de vuelta. Qué mejor lugar para reponer salud y fuerzas que este, ¿no cree? ¿A dónde habría de ir si no?

El sacerdote me echó un vistazo.

—¿Y cómo es que te vas con esta niña?

—No sé yo si será mucho de su incumbencia... —Mariano dudó—, pero esta niña se llama Sofía y es mi nieta.

La sorpresa se dibujó en el rostro del padre Avelino.

—¿Tu nieta?

—Sí, señor. Por la gracia de Dios, la de mi hija y mi yerno, supongo.

En ese momento miré al suelo sin entender muy bien los matices del comentario.

—Tu nieta, ¿eh? —caviló un segundo el cura—. ¿Y a dónde es que la llevas?

—De vuelta a casa. Acaban de darle el alta —respondió Mariano al tiempo que echaba a andar hacia la puerta para salir a la plaza del Obradoiro.

Ahí se despidió del guardia con un movimiento de cabeza y cuatro palabras, «Pase usted buen día», antes de descender por la costa do Cristo. Después, tras cuatro pasos, se detuvo con la vista fija en una silueta.

Más pequeña, más enjuta, más menguada, diría, y con la misma necesidad de ser vista, la señora Carmiña —aquella que el día de mi ingreso le reclamaba a un municipal algo de información sobre su hijo— continuaba sentada en un banco de piedra. ¿A qué esperaba?, me pregunté. Quizá a que dieran las ocho en punto para rezar a Nuestra Señora de las Angustias, justo a su espalda. O puede que aguardase a la noche para encontrar una pizca de compasión en el municipal que haría jornada esta vez frente a los barrotes de la Falcona. Todo con tal de encontrar a su Juanín o de llorarlo al fin con las rodillas clavadas en la tierra.

Por la manera en que la miraba Mariano, di por hecho que la conocía. Incluso me atrevería a decir que la boca de quien por lo visto era mi abuelo se movió dando forma a las palabras que ella ansiaba escuchar, pero necesitaba tiempo para reunir el valor suficiente y decírselas.

Un tiempo que en ese momento se rompió bruscamente cuando un hombre con el gesto turbado comenzó a gritar despavorido. Salía corriendo de la puerta que unía la morgue del hospital con aquella cuesta que conducía al viejo cementerio del peregrino.

—¡No estoy loco! —vociferaba.

—Vuelva aquí, doctor —dijo a su espalda un chico; por su aspecto y su uniforme, no era difícil deducir que se trataba del muchacho que trabajaba en la morgue trasladando los cuerpos al camposanto.

—Sé bien lo que he visto. No es posible, no es posible... —gemía el supuesto doctor, con las manos a ambos lados de la cabeza—, pero lo he visto.

—¡Vuelva, Bruno! —ordenó sin mucho convencimiento el joven—. No es lo que cree.

El hombre movía la cabeza en todas las direcciones, como

si estuviera poseído por el diablo. Se detuvo un segundo, absorto con la vista en lo alto, y yo miré en la misma dirección. Ahí arriba, las gárgolas se mostraban amenazadoras, con formas y ojos inquietantes. Me pregunté si sabrían ellas lo que sucedía allí dentro o si solo miraban hacia fuera, hacia el mal que imponía silencio con instrucción militar de los maitines al ángelus.

Una ventana se abrió y vi a Daniel asomarse con cara de curiosidad, supuse que por los gritos de aquel médico que más bien parecía otro de los enfermos del hospital.

—Es él, el mismo chico al que íbamos a enterrar la otra noche —contestó el tal Bruno, con el aura propia de un demente—. Abrió los ojos y me dio el mismo mensaje. *«Die Hölle erwartet Euch. Die Hölle erwartet Euch!»*. Volvía a tener lengua, ¡sí, lengua! Y brazos, ¡también tenía brazos!

Pude leer el sobresalto que aquel comentario había provocado en el rostro de Daniel. ¿Acaso sabía de qué estaba hablando ese hombre?

El doctor Freire y dos celadores salieron al encuentro de Bruno. Después de intercambiar algunas palabras con su colega, el primero le pasó el brazo por los hombros tratando de mostrarse cercano y de ganarse su confianza. Algo que, sin duda, facilitó que Bruno accediese a seguirlos hacia el interior de la morgue y que así pudieran retirarlo de la vista de los viandantes.

Daniel permanecía serio, con cara de preocupación. ¿En qué estaría pensando? De pronto, sobre su cabeza cayó la sombra de una gárgola como un pesado manto de oscuridad, justo cuando una mano tiró de su cuerpo con fuerza para meterlo dentro.

32

Daniel

El pasillo parecía más estrecho por el juego de luces y sombras de un sol que asomaba y se ocultaba entre nubes grises.

—Así que eres Daniel, el hijo de Liliana.

Nada más oír el nombre de su madre, Daniel se puso en alerta. Oírlo en boca de cualquier hombre, por mucha sotana que llevara, le hacía arder la cara.

—No puedes engañarme —dijo el padre Avelino—. Llevo muchos años como sacerdote en esta ciudad. Lo que significa que tengo ojos y oídos en muchas conciencias.

—¿De qué conoce usted a mi madre?

—La conozco de hace mucho tiempo... La encontré un día en el pórtico de la Gloria de la catedral. Estaba sola, embarazada de un niño, su primer y único hijo, y con la vista clavada en la estatua de un profeta. ¿Imaginas cuál?

Daniel, incapaz de bajar la guardia del todo, asintió sin hablar.

—El profeta Daniel —precisó el sacerdote para romper el silencio—. Ella me preguntó por su historia; yo se la conté y le fascinó. Porque es la vida de un joven que fue arrojado a la fosa de unos leones y consiguió sobrevivir.

Conocedor como era de aquella historia de la que tantas

veces su madre le había hablado, Daniel enterró todo resto de sus recelos frente al cura.

—¿Por qué me cuenta todo esto, padre? —preguntó.

—Sé que tu madre está ingresada en este hospital y que has ido a verla.

Daniel frunció el ceño.

—De la misma forma que sé que es una verdadera heroína —acertó a decir el cura.

—¿Qué le importa si he ido o no a verla? —espetó Daniel.

—Me importa por ella y por ti. ¿Sabías que fui yo quien te bauticé?

—No creo que eso tenga ningún interés ahora mismo, padre.

—Cierto, cierto. —Avelino bajó la vista al suelo, reprendiéndose a sí mismo—. No quiero que le pase nada malo a Lili —añadió con sinceridad.

—Un poco tarde, ¿no cree? ¿O es que no ha visto el estado en que se encuentra ella en estos momentos?

El cura resopló entonando algo parecido a un lamento silencioso.

—Te lo diré sin más rodeos, Daniel: si el coronel Vallejo sabe que eres el hijo de Lili, lo usará contra ti. Mejor dicho: lo usará contra ella. ¿Lo entiendes?

El gesto del joven se encendió, incapaz de dominar un pensamiento.

—Y aun sabiendo eso, ¿usted pretende que ayude a ese Vallejo a abrir o arreglar no sé qué cerradura? ¿Cómo se atreve? Ya le digo que no pienso hacer nada por ese tipejo.

—¡Cómo se te ocurre hablar así, insensato! No lo entiendes...; o lo haces por las buenas o por las malas. Usará a tu madre para obligarte a lo que él quiere. Por eso te digo que no debe saberlo. Él controla todo cuanto sucede aquí dentro. Y eso es mucho, hijo, créeme.

El temor a que le ocurriera algo a su madre era más fuerte

que el impulso que sentía por dar con la puerta en las narices a Vallejo, por lo que Daniel se obligó a sofocar sus ánimos y decidió cambiar de tema. ¿Qué era todo aquello que sucedía en el hospital? ¿A qué se refería el cura?

Daniel no alejaba de su mente la escena de ese tal Bruno que afirmaba haber visto morir dos veces al mismo chico.

—Padre Avelino —se dirigió al sacerdote—, ¿qué me puede decir de ese hombre al que acaban de llevarse? Ese médico llamado Bruno. —Antes de que el cura pudiera intervenir, añadió—: Y no finja que no lo ha visto. Sé que ya estaba usted aquí cuando han vuelto a meterlo en la morgue.

—¿Qué es lo que quieres saber?

—Quiero saber qué fue lo que dijo en alemán. ¿Usted lo sabe? Sonó algo así como... —Daniel hizo un esfuerzo por reproducir las palabras del médico, pero, en lugar de eso, emitió unos sonidos imprecisos.

—Eso no sé yo muy bien qué será o si tendrá traducción a alguna lengua latina, hijo... —sopesó el sacerdote—, pero lo que dijo Bruno fue *«Die Hölle erwartet Euch»*.

Daniel no pudo disimular su extrañeza al comprobar que aquel cura enjuto conocía tan bien la lengua germana.

—Vale, padre, de acuerdo, pero... ¿y eso qué significa? —le insistió.

—«El infierno os espera». Esa es la traducción literal al castellano —confirmó el padre Avelino.

—¿Por qué habría de decir algo así? —preguntó el joven sorprendido.

—Vete a saber. Ese viejo loco de Bruno dice cosas sin sentido constantemente —contestó el cura sin dar ninguna validez a aquellas palabras.

Daniel sopesó lo que le decía el padre Avelino y no pudo evitar cavilar en voz alta:

—Por lo visto, hace días ese hombre habló de un chico al que iban a enterrar, pero que supuestamente se despertó y gritó algo en alemán. Según él, esa misma frase que estaba vociferando ahora como un loco... Después, al mismo joven le arrancaron los brazos y la lengua. Y hoy, para rizar más el rizo, afirma haber visto al mismo chico y esta vez con todos los miembros en su sitio...

—Ese hombre no está bien de la cabeza —interrumpió el religioso restándole credibilidad.

—Hay algo más, padre; algo muy curioso —continuó Daniel—. La otra noche, cuando encontré a Sofía casi muerta de hipotermia, ella balbuceaba cosas que parecían fruto de la inconsciencia, pero que ahora me resultan inquietantes...

—Ese día se cayó a una fuente, ¿no? —señaló Avelino dudoso, con un punto de suspicacia.

—Lo cierto es que la encontré en uno de los sótanos a los que se accede desde el patio de San Mateo —confesó el chico.

—¿Sótano? ¿Qué sótano? —preguntó con el ceño fruncido el sacerdote.

—Uno que estaba inundado. Supongo que por las lluvias de tantos días seguidos.

—Ahí no puede entrar nadie, Daniel. Es peligroso. Además, si te encuentra alguien, tendrás muchos problemas. Muchos —enfatizó.

Daniel escuchó en silencio con un aire de chulesca indiferencia.

—Ya. Me ha quedado claro —respondió con pocas ganas—. El caso es que ella decía que había tocado una mano... Una mano inerte que se había hundido hacia el fondo... ¿No cree usted que es mucha coincidencia?

—Hijo, lo que yo crea o deje de creer nada aporta en esta situación. Lo que sí debo hacer es insistir en que el doctor Bruno Weber no está bien de la cabeza.

—¿Lo conoce? —El joven lanzó la pregunta y sintió que se asomaba a un abismo.

—Hace años era uno de los médicos del equipo de Vallejo.

Bruno siempre quiso volver a su Alemania natal, pero al acabar la Segunda Guerra Mundial y entender que ya no podría regresar nunca..., se tomó una de esas píldoras de cianuro.

El interrogante se dibujó en el rostro de Daniel antes de que saliese de su boca.

—¿Cianuro?

—Sí, una de esas que entregaban a los soldados del Tercer Reich para que dispusieran de un pasaje rápido al «otro lado» —dijo Avelino al tiempo que señalaba con dos dedos un punto abstracto en el horizonte lejano—. Pero algo salió mal, según contó él, aunque otros tenemos una teoría alternativa —soltó como si tal cosa—. El caso es que despertó diciendo que había estado en el infierno. Y..., a ver, yo no soy médico. No de cuerpos, quiero decir, pero sí de almas. —No ofreció ninguna interpretación de sus palabras antes de continuar—. Imagino que se quedaría sin oxígeno, o que algo estaría rondando su conciencia cuando tenía los pies en el punto más próximo al abismo... No lo sé. Lo único de lo que no tengo dudas es de que el diablo no perdona.

Daniel guardó silencio durante un segundo mientras cavilaba sobre cuanto había escuchado.

—Entonces, ¿Bruno es un médico alemán? —preguntó al fin.

—Bueno, médico y militar. Como todos en estos tiempos, supongo —contestó Avelino con el aliento de sus palabras en el alzacuellos—. Pero no hablemos más de ese tema, por favor —pidió—. ¿Cómo vas de la mano? Ya sabes que el coronel Vallejo te está esperando para ese trabajo o tendrá que buscar a otro para hacerlo. Es una buena oportunidad para un chico como tú.

Daniel no pudo evitar sentirse desconcertado: «¿Como yo?».

—Si logras que esté contento —prosiguió el cura—, tendrás la vida solucionada. Algo que te vendría muy bien, sobre todo ahora que tu madre se está...

No terminó la frase. Se contuvo en el momento justo y no llegó a hacer ninguna alusión a la muerte, a esa dama oscura que lo cubría todo en aquella atmósfera densa.

Pese al silencio del sacerdote, Daniel bajó la cabeza sintiendo el golpe. No dijo nada, pero no hizo falta, porque la voz del padre Avelino atravesó el aire de pronto:

—Debo irme —dijo de forma apresurada—. Tengo una misa que oficiar.

El cura avanzó por aquel pasillo hasta alcanzar un recodo. En ese punto se detuvo, no podía más con una espina que se le clavaba en el pecho. Un dolor empuñado por la intuición.

Se apoyó en la pared y, al mismo tiempo que se santiguaba, comenzó a rezar por las almas de los inocentes que en el mundo de los vivos caían en las manos del diablo.

En ese momento Avelino no era consciente de que Daniel lo había seguido, como tampoco era consciente de que el hecho de verlo así, rezando con el gesto contraído, había propiciado una sospecha en el muchacho: el sacerdote le estaba ocultando algo.

Daniel llevaba un libro en la mano. Un libro del que no se separaba nunca y que ahora era el responsable de que caminase en la misma dirección que el cura. Porque había otra pregunta que necesitaba hacer, que le quemaba en la punta de la lengua: ¿qué hacía una foto de ese médico alemán en el interior del libro de Félix?

Y la única persona que podría responderla era alguien que al menos conocía la existencia de ese libro: Lili, su madre.

33

Sofía

El aire estaba frío. Todas las personas con las que nos cruzábamos caminaban con el gesto gris, a imitación del cielo. Cuatro niños en un corrillo jugaban a las chapas con las rodillas amoratadas apoyadas en el suelo. Llevaban gorras bien caladas y tenían las manos cubiertas de sabañones. Aun así, reían y alzaban brazos triunfantes.

Mariano caminaba despacio a mi lado. Supuse que no querría apurarme porque estaba recién dada de alta, además de por la necesidad de cuidar su cojera. Sin embargo, no se me escapaba el hecho de que aquella parsimonia se debía en gran parte a la impresión provocada por el informe médico que recogía mi paso por el hospital. Había sido leerlo y le había cambiado la cara; era evidente que no tenía ganas de hablar conmigo ni con nadie.

Las sacudidas del viento elevaban el polvo del camino hacia el barrio del Carmen de Abaixo. Me tranquilizó comprobar que esa era la dirección que tomábamos; parecía que me llevaba a casa de mis abuelos. ¿Quién estaría allí?, me pregunté. ¿Estaría mi padre? Quizá algo le había sucedido para no haber sido él quien me sacase del hospital con mi avión de papel en la mano. Y la abuela y el abuelo, ¿estarían también allí esperándome? Ojalá al menos pudieran explicarme de una vez por qué no habían podido venir a verme. ¿Qué era lo que le había pasado al abuelo?

Mariano debió de leer la inquietud en mi cara, y por eso, al fin, despegó los labios para hablar; justo al alcanzar el río.

—¿Me tienes miedo? —preguntó, y ante mi silencio continuó—: Porque de ser así, ya te digo que no deberías. No voy a hacerte nada malo.

Dudé unos segundos acerca de la conveniencia de hablar o guardar silencio, como me habían enseñado a hacer en casa. Pero en ese momento estaba allí, sola, al lado de un hombre del que prácticamente no sabía nada y que podía acabar conmigo de un plumazo.

Formulé la pregunta en mi cabeza y en un impulso la lancé:

—Tú no eres mi abuelo. ¿A dónde me llevas?

A él no le sorprendió aquella reacción. Incluso podría decirse que le había agradado intuir unas pequeñas garras en mi voz.

—Te llevo a la casa en la que has crecido —contestó—; la casa de tus abuelos.

—Pero tú no eres mi abuelo —repetí casi con saña.

—Sí lo soy, Sofía. Todo el mundo nace con dos abuelos y dos abuelas. Unos están vivos, otros no, pero siguen siendo abuelos allá donde estén, o estemos —puntualizó.

Sopesé esa afirmación. Nunca me había parado a pensar en que todos nacemos con dos abuelos y dos abuelas.

—Soy el padre de tu madre —dijo indagando en la expresión de mi rostro—. Porque tú sabes quién era tu madre, ¿verdad?

Tardé unos segundos en digerir el impacto de aquellos ojos grandes y amarillentos antes de contestar.

—Cecilia.

Dije su nombre y sentí en el pecho el vacío de una extraña ausencia.

El gesto de Mariano se relajó y continuamos caminando.

No me atreví a preguntar nada más hasta que enfilamos los últimos metros que desembocaban en la casa.

Se me contrajo el corazón al ver los destrozos en torno al río. Había ramas partidas con su carne blanca resquebrajada y hecha astillas. Las orillas no eran verdes, no había más que lodo. Era un cenagal. Hasta el árbol cuya copa silbaba con un viento que parecía hacerle cosquillas todo el año había caído llevándose consigo dos postes con los cables del tendido eléctrico.

—Menudo desastre —dijo Mariano—. Es que el temporal de viento y lluvia de estos días no ha sido ninguna broma —continuó, sin mirarme, y no supe si me lo decía a mí o a sí mismo.

La fachada de la casa también mostraba la huella del agua y el fango.

—Tal y como está esto... —conjeturó mi acompañante—, todo se quedará completamente a oscuras al llegar la noche. Pues sí que dura la luz moderna en los barrios de los trabajadores... —se quejó.

En nuestra casa no había de esa luz moderna que decía Mariano, por lo que no nos afectaría, supuse.

Al aproximarnos más, ya cerca de la puerta, descubrí con disgusto que otro de los árboles, de menor altura pero tronco más robusto, se había desplomado sobre un lateral de la vivienda. Había roto los cristales de dos ventanas, las mejor orientadas al poco sol que acostumbraba a asomarse por allí, y descansaba contra la piedra, con sus ramas abiertas como un abanico desgarrado cegando casi toda posibilidad de luz en el interior.

Subimos despacio los escalones de la entrada. Mariano con lentitud, por la pierna, yo con la dilación propia de un sentenciado que desconoce la magnitud de la condena. Las preguntas revoloteaban dentro de mi cabeza como pájaros furiosos; todas las certezas que había sentido antes se habían transformado en duda. ¿Estaría realmente mi abuela en casa? ¿Me contaría lo que le había ocurrido a mi abuelo? No quería ni pensar en la posibilidad de que hubiera muerto. Para mí él era el único abuelo verdadero que tenía, y lo seguiría siendo hasta que al menos otros diez años más de Mariano compensaran todas las veces que don Manuel me había salvado de morir ahogada. ¿Y mi padre? ¿Estaría allí, esperándome con una buena explicación sobre el avioncito de papel que no me había dado en persona? Pero... ¿y si no había nadie?

Me quedé clavada en el sitio. Los dos pies sobre un peldaño de granito con restos de barro todavía húmedo pegado a mis zapatos.

—¿Qué te pasa? —Mariano me miraba sin entender.

No podía abrir la boca para mentirle con un «No me pasa nada», pero tampoco era aconsejable que la verdad dominara mi lengua y le dijese: «Me pasa todo».

—Venga, Sofía —me animó a continuar, a dar otro paso más—. ¿No estás deseando entrar y verlos?

De toda la frase solo oí con claridad esa última palabra: «verlos». Había alguien. Había un «ellos». Respiré expandiendo los pulmones y retomé el ascenso hacia la puerta con un tambor de emoción dentro de mi cuerpo. Iba a verlos.

Mariano llamó con dos golpes de nudillos. Esperamos. Con toda probabilidad un tiempo escaso que, en mi mundo dividido entre ráfagas brillantes y parsimoniosa eternidad, me supo a meses o hasta años.

Oí pasos, la llave en la cerradura, su movimiento en giros interminables y los latidos de mi corazón en los oídos y en el fondo de la garganta.

La puerta se abrió. Frente a mí los ojos de mi abuela. Lo único en ella que conservaba fuerzas. Su cuerpo había menguado en unos días lo equivalente a años; consumido por un tiempo con más golpes que horas, que había bebido de su energía sin compasión, sin tregua. Descubrí también mil surcos nuevos en la piel de su rostro. Más de un río habría caído por ellos, me dije. Cuántos ríos se habían desbordado en esos días.

Pese a todo, sus ojos brillaban con alegría, aunque sujetos a la disciplina de no exhibir grandes muestras de emoción. Como yo no estaba todavía tan disciplinada como ella, me lancé a abrazarla sin pensar, siguiendo un impulso. Y lloré. No había vuelto a hacerlo delante de ella desde la terrible decapitación del gallo bravucón, pero algo me decía que los tiempos de nervio y garra de la abuela habían llegado a su fin.

Sentí que sus brazos me rodeaban. Dos brazos flacos, casi esqueléticos, otras dos ramas caídas en aquella riada, y empapé la chaqueta de lana sobre su hombro. Fue uno de esos largos instantes que custodiará siempre mi memoria.

—Ya está, *miña nena*, venga, venga, *pasou, xa pasou* —dijo para consolarme y mantener la compostura, pues el frío se resistía a abandonar sus raíces.

Me separé de ella y vi cómo recogía un par de desarraigadas lágrimas con sabor a sinceridad. Otro abrazo. Advertí también la mirada que dirigía a Mariano: parecía que algo le mordía en la conciencia, algo que no encontraba perdón.

—Gracias —le dijo a él. Seca. Luego se volvió hacia mí con una media sonrisa y tono de fingida queja—: A ver, estarás deseando darle un abrazo a alguien más, ¿no? ¿O ya te olvidaste de todos?

Me indicó con la mano una dirección que enseguida reconocí y abrí mucho los ojos. Avancé dos pasos. El tambor retomaba el vuelo. Tal y como había sospechado desde el exterior, la casa estaba a oscuras. Solo en los rincones había velas. No demasiadas. Las justas para saber dónde poner los pies y ahondar en una sensación cercana a la de quien camina en un camposanto.

La puerta del dormitorio se encontraba abierta. Las contraventanas estaban entornadas y apenas entraba luz. Había un bulto en la cama, cubierto con mantas hasta la altura del mentón. Me miraba. No dejaba de mirarme mientras yo avanzaba despacio. Una mezcla de alborozo, incertidumbre y hasta tristeza se amasaba en mi cabeza fruto del impacto. Estaba allí. Era él. Pero ya no era el de antes.

El abuelo me acarició con los ojos mucho antes de que yo me colocase a su lado. No tuve valor para tocarlo. Menos para darle un beso. Ni tan siquiera encontraba las palabras para dirigirme a él. Después de haber contemplado la posibilidad de que hubiera muerto, podía verlo, lo tenía allí y no era capaz de decir nada. En ese momento no lo entendí, pero con el tiempo llegaría a comprender que las emociones se congelan en el frío campo de lo improbable.

Él levantó una de sus grandes y pesadas manos para hacerme una señal. «Acércate», me decía con el movimiento de sus dedos. Así lo hice. Tendí mi mano también hacia él, despacio, prudente.

—Sofía —me dijo fatigado.

Las piezas de mi mundo se unieron. Me arrodillé a su lado, apoyé mi cabeza junto a su pecho y él me dio un beso liviano en el pelo. Fui consciente de que mis sentidos no me engañaban; mi abuelo estaba allí, conmigo.

Hablamos poco. Prácticamente nada. No hacía falta más. Pues cuando se extraña de verdad, las caricias, los besos y las miradas cobran una dimensión que excede a las palabras.

Me levanté al deducir que se había quedado dormido. Descubrí que aquel cuerpo, como el de mi abuela, era distinto, parecía encogido sobre sí mismo.

Salí de la habitación y caminé silenciosa hasta llegar al punto discreto en el que podía escuchar a la abuela Dina hablar con Mariano sin ser vista, ni tan siquiera intuida, entre las sombras del pasillo.

—No levantes la voz —ordenó ella—. Manuel está muy delicado. Nada más supo lo que yo había hecho, en el mismo pasillo del hospital se me desplomó. Cayó al suelo con un infarto y, para mayor desgracia, se golpeó la cabeza. No me digas nada —contestó a lo que supuse que sería un intento de intervenir por parte de Mariano—. Ya sé que no debí contárselo allí mismo, justo cuando se llevaban a Sofía en una camilla. Pero ¿qué iba a hacer? Él lo supo con solo mirarme. Entendió que pasaba algo cuando me escondí de ese Vallejo. Únicamente se lo confirmé, nada más que eso. Manuel y yo llevamos juntos toda la vida, no tenemos secretos, no podemos tenerlos. En verdad es como... como si estuviéramos conectados.

Se hizo un silencio en el que escuché cómo la abuela Dina se sonaba la nariz y decidí que nunca les preguntaría a los abuelos por el motivo de que no hubieran venido a verme al hospital. Me aterrorizaba la idea de que al abuelo pudiese darle otro infarto o de añadirle más sufrimiento a la abuela.

—Tranquila, mujer, verás que sale de esta. Manuel es un hombre fuerte —acertó a decir Mariano con la convicción de los comentarios que se regalan por compasión.

—Ya está, ya está —respondió Dina, y entendí que se había recuperado de aquella muestra de vulnerabilidad que tanto debía de estar odiando.

—Bueno, y dime —continuó Mariano—, ¿qué es de Félix? ¿Dónde está mi yerno? —dijo con retintín—. Me gustaría mucho hacerle unas preguntas.

—Ha ido a ver a una amiga. Por un tiempo no estará por aquí.

Dina habló sin concesiones y yo no pude evitar un pinchazo en el pecho al escuchar sus palabras. Imposible que mi padre se hubiese marchado a ver a una amiga mientras yo estaba en el hospital. Pero, de ser así, ¿cómo me había enviado aquel avioncito de papel...? No, él no se habría marchado sin ir a verme o sin esperar a que me mandaran a casa, al menos. Estaba segura. La abuela tenía que estar mintiendo.

—Una amiga, ¿eh?... Vaya, ¿puede ser que se llame Liliana?

Oí el golpe seco de una mano abierta sobre la mesa.

—En el hospital me dieron el informe del alta de Sofía —comenzó explicando Mariano con la voz crispada—. Te leeré lo que dice aquí. «Madre de la paciente: Liliana Sarela». Los dos sabemos que esa mujer, sea quien sea, no es la madre de Sofía —sentenció levantando la voz.

—Más bajo —pidió ella—. ¿O es que quieres que se entere de todo esto con sus escasos diez años?

—Esa es otra... —comentó él con guasa—, la edad... ¿Por qué dice aquí que tiene nueve años?

—Todo a su tiempo —dijo la abuela—. Te recuerdo que esto es culpa tuya. No te perdonaré nunca.

34

Daniel

Lili permanecía inmóvil con los ojos cerrados. Por un segundo, Daniel pensó en la fatalidad de haber llegado tarde a una despedida que comenzaba demasiado pronto para su madre.

Se acercó con el sigilo propio de un gato, respirando el temor frío de un camino que los separaría para siempre a los dos.

Precursor de un valor desconocido, aquel miedo templó a Daniel. Avanzó despacio entre camastros, oyendo algún que otro aullido lejano.

De pie, a su lado, ella percibió una presencia y sin llegar a abrir los ojos susurró:

—Félix, ¿eres tú?

Aquel interrogante capturó un pensamiento de Daniel que le hizo arrugar la frente: «¿Félix?».

Decidió esperar unos segundos antes de llamarla con suavidad.

—Madre —dijo con el aliento contenido—. Madre —repitió.

Lili exhaló un aire tibio al tiempo que levantaba la vista. Aunque imposibilitada para sonreír con la boca, parecía no dejar de hacerlo con una mirada cargada de cariño hacia su hijo.

—Me ha parecido oír que llamaba a Félix, el bibliotecario —acertó a decir Daniel con prudencia—. ¿Acaso ha estado por aquí?

Ella negó.

—Secundina, su madre, vino hace unos días y me habló de él. Pero no, Félix no ha estado aquí —explicó con la voz impregnada de dolorosas fatigas.

Daniel levantó el libro para mostrárselo.

—Justo se lo pregunto porque tengo el libro que me entregó él.

Lili lo miraba prevenida ante cualquiera de las preguntas que, sabía bien, tarde o temprano acabarían por llegar. Y eso no era lo peor de todo, pues resultaba imposible ignorar que no le quedaba mucho tiempo para contestarlas.

Con las yemas de dos dedos, Daniel extrajo con cuidado la fotografía que había encontrado entre las primeras páginas.

—¿Quién es? —preguntó mostrándole la imagen de un soldado en blanco y negro.

Su madre hundió la vista en el suelo.

—¿Es él, madre? —La acidez en su voz dio forma a un interrogante que quemaba desde el mismo día en que había salido a enfrentarse al mundo por primera vez sin un padre en casa.

Ella lo miró con la pena contenida de quien entiende la razón y no cuenta con la solución al estigma de una ausencia paterna.

—No, Daniel, no es él. Ese hombre es Bruno Weber. Un médico alemán de quien Félix y yo debíamos tener cuidado. Ese hombre trabajaba buscando..., digamos que singularidades en la sangre para mejorar la raza. No me preguntes qué raza, en mi opinión solo es mejor quien alivia el dolor y nunca quien lo provoca. Y este hombre se amparaba en la supuesta inferioridad de algunos de sus semejantes para creer que él formaba parte de una especie que podía utilizarlos a su antojo.

Daniel sintió un profundo alivio al escuchar que aquel soldado no era su padre.

—Madre, ese hombre está aquí, en este hospital, y no parece muy cuerdo. Dice cosas sin sentido.

—Según me contaron, él siempre quiso regresar a Alemania, pero al acabar la guerra entendió que ya nunca podría volver.

—Sí, lo sé. Y, por lo que tengo entendido, trató de quitarse la vida y algo salió mal. Pero ¿por qué estaba su fotografía dentro de uno de los libros de Félix?

—Primero deberás conocer mi historia antes de llegar a Santiago de Compostela.

El gesto de Daniel permanecía expectante. Su madre siempre se había mostrado muy reservada en cuanto a su vida antes de instalarse en esa tierra, antes de estar embarazada.

—Toda acción tiene un principio motor, Daniel —comenzó Lili—. Una fuerza que nos zarandea, que nos impide permanecer parados; que nos incomoda, como una chinita en un zapato con la que debemos aprender a caminar. Genera un movimiento que no buscamos y que muchas veces no queremos, pero no decide por nosotros a dónde ir ni el camino que debemos tomar para alcanzar nuestro destino. Así me lo explicó el padre Avelino la mañana que me encontró en el pórtico de la Gloria de la catedral.

Daniel escuchó con atención cuanto su madre necesitaba contar. Era el relato de una vida que, con cada palabra, exhausta y quebradiza en su voz, se adhirió a su mente y a su corazón.

Todo había comenzado con un golpe, nada más que un golpe. Uno de esos que se sienten en la piel y reverberan en las entrañas, que arrasan el brillo de los ojos y lo arrojan a los abismos del alma. Un golpe que no la dejaría dormir de un lado ni del otro, ni nunca más en paz al lado de nadie.

Lili era una de esas flores que crecen en lugares inhóspitos.

Un brote verde que se abría paso en el polvo de la tierra muerta. Alguien que luchaba persiguiendo una promesa, haciendo a un lado duras piedras para alcanzar la luz del cielo. Lili ayudaba en la casa, en la siembra y en la recogida del serrín y las piñas para que a su madre no le faltase fuego para cocinar; el mismo fuego que ninguna de las dos lograba convertir en hogar para tres personas.

Algo que recordaba cada noche cuando su padre llegaba a casa hambriento y cansado de un trabajo que odiaba, y en lugar de comer y descansar, prefería descargar el peso de sus males sobre su esposa, la misma que le había preparado la cena, la misma que había colocado sábanas limpias en la cama y la misma que había ahuecado con cariño la almohada.

Lili no tardó en entender que el odio puede ser más grande que el amor. También que no existe amor pequeño.

Su padre había jurado amor eterno a su madre. «Tamaña mentira», aprendió ella antes incluso de saber hablar. La sombra de su madre se encogía al acostarse y a duras penas se movía por la cocina al despertar con la piel amoratada para afrontar un nuevo día.

Lili se decía que nunca caería en esa trampa de creer en la lealtad de un hombre, nunca confiaría en nada parecido a eso que su madre llamaba «el desafío del amor».

Hasta que llegó el primer cumplido en la voz y la mirada de un chico de más edad; alto, guapo, fuerte, que despertó en ella un deseo que no sabía que pudiese existir. A este siguió el segundo y el tercer halago con sabor a dulce adulación, y con ellos llegó un instante de duda entre parpadeos que la delató: en sus ojos verdes brillaba la ilusión.

El joven se llamaba Amadeo y era el hijo del terrateniente al que su padre cuidaba el ganado. Pero si a alguien odiaba el padre de Lili, más que a su miserable vida, era al propio Amadeo. Quizá por ser tan déspota como lo era él. Ese chico había crecido sin necesidad de trabajar ni ganas de hacerlo, pisando con fuerza la tierra y escupiendo al suelo, sin negativas ni renuncias. Por eso cuando ella le dijo el primer «no», él se rio viendo un pequeño reto en la conquista de su piel inexplorada. Al llegar el segundo «no», Amadeo decidió prescindir de la seducción y la asaltó con un solo golpe. Un golpe al que ella respondió con la desesperación de quien siente que nada puede perder. Estiró un brazo y palpó el suelo hasta dar con algo que le brindase alguna oportunidad para defenderse. Agarró con fuerza una astilla y la empuñó contra el rostro de aquel monstruo. La herida sangraba después de que ella le desgarrara la mejilla. Enfurecido, él la golpeó hasta que Lili quedó en el abismo cercano a perder la consciencia. Solo entonces, como el más cobarde de los ladrones o el peor de los asesinos, Amadeo la colonizó.

A pesar de que Lili había luchado para resistir el envite, el hijo del mayor terrateniente de la isla la forzó con violencia hasta que algo en ella se rompió.

Con la ropa y el pelo cubiertos de serrín, aquel día volvió a casa con el cesto vacío, sin nada con lo que poder encender el fuego, en una noche tan fría que recordaría siempre como el peor de los incendios.

Caminaba con el susto vivo en sus ojos secos, incapaces de llorar, de quejarse, de mirar a ningún otro lugar que no fuera el sendero hacia su casa. La espalda golpeada no dolía, los labios con heridas no escocían, pero la sangre resbalando entre los muslos sí quemaba —quemaría toda la vida—, y era justo lo que no se veía.

Por un haz de luz amarillenta en la ventana de la cocina, Lili advirtió que la esperaban y también que era muy tarde. No supo intuir, sin embargo, lo que sucedería una vez que cruzase la puerta.

Su madre estaba sentada en un taburete de madera. La *lareira* seguía apagada, sin fuego con el que poder cocinar. Así los platos estaban vacíos, como vacío estaba el estómago de su padre y llena de golpes la cara de su madre.

Lili cruzó el umbral sin palabras, saludos ni excusas. Miró a su madre a través de las lágrimas y esperó a que sus brazos la envolvieran. Ella era el refugio que necesitaba. Pero era un refugio sin pilares fuertes, sin músculo ni voz, con formas de mendiga exhausta, y no resistiría el temporal que se avecinaba. Sopló su padre con la voz del trueno y el tejado de las manos maternas que abrigaban su cabeza se desplomó como la más frágil ensoñación, se fue abajo sin remedio ni mayor posibilidad de amparo.

Entre las perlas de aquel mar de gritos, el cargo más grave contra Lili era haberse jugado el pan de la casa. Había herido al hijo del patrón y su padre iba a perder el trabajo.

Solo una cosa agradeció de aquella noche oscura, y fue que los puños de su padre cayeron sobre ella y no sobre su madre. Creyó que eso aliviaría un poco el dolor de la mujer, hasta que años más tarde se convirtió ella en madre y entendió que ver una sola gota de sangre en el cuerpo de un hijo es mil veces peor que morir desangrado.

Al alba se despidió del único árbol que en su vida había plantado y se fue de casa con cuatro monedas bien apretaditas en un pañuelo de tela, que le entregó su madre y que ella escondió en el brasier hasta llegar a Santiago.

—Venga conmigo —le rogó Lili con la voz rota.

—No —le contestó su madre mientras le limpiaba con mimo la sangre seca de las comisuras de los labios—; él es mi cruz, la cruz que debo cargar, Dios no me perdonaría abandonarlo, y sé que tú saldrás adelante sola.

Lili la maldijo y la abrazó, todo a un tiempo.

En Santiago, con sus quince años recién cumplidos, no tardó en encontrar una casa en donde trabajar. Se encargaría de las labores de la cocina, de la limpieza y de remendar la ropa de quienes allí vivían. Se convirtió en sirvienta, lo mismo que había sido toda su vida. De ahí que le sorprendiera que le pagaran razonablemente bien por hacer aquellas tareas y además sin recibir insultos ni guantazos.

Más tarde comprendió que aquella era una de esas casas donde ciertas señoritas ejercían el viejo oficio de la carne; una de esas casas marcadas con un farolillo rojo y a menudo señaladas por índices de moral adiestrada.

Se instaló en el Pombal, la calle de las palomas y las meretrices. Y era a ellas a quienes cuidaba y eran ellas quienes la cuidaban. Nunca olvidaría de dónde venía ni por qué estaba allí, pero, como las aves de aquel lugar, no perdía la esperanza de volar de nuevo.

Pasaron los años, no demasiados, y conoció a un hombre por el que sintió la fuerte atracción de quien reconoce un alma tras mil años de espera. Así lo explicó ella después de todo lo que había atravesado en la vida:

—La piel tiene memoria, Daniel. Y guarda con más nostalgia el recuerdo de una caricia que el dolor de todos los golpes. —Un suspiro voló desde su pecho—. Algo que solo alcanzo a ver con claridad ahora; ahora que la piel se ha consumido y me ha abandonado.

Una vez repuesta, Lili continuó hablando de aquel hombre. Él estudiaba en la universidad con más ilusión que disciplina. Hasta que la conoció y se afanó en terminar la carrera para empezar una vida con ella y el niño de ambos. Pero llegó la Guerra Civil. Una guerra entre hermanos convertida en fatal herencia para hijos, estirpes y barrios. En ella él conoció a Bruno Weber y a otros médicos.

—Trabajaban juntos en el antiguo Hospital Real.

—¿Mi padre era médico? ¿Médico en este hospital? —preguntó Daniel.

Lili asintió con un parpadeo.

—¿Y dónde está ahora?

—La última vez que lo vi fue aquí, precisamente. Me habría gustado haberlo llevado a la casa donde nací, de la que tanto te he hablado y que heredé a la muerte de mis padres. Una casa que hoy es tuya, Daniel. Pero recuerda que todo lo importante en esta vida no se carga en ninguna maleta. Viaja siempre en tu alma, en el corazón, en la cabeza, nunca en las manos.

—Hábleme más de él, madre. Dígame al menos cómo se llamaba —rogó—. ¿Por qué no me reconoció como hijo?

—Es muy complicado, Daniel. No me queda tanto tiempo para que lo entiendas. Lo único que necesitas saber es que Félix hizo una promesa y la cumplió. Yo hice otra y muy a mi pesar ya no podré cumplirla.

—¿Qué promesa?

—La de proteger algo que no puede caer en las manos equivocadas. No quieras saber más.

—Pero necesito saberlo.

—No. Lo único que necesitas es centrarte en estudiar. ¿Quieres convertirte en médico como tu padre? Estudia. Trabaja. Félix te ayudará con los libros. Tú vende la casa y sal adelante. Lucha. No caigas en malos pasos. Pero antes de vender la casa es importante que...

—Qué manía con los malos pasos... —la interrumpió Daniel, apenas registrando sus últimas palabras—. El padre Avelino también insiste con lo mismo... Que no me meta en problemas.

—No hables así. Avelino quiere lo mejor para ti; no me cabe la menor duda. —Con una leve sonrisa, concluyó—: Me alegra que os hayáis conocido por fin.

Daniel bajó la cabeza.

—Ya..., pero él quiere que trabaje para un tipejo en este hospital.

Lili abrió los ojos con un punto de miedo.

—¿Para quién?

—Para el coronel Vallejo.

—¡No! Eso nunca. Escúchame bien —dijo ella haciendo un esfuerzo titánico por despegar la cabeza de la almohada—: tienes que alejarte de Vallejo y de este lugar.

—Pero ¿qué dice, madre? No me voy a ir a ninguna parte. No la dejaré.

—Sí lo harás. Ya no hay nada que puedas hacer por mí. Me queda muy poco. Estoy cansada y merezco descansar ya.

Daniel miraba a su madre con un dolor que le atravesaba el pecho. Sabía que ella estaba en lo cierto. Sabía que solo se aferraba a la vida por él. Sabía que no era justo.

—Prométeme que te marcharás. Saldrás de este hospital y te alejarás de Vallejo.

—¿Qué pasa con ese hombre, exactamente? El padre Avelino me dijo que no debía enterarse de que usted era mi madre. ¿A qué se refería?

Lili guardaba silencio bajo una maraña de nervios tensos.

—Madre, dígame qué está pasando o no me iré a ninguna parte hasta descubrirlo yo mismo.

—Todo lo que necesitas saber lo encontrarás en la casa donde nací. A donde soñaba volver junto a ti.

—Pero ¿dónde está esa casa?

—En una isla en el fin del mundo.

Daniel contrajo el gesto con el eco de aquella indicación resonando en su cabeza, a la espera de las próximas palabras que le diría su madre:

—Desde hoy heredas una casa, pero con ella también mi promesa.

35

Sofía

La enfermedad del abuelo no solo encogió nuestros corazones, sino también la comida en los platos que ocupaban nuestra mesa.

Su socio en el taller, prácticamente impedido desde aquel accidente que lo había dejado ciego hacía años, se había visto obligado a cerrar poco después de mi ingreso en el hospital. No era ningún secreto que, de los dos hombres, el único que sacaba trabajo adelante era don Manuel, y, al sufrir este un infarto, el otro había sido incapaz de mantener a flote el negocio.

Sin embargo, antes de echar el cierre definitivo, el pobre tipo había querido concluir un último encargo que le habría correspondido a mi abuelo y, tras toda una noche trabajando en ello, lo habían encontrado muerto a la mañana siguiente.

Para el abuelo fue un golpe durísimo, y a partir de entonces se conformó con comer nada más que sopitas de pan en aguas sucias de caldos que se multiplicaban por la noche con más agua del grifo. Era uno de los muchos milagros que hacía la abuela Dina. Aunque eso cambiaría después de conocer a un tendero en la plaza de Abastos con pasado y alma de eterno peregrino.

Era un viajero que, una vez llegado a Santiago, había decidido quedarse a vivir, pues decía que esta tierra le había recordado el sentido de su vida. Se convirtió en un vecino más del barrio del Carmen de Abaixo, sin importar que hubiera nacido en Guijuelo, una pequeña población en Salamanca conocida por su buen jamón y por la impecable calidad de sus personas. Así lo demostró este hombre que, una vez acostumbrado a los pedidos de la abuela, supo leer la verdad en la escasez de sus compras, y enseguida dedujo que a aquella mujer la vida cada día la apretaba más y le sonreía menos.

Así él, que dispensaba con orgullo los productos de su tierra, empezó a reservar para ella los huesos de aquellos espléndidos jamones ibéricos que tan solo se podían permitir las casas con ese nivel de fortuna que se hereda y que a duras penas puede conseguir quien solo trabaja, aunque lo haga de día y de noche. Yo siempre tuve muy claro que en nuestra casa lo único que se heredaba era silencio.

Cuanto más pequeños eran los pedidos de la abuela, más vistosos eran los huesos que él le daba. «Para el caldo, señora Dina», decía, casi como si el favor se lo hiciera ella. «Si es que ya no tengo qué hacer con esto», añadía.

La abuela no decía nada, pero sabía bien cómo dar las gracias sin menguar la entereza de su voz ni bajar la mirada. Así empezó a llevarle huevos de las gallinas cada semana, pusieran estas muchos o ninguno. De ahí que las tortillas de patata tuvieran la consistencia del hormigón. Los recogía y se los entregaba al tiempo que él la surtía de huesos y algo más, porque siempre había un algo más, la tajadita que arreglaba un plato. Y aquel hombre le decía: «Para don Manuel, que se recupere pronto, qué buena persona, qué pena lo suyo». Y Dina llegaba a casa y se lo contaba a su marido, que la escuchaba como si aquellas palabras no fuesen con él. «¿Cómo iba a ser él una buena persona?», parecía decirse, y ella volvía al gallinero, a ver a las gallinas, creo que incluso a animarlas, porque gracias a ellas no nos faltaba un plato de caldo para calentar nuestro propio ánimo, aunque solo fuera en la mesa.

Fue un tiempo sin hambre, pero con mucha necesidad. Nos llenábamos la barriga y soñábamos con comida. Fueron muchas las papillas de maíz que la abuela trituraba en el molino. Los granos más hermosos iban para las gallinas y los que sobraban se convertían en una harina tosca que se mezclaba con agua y ya teníamos la cena para varios días. Días que la abuela ya no medía en horas, más allá de su cita con aquel reloj que seguía llamándola a las ocho en punto para rezar a Nuestra Señora de las Angustias. Sin duda, el tiempo en esos años se medía en las comidas que ella con astucia debía abordar. Se acostaba cada noche después de repasar con impecable claridad lo que había en la artesa y en las alacenas. Calculaba, aprovechaba y hacía aparecer tres platos casi de la nada, uno para el abuelo, otro para mí y otro para ella —siempre el más pequeño—, como por arte de magia.

Todo con tal de no tirar la toalla, de resistir. «No hay que rendirse, Sofía», «La miseria se sacude espabilando», «Vendrán tiempos mejores, peores ya difícil», «Solo la muerte no tiene solución, para lo demás, paciencia y trabajo».

La abuela se las ingeniaba como podía. Trabajaba más que antes, mucho más, para que yo no hiciera casi nada en casa. Supuse que se debía a la larga sombra que había dejado el susto de mi ingreso en el hospital. Con el paso de los años entendí que, como tantas circunstancias que ella había atravesado en la vida, aquello también se le había enquistado mucho más adentro de la piel.

—¿Y si busco un trabajo en el pueblo? —pregunté en más de una ocasión, pues ella siempre hablaba de las jovencitas que ayudaban en casas de corte y confección o como tenderas.

—No, no. De eso ni hablar —decía—. De día tranquilita en casa y de noche no existes, ya lo sabes.

Porque yo continuaba durmiendo en lo alto de aquel fayado oscuro que guardaba miedos de infancia y olía a castigo. ¿Por qué? No me lo preguntaba entonces y tardaría un poco más en descubrirlo.

Fuera como fuese, la abuela se negaba en redondo a dejarme salir para ayudar con la misión de llevar a buen puerto —tan siquiera a un puerto— a nuestra familia. La que aún quedaba allí, pues por lo visto mi padre permanecía oculto en algún lugar y por algún motivo que yo desconocía.

Me costaba creer que él pudiera estar con una amiga, como le había dicho la abuela a Mariano. Sin embargo, aquella mentira parecía dar paz al corazón fatigado del abuelo y yo no necesitaba más razón que esa para no hacer más preguntas. Si había aprendido a no cuestionar la causa de que no hubiesen venido a visitarme al hospital, podría tomar la firme determinación de no preguntar por el paradero de mi padre. Al menos, por un tiempo.

Y, mientras tanto, la abuela Dina había decidido sacarnos adelante a todos sin contar conmigo; no me dejaba siquiera trabajar en la huerta. Solo cosas propias de una niña de teta. «Acércame esas semillas». «Trae un poco de agua». «No, no, el balde lleno no, que pesa mucho y puedes lastimarte...».

Yo suspiraba y callaba. Como siempre. Como debía.

Fue así como me hizo blandita por fuera y me pidió que en lo más profundo me endureciera.

Me lo dijo el día que no encontraba a Dindón por ninguna parte. Lo llamaba, gritaba su nombre, le ponía esas vainas de tirabeques que tanto le gustaban por las esquinas..., pero nada, no aparecía, no acudía a mi llamada. Y, con cada minuto que pasaba, yo estaba más desesperada.

Con su ausencia me sentí tan perdida como debió de sentirse él cuando yo desaparecí durante días. Desde mi vuelta, Dindón me miraba con la suspicacia indignada de quien desconfía del sol y no solo de las nubes, dejando claro que había sido muy duro sentirse abandonado.

Antes de mi ingreso en el hospital había advertido, no sin cierto pesar, que él no veía bien. No encontraba el lugar donde le ponía las migas de pan a menos que oyera el sonido del currusco contra el suelo. Debía esforzarme en acercarle las hojas de lechuga a la nariz para que él acertara a dar con ellas, como también debía susurrarle a su larga oreja del color del café para que supiera que era yo quien lo acariciaba. Porque solo así se dejaba caer a placer. Tanto que en más de una ocasión llegué a creer que algo horrible le había pasado.

Pero ese día no aparecía. No respondía a mis llamadas. Y la abuela volvió a decirme aquello de: «Te tienes que endurecer, como venga otra guerra no sobrevives».

Al llegar la noche, me acosté en la oscuridad que me acompañaba desde niña. Al fin, y por la gracia de algún ángel de la guarda o de mi propia extenuación, caí dormida.

Y en mis sueños lloré. Esa noche y la siguiente. Y la siguiente. Y la siguiente. Pensando en Dindón, en su suerte, en mi desgracia sin él... ¿Se habría escapado? ¿Lo habría encontrado algún animal en la huerta? Preguntas como esas me siguieron hasta que, una mañana, poco después del amanecer, la abuela Dina me pidió que me arremangara.

—¿Para qué? —pregunté.

Y ella me respondió con otra pregunta:

—¿Tú quieres almorzar con leche o con agua?

No supe qué decir. Intuía alguna trampa.

—Sí, abuela —acerté a contestar.

—Pues venga, a la faena.

Ella hablaba al tiempo que extraía de una bolsa de tela arpillera un conejo. El animalito ya estaba muerto. Por su nariz de diminutos orificios pendía ingrávido un hilo de sangre que se movía a izquierda y derecha como un péndulo.

Lo sacó bien cogido de las patas traseras y me lo mostró. Sentí que me mareaba, que el suelo se hundía, que el cielo me ignoraba para aplastarme sin remedio.

—Tenemos que despellejarlo —dijo como si nada—. Se lo voy a llevar a *siña aquela*, la usurera, o dejará de traernos leche por las mañanas. Que hay suertes que se compran, pero no hay desgracia que no se pague.

«Buen negocio —parecía decir—, un buen precio». Uno que nunca sería tan alto como el que estaba pagando yo con el recuerdo.

Dio un tajo con unas tijeras en la mitad de su abdomen. La piel se abrió y pude ver la membrana que protegía sus vísceras.

Ella tiró de un lado, hacia la cabeza.

—Así, con fuerza —me pidió haciendo un gesto para que yo arrancase la piel hacia las patas traseras.

Y yo tiré, y también ella. Y en ese momento mi infancia resbaló y se rompió. Y aprendí la más importante lección que me dejaría nunca la abuela Dina: en la vida, como en cualquier guerra, lo peor no es lo que hacen los demás, sino lo que somos capaces de hacer nosotros por sobrevivir. Me pregunté qué más habría hecho ella.

Entré en un extraño limbo. Ya no veía al conejo ni a la abuela. No estaba en casa. A mi alrededor había barrotes de hierro. ¿Estaba en una prisión? ¿En una jaula como un triste animal? Sentí una gran aguja atravesando mi brazo. El dolor era insoportable y empecé a gritar. Había sangre, mucha sangre...

Salí de aquel oscuro trance con dos bofetadas que me dio la abuela Dina. Aquella fue la primera vez que no me llamó por mi nombre, me llamó Lucía.

36

Daniel

Pese a la insistencia de Lili para que se marchara a una isla en la costa da Morte, Daniel se quedó. Necesitaba más que un argumento basado en el miedo para alejarse del hospital y de Vallejo, teniendo en cuenta que con eso abandonaría a su madre en aquellas circunstancias, en sus momentos finales.

Regresó al Pombal, a la casa con el farolillo rojo en la entrada, al único lugar que conocía y en donde le esperaban todas esas mujeres que lo habían visto crecer.

Tan pronto cruzó el umbral de la puerta lo abrazaron, le pellizcaron las mejillas, rieron, lloraron y dieron gracias al universo con voces de júbilo cerca de sus oídos. Todas, menos una de ellas. Una que seguía la escena a cierta distancia y con los nervios a flor de piel.

Daniel supo leer el remordimiento en aquella prostituta a la que Lili había impedido entrar en el autocar en llamas por considerar que no merecía más fuego su dolorosa existencia.

Se acercó a ella. A quien escondía la mirada en dos manos que se apretaban nerviosas. Daniel no dijo nada. Se limitó a colocar una mano sobre su hombro encogido y esperó a que la angustia que la atenazaba le concediera una tregua. Segundos después ella encontró el valor suficiente para que sus ojos escalaran hasta los del hijo de la mujer que había dado la vida por salvarla. Una sinceridad que no necesitó palabras y se cerró con un abrazo.

Desde ese día, Daniel pasó un par de semanas colándose en el hospital con el sigilo de un gato para visitar a su madre a escondidas. Cada vez que ella lo veía, ponía los ojos en blanco y le repetía que se fuera, aunque en el fondo de su corazón admiraba aquella tozuda valentía.

—Ve a esa casa que ya es tuya. No te acerques a Vallejo. Ay, si te encuentra... —advertía sin cesar.

Las fuerzas fueron abandonando a Lili hasta que su voz murió. Porque la muerte lo primero que devora es la voz.

Algo que Daniel, pese a su juventud, entendió rápidamente; por eso mismo ya no le hacía preguntas de ningún tipo. La miraba, se miraban. Y, al ver sus ojos verdes cerrados e intuir que ya no volverían a abrirse, él seguía hablando en la más diáfana intimidad. Sabía que ella lo escuchaba. Porque, curiosamente, lo último que devora la muerte es la capacidad para escuchar.

Y el fatal momento llegó desplegando negro un inmenso telón de dolor, y Daniel dejó allí su infancia.

Salió del Observatorio de Agonizados con el gesto perdido de quien busca un puerto y se ahoga en un mar embravecido.

Su silueta en el pasillo proyectaba la sombra de una ausencia que no se anclaría a sus pies, sino a sus entrañas. Una sombra que resistiría sin caer, llorando recuerdos, imágenes, sonrisas, caricias..., lágrimas secas que al enquistarse endurecerían por siempre su mirada.

Se había quedado absorto mirando al infinito, valorando si de verdad existía esa infinitud, cuando una voz lo llamó. No se sorprendió demasiado; era consciente de que había descuidado sus precauciones anteriores en aquella última visita al hospital. Pero nada le importaba en aquel momento, por lo que ignoró la voz y no se movió del sitio. Hasta que una mano cayó sobre el brazo que ya no estaba vendado.

—¿Cómo va ese hueso roto? —preguntó Vallejo sin esperar respuesta, sin más intención que la de despertar un viejo dolor ejerciendo presión sobre el brazo a conciencia.

Pero, para Daniel, ningún padecimiento podía compararse al de la pérdida de su madre, sobre todo cuando él desconfiaba de la ambigua eternidad que reinaba en aquel cielo tan oscuro.

Se giró despacio con la mirada acerada de un hombre contra el mundo y sus abismos. Frente a frente, los galones se erigieron en el pecho del coronel con afán de intimidarlo. Algo que no funcionó.

—Diga qué quiere, señor —fue el único saludo del joven.

—Sígueme —ordenó el militar—. Tú y yo tenemos un asunto pendiente. ¿Recuerdas? Eres mi última bala para recuperar algo que es de vital importancia.

Daniel tragó saliva y reprimió las ganas de escupirle a la cara. En su cabeza el recuerdo de su madre, su rostro, sus palabras... Ella le había advertido que se alejara de aquel hombre.

—¿Y si no quiero? —lo desafió.

Con mirada de áspid venenosa, Vallejo sonrió antes de jugar la última ficha de una partida que bien sabía que no iba a perder.

—Ven conmigo, chaval —habló despectivo para reducirlo—. Me imaginaba que te resistirías. Cuestión de genes, supongo. Lo llevas en la sangre. Pero ya verás qué rápido te hago cambiar de opinión. Sígueme —insistió—. Quiero enseñarte algo. —Hizo una breve pausa y se corrigió—: O, más bien, a alguien.

Sin más opción que aceptar, Daniel siguió al militar pasillo adelante mientras este avanzaba con su mirada al frente.

Pese a la entereza que mostraba en la capa más superficial de su ánimo, el chico no pudo evitar temer y preguntarse qué estaría reservando Vallejo para él.

Llegaron al patio de San Mateo y, de forma instintiva, Daniel fue a meterse en dirección al sótano en el que días atrás había encontrado a Sofía.

—Por ahí no —señaló el coronel—. Esa zona continúa inundada. Otra complicación —murmuró en tono de queja y con la vista en la oscuridad del cielo.

—¿A dónde vamos, entonces? —preguntó Daniel—. Creía que esta era la zona reservada a...

El coronel Vallejo se dio la vuelta y lo miró fijamente a la cara.

—¿A quién? —inquirió con hostilidad—. ¿Qué es lo que creías?

—Que estaba reservada a las investigaciones médicas que se cuentan de este lugar —repuso el joven con templanza.

El militar no añadió nada y continuó caminando delante de él.

Descendieron por unas escaleras de piedra parcheadas de líquenes con fuerte olor a humedad hasta alcanzar un sótano laberíntico, en línea con la construcción del hospital.

Allí abajo había varios corredores que discurrían ensortijados entre paredes cubiertas de inmensas manchas negras. Llegaron al final de uno de ellos. Había dos puertas: una a la izquierda y otra a la derecha.

Justo cuando Vallejo se disponía a abrir la de la izquierda, el llanto de un bebé rompió el silencio que parecía condensarse en un aire atrapado y sin posibilidad de fuga.

La intensidad del sollozo provocó que otro crío llorase con igual fuerza, y a ese nuevo llanto lo siguió otro. Y otro más.

El coronel compuso un gesto de desagrado, pero no se detuvo. Cruzó el umbral de la puerta y ordenó a Daniel que fuera tras él. Eso hizo; dio un paso al frente dudando de cuanto empezarían a ver sus ojos. ¿Dónde estaba? ¿Qué era exactamente aquel lugar?

Había rejas de hierro a ambos lados de un pasillo. ¿Era

quizá una vieja cárcel dentro del hospital? Pero allí no parecía que hubiese nadie...

Continuaron avanzando paso a paso. Tras los barrotes Daniel pudo ver camillas de frío metal de las que colgaban correas, sin duda concebidas para inmovilizar brazos y piernas. Sobre una mesa blanca descansaban jeringas con largas agujas y el inequívoco rastro de la sangre en ellas.

Al fondo, una pared exponía jaulas desde el suelo hasta el techo. Jaulas cuadradas, como de un metro de ancho. Daniel contó filas y columnas hasta un total de doce. Se preguntaba si habría animales allí dentro. No acertaba a ver más que oscuridad. Hasta que en la jaula de la esquina superior advirtió movimiento.

Blancas, huesudas, sucias y pequeñas, dos manos asomaron y se agarraron a los barrotes.

¿Había una persona encerrada ahí? El desconcierto se abrió paso en los ojos de Daniel.

Vallejo se detuvo frente a otra de aquellas celdas y la abrió.

Como si de un depósito de cadáveres se tratara, tiró de una palanca y una camilla se deslizó hacia ellos.

Con estupor, Daniel contempló a la persona que se encontraba tendida encima.

—¿Te resulta familiar? —preguntó el militar con un tono que sonó diabólico.

Mudo, sin palabras ni capacidad para pronunciarlas, el joven sintió repulsión al ver aquel cuerpo que todavía respiraba.

—Pues claro que te resultará familiar... —continuó Vallejo, disfrutando del momento—. Es tu padre, ¿no?

37

Daniel

Sobre el frío metal de aquella camilla mortuoria había un hombre postrado con moratones en el cuello, la frente y los pómulos. No podía abrir los ojos por la terrible hinchazón de sus párpados. Le faltaban algunos dientes y casi todas las uñas, esto último causa más que probable de la purulenta infección que mostraba en ambas manos.

Daniel no podía apartar la vista de él.

—Félix Santalla —dijo el coronel Vallejo—. Y tú eres Daniel Santalla, ¿cierto?

El joven se negó a contestar.

—Por tanto, este despojo es tu padre.

Félix trató de mover un par de dedos para pedirle al chico que no sacase del error al militar, que le dejase creer esa mentira. Fue un gesto sutil y doloroso. Daniel entendió el mensaje al tiempo que sentía cómo una ola de lava le abrasaba las venas.

—¡¿Qué le ha hecho?! —gritó.

Como un resorte, Vallejo golpeó a Daniel con el dorso de la mano. Lo hizo con tanta fuerza que varias gotas de sangre salpicaron la sábana blanca que cubría el cuerpo del bibliotecario.

—No te tenía por estúpido, muchacho. No vuelvas a levantarme la voz.

Todavía doblado y recogiendo la sangre de la boca, Daniel lo desafió con un gesto de rabia contenida.

—Tu madre era Liliana Sarela y tu padre Félix Santalla. ¿Pensabas que no te iba a investigar al ofrecerte un importante trabajo? ¿Por quién me tomas, chaval? —lanzó el coronel sin esperar respuesta—. Ha sido todo muy curioso. Primero, después del accidente del autocar cae en mis manos el bibliotecario. Él solo, tras años escondido para salvar sus libros del fuego, se planta en el hospital. Deberías reconocer que no ha sido nada inteligente —dijo dirigiéndose a Félix—. ¿Querías convertirte en héroe, Santalla? Y eso que a mí tus libros y tú me dais igual, pero ¿qué era lo que estabas buscando aquí? ¿Sigues sin querer hablar? —Hizo una pausa antes de enfilar al joven—: Después apareciste tú, Daniel, y ese mismo día me enteré de que tu madre también estaba ingresada aquí. El destino me los puso en bandeja y me regaló un seguro para que cumplas sin rechistar con el trabajo que te pedí. A mí nada se me escapa. Igual que ordené que vigilasen a tu madre para saber de tus incursiones en el hospital, acabaré con tu padre ahora mismo si no haces lo que te digo.

—Si abro esa cerradura, ¿permitirá que nos marchemos los dos?

—Cuando tenga en mis manos lo que necesito, yo mismo os echaré de aquí..., aunque no creo que este miserable pueda llegar muy lejos —dijo Vallejo con desdén—. Pero, antes, debo hacerte una advertencia: mucho cuidado con hablar de lo que has visto o puedas ver.

—Tiene mi promesa de silencio.

—Más te vale, porque no volverías a ver nada en tu vida. El último hombre que estuvo aquí y se fue de la lengua perdió los ojos hace años. Te sorprenderías de todo lo que puede lograrse con hierro incandescente.

Félix escuchó en esa amenaza la referencia al cerrajero que era socio de su padre en el taller. Siempre había sospechado que su ceguera no había sido producto de un accidente, y que por eso mismo don Manuel nunca había querido hablar del tema.

Daniel respiró profundamente antes de contestar.

—En ese caso, señor, preferiría empezar lo más pronto posible y ponerme a la faena.

Con una mirada de halcón silencioso, el coronel Vallejo dio por entendidas las condiciones de aquel acuerdo, y después, de un golpe, accionó la palanca para devolver la camilla en la que estaba Félix al interior de aquella mezcla de celda y morgue.

—Por aquí. —Hizo una señal con la mano mientras extraía dos llaves de una pequeña cartera.

Entraron en un despacho en el que había libros y cientos de hojas con anotaciones y extrañas fórmulas.

El militar retiró de una pared el cuadro de una pintura en la que se veía a una niña que sonreía con sus cuatro dientes.

Daniel contempló la sonrisa de cuentas de leche de la cría y no lo dudó: ya había visto a aquella niña antes, en la habitación de Sofía, el día que la había llevado hasta allí tras encontrarla en el sótano inundado. El padre Avelino le había explicado que era la hija de Vallejo. Julia, se llamaba, si no recordaba mal.

Bajo la imagen, incrustada en aquella pared, había una caja fuerte. Era, a todas luces, la que él debía abrir. De hierro fundido y tan negra como la noche, disponía de tres cerraduras.

—Está blindada y es muy especial. Como te imaginarás, la dificultad para acceder a su interior radica en el hecho de que falta una llave —dijo Vallejo al tiempo que le mostraba la palma de la mano.

No pasó desapercibido para el ojo entrenado de Daniel que aquellas dos llaves tenían grabadas unas iniciales. En una se leía «V. V.», lo cual debía de corresponderse con Vicente

Vallejo, el coronel, y en otra «B. W.»; supuso que se trataría de Bruno Weber.

—¿Te ves capaz de abrirla?

Daniel valoró la dificultad.

—Necesitaré un par de ganzúas... —Compuso un gesto pensativo y frunció el ceño—. O de horquillas, de las que usan las mujeres en los moños. Tiene un mecanismo de bloqueo algo diferente a los que conozco y apenas hay espacio entre los tres cierres para trabajarla.

—Ya ves por qué no podía hacer esto un hombre cualquiera. Necesitaba a alguien con las manos muy ágiles y los dedos finos.

Vallejo tiró de una gaveta y le señaló a Daniel decenas de ganzúas de distintos tamaños.

—Aquí tienes, muchacho. Coge lo que necesites.

Tras seleccionar las de menor tamaño, el joven se dispuso a introducirlas en la cerradura para detectar los pines y las guardas que debería alinear a fin de desbloquear el cierre.

—Ya estoy listo —dijo al cabo de unos minutos.

—Cuando yo introduzca las llaves, tendrás que ser muy rápido.

Daniel asintió.

—A la de tres, ¿entendido?

Vallejo colocó cada una de las llaves en sus respectivas cerraduras, controlando la tensión con la mano firme, tal y como acostumbraba a hacer con todo.

Daniel supo dominar los nervios y, con la precisión de un cirujano, esperó concentrado al movimiento de rotación de las llaves para desbloquear la tercera cerradura exactamente al mismo tiempo.

La caja se abrió y el rostro del coronel brilló satisfecho. Al fin tendría en sus manos lo que andaba buscando con tanta desesperación. El desconcierto contrajo el rostro de Daniel, quien había esperado grandes sumas de dinero, quizá joyas o piedras preciosas... Pero nada más lejos. Allí dentro solo había una carpeta, que Vallejo abrió con una fruición que no tardó en esfumarse. Su gesto demudó y liberó un atronador puñetazo sobre la mesa. La carpeta cayó al suelo dejando a la vista un pedazo de papel rasgado y grapado en la parte superior.

Daniel seguía sin comprender. Supuso que alguien le habría dado un tirón a la hoja para llevársela y con la urgencia había dejado aquella triste muestra en donde estaban escritos dos nombres: Jaime y Jacobo.

—¡¿Dónde está el resto?! —vociferó Vallejo—. ¡Maldita sea! ¡Falta el resto de la lista!

V

BRUMAS

[Caliginoso manto que desdibuja
el horizonte y el tiempo].

38

Sofía

Cuatro años habían transcurrido: estábamos en el verano de 1953. Con la luz blanca del sol centelleando en las hojas de los árboles y en las ventanas, me acerqué, como solía hacer, a la habitación del abuelo. Era casi mediodía y él aún no había probado bocado. El desorden del sueño en las noches, cada vez más frecuente, forzaba a su cuerpo a dormitar en las primeras horas del día. Yo entreabría despacio la puerta para asomar la nariz hasta que veía sus ojos abiertos. En ese momento, salía corriendo a calentarle una taza de leche en la que ya había desmenuzado migas de pan. Escasos dos minutos en los que vertía la leche templada y le añadía una cucharada de miel antes de hacer mi entrada sonriente para darle los buenos días.

—¿Cómo has pasado la noche, abuelo? —lo saludé con exagerada alegría deseando contagiarlo.

Él, pese a que no hablaba, me dirigió una mirada tierna, tratando de estirar las comisuras de los labios.

—No imaginas lo que te traigo hoy... ¡Leche con sopitas!

Dejé la taza encima de su mesita de noche para darle un beso y susurrar en su oído:

—Y te he puesto una cucharada sopera de miel..., que no se entere la abuela.

Después me senté a su lado y le coloqué una servilleta bajo la barbilla con delicadeza. Aunque él nunca se quejaba, ni daba instrucciones, ni pedía, ni por supuesto decía nada, yo aprendí a prestar atención a pequeñas señales que indicaban cuándo no estaba cómodo, cuándo no quería comer más o cuándo deseaba estar solo.

—Necesitas un cojín en la espalda, ¿verdad? Espera, te lo coloco.

Le sostuve la cabeza con cuidado, velando para no lastimarlo, y descubrí lo poco que pesaba. Un movimiento me permitió incorporarlo y encajar un almohadón entre su cuerpo y el cabecero de la cama.

—Ahora sí. Mucho mejor.

Se lo dije con una sonrisa de esas que había aprendido a dibujar para que no viese la tristeza que se ocultaba en el fondo de mis ojos. Acerqué a su boca la primera cucharada y vi el temblor de su mentón. Un poco de leche le resbaló entre los pliegues del cuello. Me apresuré a limpiarlo con pequeños toquecitos.

—Cuántas veces no habrás hecho esto tú conmigo... —musité.

Él me cogió la mano. Tragué saliva y sonreí de nuevo.

Alguien llamó a la puerta y los dos nos sobresaltamos.

—Seguro que abre la abuela, pero iré a ver quién es —me despedí.

Descubrí con asombro que se trataba de Mariano, mi otro abuelo, aunque para mí seguía siendo un desconocido: Dina le había prohibido acercarse a nuestra casa desde el día en que, para mi sorpresa, me acompañó del hospital a los brazos de ella y de don Manuel.

—¿Qué estás haciendo aquí? —le largó la abuela como saludo—. Ya te dije que es peligroso; para todos, pero sobre todo para la niña. ¿Es que a ti no te importa nadie?

—El hospital cerró —contestó él con un punto de incredulidad—, van a convertirlo en un hostal. Y a mí me han echado a la calle. Según parece, no hay sitio para mí en el nuevo, el de Galeras.

Escondida tras una puerta entreabierta, escuché aquella noticia con el corazón en un puño. A mi cabeza viajaron el rostro y el nombre de Julia. Habían pasado cuatro años y no había ido a verla, no había cumplido mi promesa de regresar para contarle más historias de aventuras. Con lo mucho que ella había disfrutado al escucharme... Pero eso era imposible. No me dejaban salir ni acercarme a la plaza del Obradoiro, mucho menos ir al hospital.

—¿Y qué pretendes? —preguntó la abuela con suspicacia—. ¿Qué es esa bolsa que llevas al hombro? ¿Son tus cosas? ¿Es que quieres quedarte aquí?

—Dos días, Secundina. Nada más que eso..., por Dios.

—Tiene gracia que menciones tú a Dios —murmuró.

—He cambiado, Dina. Si no me quieres creer a mí, pregúntale al padre Avelino cuando lo veas. Ahora somos buenos amigos.

Me llevé una mano a la boca al recordar al cura. Deseé con todas mis fuerzas que él estuviera velando por Julia.

—Puedes tener por seguro que lo haré.

—Fíjate que hasta se ofreció a darme un aval para la Secretaría General del Movimiento. Quería que consiguiera un trabajo, y no de picapedrero precisamente, no, de los buenos; lo que merezco, calentando silla.

—¿Y por qué no lo aceptas? Ya va siendo hora de poner un poco de cabeza a tantas ideas de revolución que no te han traído más que penas. Y no solo a ti.

Procurando que no me descubrieran, me asomé a través de la pequeña rendija que había quedado abierta en la puerta, y pude ver el esfuerzo que hacía Mariano por contener su réplica.

—Ese cura es buena gente. Pero quería que yo jurase mi

adhesión a los Principios Fundamentales del Movimiento para conseguir el puesto. Principios, dicen... —resopló con sorna.

—¿Y qué importancia tiene eso ahora? Toca sobrevivir —dijo Dina—. Cómo se nota que a tu alrededor no hay más boca que alimentar que la tuya. Y parece que con esa bota de tinto tienes suficiente.

Agucé la vista para ver lo que señalaba mi abuela. Efectivamente, entre las pertenencias de Mariano asomaba una bota de vino colgada de su cinturón.

—Quizá lo habría hecho en otra vida... —se defendió Mariano—, una en la que mis hijos y mi mujer no estuvieran muertos.

Ambos guardaron silencio para poder retomar el hilo de la conversación sin los temblores que habían empezado a cobrar vida en su voz.

—¿Y yo, Mariano? Después de tantos años sigo sin tener noticias de mi hijo, de mi Valentín... ¿Tú sabías que todas las noches sueño con él?

Tan pronto aquel nombre salió de lo más profundo de la garganta de la abuela Dina, supe que buscaría con la mirada el amparo de Nuestra Señora de las Angustias, tal y como continuaba haciendo cada día sin excepción al marcar el reloj las ocho en punto de la tarde.

—Todavía no sé lo que pasó con él —continuó—. Y desde entonces nuestra existencia ha sido una cadena de tragedias. Cecilia perdió la vida por no delatarte. La noche antes de que muriera llamaron a la puerta y, embarazada como estaba, se la llevaron para preguntarle por enésima vez por tu paradero. Y no dijo nada, ni una palabra. Pero la asustaron. La asustaron incluso más que cuando prendieron fuego a muchos de los libros de la biblioteca en la que trabajaba. Sabían muy bien cómo infundirle miedo antes de dejarla marchar temblando. Félix la esperaba en casa con la angustia desperdigada en cientos de pasos que daba sin parar de un lado a otro. Ambos estuvieron en vela hasta el amanecer. Manuel y yo los escuchábamos susurrar, llorar, consolarse. El miedo les había robado el sueño. En esta casa ninguno de nosotros volvió nunca a descansar. Al llegar la mañana salió con el cestito colgado del brazo y el ánimo completamente deshilachado. Yo misma la vi pasar y reparé en las sombras que llevaba bajo los ojos. Poco después el vecino la encontró tirada a un lado del camino, desangrada. El dolor de perderla deshizo a Félix hasta convertirlo en un vagabundo insomne, roído por la culpa de haberse dormido esa mañana y por el miedo. Pasó varios años viviendo como una sombra y durmiendo debajo del gallinero. Hasta que...

—Lo sé, lo sé. Y créeme que lo lamento tanto como tú... —interrumpió Mariano para que ella no lo torturara más—. Por lo menos permite que me quede ahí, en el gallinero. Dos noches, Dina. Te lo ruego. Después seguiré mi camino como peregrino que soy de esta vida hacia el fin del mundo, a la costa da Morte.

—¿Y a qué vas tú a la costa da Morte, si puede saberse?

—A morir, supongo. Si no pronto, espero que algún día.

Desde mi escondite me fijé en el gesto amargo de Mariano, como si saborease en el ambiente las notas saladas de los cirios a la Virgen que removían las sombras ancladas a las paredes. No me extrañó que sacase la bota de vino para dar un trago largo y dulce. Fue entonces cuando, al moverme, hice un ruido sin querer.

—¡Sofía! —Mariano había advertido mi presencia y no tuve más remedio que salir hacia donde estaban y saludarlo—. Vaya, pues sí que has crecido —dijo acercándose, aunque sin atreverse a abrazarme.

No añadí nada.

—¿Recuerdas al padre Avelino? —me preguntó.

Asentí.

—Me ha dado un mensaje para ti... —Sacó un papel doblado en cuartos del bolsillo interior de la chaqueta—. Daniel está en prisión, en La Coruña.

—¿Daniel? ¿El que me salvó hace años en el hospital?

—Sí.

—¿Y por qué? ¿Qué le ha pasado?

—No me explicó por qué lo han condenado. Pero le vendría bien para el ánimo recibir noticias tuyas. Toma. —Me ofreció la nota—. Aquí están las indicaciones para que puedas escribirle.

Cogí el papel con asombro. ¿Noticias mías? El interrogante se dibujó en mi cara. Algo que no pasó desapercibido para Mariano.

—A mí también me sorprendió, por eso le pregunté al padre Avelino a cuento de qué le gustaría que le escribieras. Me dijo que al joven no le queda familia desde la muerte de su madre y, aunque no seáis parientes, te mencionó en un par de conversaciones y preguntó si estabas bien. Por experiencia puedo añadir que, si la vida en prisión no es fácil, la soledad es todavía más difícil.

Busqué con la mirada a la abuela Dina. Lo hice con un punto de súplica. Daniel no había salido nunca de mis pensamientos y escuchar su nombre me había dejado una sensación agridulce; por un lado, de tristeza al enterarme de lo que le había sucedido, pero también de una fugaz alegría por el hecho de que tal vez podría volver a saber de él.

—De bien nacidos es ser agradecidos —me dijo la abuela—. Pero no hace falta que le escribas. Reza por él... —Vi en ese momento como Mariano ponía los ojos en blanco—. Y ahora retírate ya, Sofía, que los mayores tenemos que hablar.

Sin más despedida que un «adiós, señor» que ocultaba mi decepción con aquel comentario de la abuela, me di la vuelta para simular irme a mi habitación, aunque en realidad busqué otro escondite para seguir con atención todo lo que hablasen.

Fue Mariano quien retomó la conversación cuando creyeron que me había alejado.

—Hace mucho tiempo te hice una pregunta y hoy necesito repetírtela: ¿de verdad no me vas a perdonar nunca? —continuó Mariano.

Me dio la impresión de que la abuela temía que el tiempo se acabase en su reloj de arena, y ella necesitaba descifrar un doloroso misterio del pasado.

—Para perdonar necesito saber qué fue lo que ocurrió. Necesito saberlo todo. ¿Por qué no te entregaste?

—Yo también intentaba sobrevivir.

—Pues mientras tú intentabas sobrevivir, a tu hija y a mi hijo los estaban matando en vida.

—Es lo que tienen las guerras, Dina, ¿es que no lo entiendes?

—La guerra ya se ha acabado. Y, como en todas las guerras, no ha ganado nadie. O me dirás que puede sentirse vencedor el que pone flores y velas con la bandera del color que sea sobre la lápida de un padre o un hijo.

—La guerra no acabó en el treinta y nueve, Secundina. Porque esta guerra, como las demás, se alimenta de cuerpos, pero se paga con almas. Y el alma es inmortal. Vive en los recuerdos. Recuerdos que cambian de traje y de piel, generación tras generación. Ellos contra nosotros. Nosotros contra ellos. Dos cadenas sacudidas por el diablo: una en la mano derecha, otra en la izquierda.

Recuerdo el impacto de aquellas reflexiones. Me sorprendió que vinieran de un hombre cansado, que vivía pegado a una bota de vino que tanto aliviaba su dolor como lo conducía a una muerte lenta.

—Ya veo que ese cura te ha influenciado —dijo la abuela.

—El cura no, el hombre —contestó él—. Un hombre con

un cuerpo muy pequeño que caminaba perdido dentro de una sotana.

Mariano alzó su bota de vino y dio un buen lingotazo.

Dina se resistía a hacer concesiones ante él, lo miraba con desconfianza pese a la imagen diferente que intentaba proyectar.

—¿Dónde estuviste cuando te prendieron?

—Acabaron por meterme en Lavacolla —explicó Mariano—, primero en el campo de concentración y luego decidieron dejarme unos añitos en ese batallón de esclavos que se montaron para levantar el aeropuerto. Así pusieron a mi vida el precio de la limonada de los domingos.

—Mucho me parece —soltó la abuela con frialdad.

—Por favor, deja que me siente. Que los recuerdos me queman en esta pierna tullida por las esquirlas de un mortero.

La abuela le señaló una silla de enea y ocupó otra frente a él. Después, esperó a que hablara.

—En las guerras las personas matan y las personas mueren —dijo Mariano negando con la cabeza.

—Yo no eduqué a mis hijos para matar a nadie.

—Los educaste para obedecer. Eso es peor.

Ella se revolvió para clavarle dos ojos en llamas.

—Y precisamente eso hizo tu Valentín —continuó Mariano, extendiendo dos dedos—: apuntó a la nuca de un hombre por seguir una orden y, sin saber nada de él, de sus ideas, su dios, sus miedos o sus causas, le pegó un tiro.

Me bastó una mirada a la abuela y a su rostro enrojecido para saber que sentía el rebullir de los nervios debajo de la piel. No quería continuar escuchando, pero tampoco quería moverse del sitio y perder la oportunidad de saber qué había ocurrido.

—Le obligarían.

—No, Dina, fue mucho más sencillo: le dijeron que lo hiciera y, sin pensarlo, él lo hizo.

—¡La culpa es tuya! —La voz de la abuela sonó como un alarido en la oscuridad—. Si no le hubieras metido tantas ideas en la cabeza...

—Las ideas no matan. Las armas sí.

—No, Mariano, por ahí no. Te equivocas. Las ideas, igual que pueden ser puentes sobre aguas turbulentas, son también la pólvora con la que se dispara a quien sea, sin ver caras, sin mirar a los ojos. Porque las ideas nacen con escudos de acero. Y las llaman «principios» cuando son finales, contundentes y rotundas condenas. ¿Acaso conoces peor final que no saber dónde está un hijo? ¿Si vivo o muerto? No, claro que no. Porque esas ideas también hacen nido en nuestros hijos, Mariano, ¡los nuestros! Pero como las ideas no sangran, tan solo se cuelgan en medallas con frases..., te diré lo que les importa a ellas, que no tienen que enterrar a sus seres queridos ni implorar al cielo una señal de misericordia para poder morir de una vez por todas. —Su voz desapareció y una inmensa roca de sal atravesó sus cuerdas vocales—: Absolutamente nada.

El dolor de la abuela me alcanzó y les dio sentido a muchos de los silencios con los que había crecido durante tantos años.

—Te entiendo bien, Dina. No pienses que no —dijo Mariano—. Yo también perdí a Jaime y a Jacobo, mis chicos, los hermanos menores de Cecilia. —La pausa rasgó el dolor del recuerdo—. Los hicieron prisioneros el mismo día que mataron a Valentín.

La confirmación de la dolorosa intuición que cargaba la abuela arrasó el poco brillo que quedaba en sus ojos. En aquel momento el aire frío del invierno de 1939 la atravesó y apagó la pequeña llama que ella encendía a Nuestra Señora de las Angustias. Entrelazó las manos y apoyó en ellas la frente. Al fin su cabeza podría descansar, aunque una oscuridad de hielo le hundiese el pecho.

Vi cómo se cubría el rostro e intuí sus lágrimas; las silenciosas lágrimas de una madre que buscaba en la memoria la imagen de su hijo.

Mariano hizo el ademán de querer abrazarla, pero se contuvo.

—Fueron todos unos valientes en la batalla —murmuró él a modo de consuelo.

La abuela Dina se revolvió.

—¿Valientes, dices? De valientes están los cementerios llenos.

Mariano fingió no haber oído el comentario.

—Debes saber que fue Jaime quien sostuvo la mano a tu Valentín en su duro final. Se apoyaron como buenos compañeros hasta el último aliento.

—¿Cómo lo sabes? ¿Lo viste? —Los ojos de Dina se abrieron con un brillo doloroso.

Él asintió abatido.

—Quiero saber qué pasó ese día.

—No son cosas que deba conocer una mujer.

—Soy su madre y exijo que me lo cuentes. A mí nada más me dijeron que estaba en paradero desconocido, quizá muerto o incluso puede que vivo. No hay peor condena que no saberlo. Sin caja, sin cuerpo, sin duelo, solo el terrible dolor de la incertidumbre. Que dónde estaría..., a saber. ¿Tú lo viste morir? —lanzó la pregunta retórica hacia Mariano sin darle tiempo a contestar—. Porque yo no, como tampoco vi el descanso de su cuerpo en la tierra o el mar.

Él la miró con dudas, como si estuviera midiendo la conveniencia de relatarle lo sucedido aquel día, cuya sola invocación parecía herirle la memoria. Dejó caer un buen trago en el gaznate y después, extendiendo el brazo, se lo ofreció a ella:

—Toma un poco, te ayudará a escuchar lo que voy a decir.

—Lo que me faltaba, apagar el fuego con gasolina. Así te ha ido a ti: como una cerilla, todo el día con la cabeza y la lengua encendidas.

Experto en el arte de la guerra, Mariano esquivó también aquella bala.

—Es recordar esa madrugada y me arde la sangre en esta pierna que me ha quedado chueca de por vida.

Antes de empezar a relatar aquel fragmento de guerrilla en el largo invierno de 1939, Mariano cogió aire y suspiró, bajo la atenta mirada de Dina.

—Tu hijo, el mío y los hijos de otros muchos se enfrentaron poco antes de salir el sol. Estaban en una plaza de un pueblo a varios kilómetros de los montes de Casaio, donde nos escondíamos todos los de la resistencia en chozos que habíamos levantado con nuestras manos. Había sido una noche ventosa, de las que preceden a una tormenta. Hacía días que no caía ni una gota, y aun así, recuerdo que las piedras del perímetro estaban plagadas de musgo. —Se detuvo y movió la mano hacia la bota de vino, como si estuviera decidiendo si debía mojarse la garganta, pero no lo hizo; deduje que llevaba demasiado tiempo con aquella historia escrita en su memoria y tenía que contarla—: La naturaleza quería entrar, Dina, pero la vida no estaba invitada.

»La noche anterior veníamos de asaltar la cárcel de Valborrás para liberar a los presos republicanos, entre ellos mi Jaime y mi Jacobo. Todos trabajaban en esas minas.

—¿En qué minas? —preguntó la abuela—. ¿Minas de qué?

—Minas de wolframio. Un mineral que se enviaba de Galicia a Alemania para ayudar a ese demonio fascista de Hitler en la Segunda Guerra Mundial. —Mariano hizo una breve pausa para cabecear con repugnancia—. Estábamos de paso en el pueblo para aprovisionarnos antes de que saliera el sol. Recuerdo mi felicidad al haber liberado a mis hijos. Llevaban meses en aquella sucia mina y no hacían más que toser. La fortaleza de los dos estaba en su carácter, en su ánimo, pero tenían pechos frágiles que se resfriaban hasta con la brisa del verano.

»Al frente de aquel grupo de guerrilleros estaba un tipo que se había sumado a la causa por la necesidad de escapar de una pena de prisión bien merecida; había matado a una vecina de su pueblo por motivos que nunca llegué a conocer. Yo había salido de mi escondite al saber de la muerte de Cecilia, mi querida hija, a la que la siguió la de mi Damiana. No podía quedarme con los brazos cruzados.

»Pobre mi Damiana, mi amada esposa, mi compañera. Tras haber perdido a nuestra hija, se negó a delatar mi paradero, de modo que no sobrevivió a una de esas noches en las que la traían aquí detrás, a este monte Pedroso, para amedrentarla. Imagino que un día les plantó cara y le pegaron un tiro. Al menos prefiero pensar que fue así, que murió de pie y no de rodillas en este cochino suelo.

»Yo tenía que intentar salvar a mis hijos como fuera, eran todo lo que me quedaba, pues te recuerdo que no sabía de la existencia de Sofía —dejó caer a modo de reproche—. Así que convencí al grupo de maquis para asaltar la cárcel. No imaginas cómo agradecí en el alma la ayuda de Valentín. Porque él, pese a no haber tomado siempre las decisiones correctas, aunque digo yo que ¿quién lo hace? —se interpeló a sí mismo—, demostró valor en muchas ocasiones. Puedes estar muy orgullosa, Dina: tu hijo era un valiente.

En este punto de la narración de Mariano intuí el gesto rígido de la abuela Dina y conté hasta tres, con la convicción de que ella también estaría echando la misma cuenta para contenerse y no interrumpirle.

—Nos hallábamos todos bajo el rocío de una mañana que se resistía a llegar. Incluidos mis hijos, tan enfermos como estaban. No tardé en darme cuenta de que no podrían luchar en caso de emboscada.

»Y eso ocurrió. Nos seguían. Un destacamento de soldados nos pisaba los talones desde Valborrás y en ese pueblo controlado por fascistas nos cerraron el paso.

»El tipo al frente de los maquis actuó con rapidez. Conseguimos reducirlos. Matamos a la mitad echando mano de la pólvora que guardábamos para más asaltos a otras cárceles. No quedaban con vida más que media docena, entre ellos un médico.

»Ya soy lo suficientemente viejo para saber que la cara no es el espejo del alma, pero aquel hombre no parecía mala gente. Llevaba con él unas jeringas y llamaba a gritos a mis hijos, a Jaime y a Jacobo; parecía muy implicado en la misión de salvarlos. Aunque no sé de qué, ni mucho menos por qué querría hacerlo.

»En fin. El caso es que así estaban los seis enemigos, con la cara en el polvo de la plaza. De poco servían en ese momento los galones de las bocamangas. Se habían rendido. Ya no podían escapar. Aun así, el que nos comandaba se acercó a seis maquis, a los más jóvenes, quizá para que se curtieran, y les ordenó colocar los cañones de sus pistolas en las nucas de hombres que rezaban, lloraban e incluso se orinaban encima.

»Valentín se encontraba detrás de aquel médico cuya identidad conocí tiempo después. El tipo cometió el error de meter la mano en un bolsillo para extraer una jeringa. Un movimiento arriesgado. ¿Por qué? No tengo ni idea, pero miraba a mis hijos. Y no amenazante, sino como si ansiara ayudarlos, incluso sabiendo que nadie acudiría en su propia ayuda. Si eso no es la definición de un buen médico, no sé yo qué habrá de serlo.

»Y entonces llegó el segundo en el que tu Valentín contuvo el temblor de sus manos, la reticencia en lo más hondo de su ser, e hizo lo que le ordenaban: abrir fuego. El mismo fuego ejecutor que alguien había disparado en la cabeza de mi Damiana.

»El doctor Servio Puente, así se llamaba, no falleció en el momento. La impericia de Valentín le alargó la vida y también el sufrimiento unos días, y vino a morir a Santiago, al Hospital Real.

»Pero eso llegaría después. Aquella fatídica madrugada de la que te hablo, con el cuerpo malherido del médico aún tendido en la plaza, no tardó en llegar alguien con más galones y condecoraciones en el pecho: un coronel. —En este punto, no me costó comprobar que las piernas de la abuela Dina se veían invadidas por esa flojera típica de quien a duras penas resiste la tensión—. Llegó con su escuadrón dando tiros a diestro y siniestro sin control y una de aquellas balas, quizá más de una, alcanzó a Valentín, que todavía temblaba con la vista fija en el doctor tendido a sus pies. Fue mi Jaime el que salió corriendo a su encuentro para sostenerle la cabeza a tu hijo y evitar así que se golpeara contra el suelo.

»No me detendré a contarte esta parte de la historia. Espero que lo entiendas. Valentín no pudo sobrevivir, y mi Jaime, bajo el silbido de las balas, lo acompañó hasta el final. Te lo digo para que sepas que no murió solo, pero también para que no tengas dudas de que ya no se encuentra entre los vivos desde hace tiempo.

Un frío viento, de esos que cortan la piel, parecía haber arrasado los ojos de la abuela Dina. Sacó un pañuelo de tela y se secó la cara en silencio. No emitió ningún sonido, como si el dolor le hubiese arrancado la voz.

—Lo siento mucho —dijo Mariano, pero ella ni lo miró—. Mis dos hijos, ambos heridos de gravedad, acabaron también en el Hospital Real. Se los llevaron, no los ejecutaron allí mismo. Algo que me extrañó tanto a mí como a los demás, los que sobrevivieron.

»El rostro de aquel médico, Servio Puente, permaneció en mi memoria por un tiempo. Justo el tiempo que tardé en entrar en prisión. Poco a poco la niebla de mi mente se fue disipando y pude recordar con claridad que se trataba de un chico que en más de una ocasión había visto con Félix por la rúa do Franco. Quizá tú también lo recuerdes, de cuando Félix y Cecilia andaban de novios.

Resultaba evidente que la abuela Dina era incapaz de rescatar de su memoria algo así. En ese momento tan solo podía pensar en su Valentín, el hermano mayor de mi padre, quien había muerto y, algo incluso peor, había matado.

—Dime —pidió ella con la vista en la clemencia de Mariano—, ¿y ahora dónde está él? ¿Dónde están los restos de mi Valentín?

Fue ahí cuando me di cuenta de lo importante que era para cualquiera, pero mucho más para una madre, el derecho a la despedida, al ritual del adiós, pero también del hasta pronto.

—Descansa en paz en una especie de cementerio no religioso a un lado de aquella Ciudad de la Selva en la que habíamos llegado a construir una verdadera comunidad.

—¿Un cementerio no religioso?

Sin duda, aquellas palabras ardían en la boca y el alma de la abuela Dina.

—Los comunistas eran valientes para dar la vida en el frente, pero no sabían qué hacer o decir al llegar la muerte de un compañero, ni mucho menos la propia. Y eso explica por qué la mayoría de los maquis, al ser ejecutados por el coronel Vallejo, tenían los ojos cerrados.

—Un momento —pidió mi abuela mientras en su cabeza unía dos piezas que lo cambiarían todo—, ¿has dicho «Vallejo»?

—Sí, el coronel Vallejo. El amo y señor del Hospital Real. Fue él quien ordenó que a mis hijos los llevaran allí. Tan pronto salí del batallón de trabajo forzado de Lavacolla fui directo al hospital para encontrarlos, pero ya era tarde. El padre Avelino me contó que llevaban años enterrados.

—¿Por qué Vallejo se los llevó con él? —Aquella pregunta revoloteaba también en mi cabeza—. ¿Qué quería?

—Lo que queremos todos los padres..., salvar a su hija.

39

Sofía

Aunque saltaba a la vista que la conversación de la abuela Dina con Mariano había contribuido a suturar la herida abierta por mi tío Valentín, ella seguía encendiendo una vela a Nuestra Señora de las Angustias a las ocho en punto cada día. Cerraba los ojos e imploraba por ese hijo que había muerto en la resistencia, temiendo que pudiera estar en alguna suerte de purgatorio para comunistas. «¿Dónde si no?», parecía preguntarse al remover la tierra de la huerta y mezclarla con el compost de las frutas muertas que darían vida a hierbas nuevas. Y cavaba y pensaba y en voz alta concluía que hay ideas que sirven para ganar batallas, pero no valen de nada en esa guerra que enfría el alma y le niega consuelo.

Dina rezaba, no dejaba de rezar a la Virgen por su otro hijo, mi padre. También yo lo hacía. Recordaba aquel último avioncito de papel y me arrodillaba cuando sonaban las ocho campanadas. Formulaba mil preguntas. ¿Dónde estaba? ¿Por qué no me había sacado del hospital? ¿Habría muerto como ese tío al que no llegué a conocer, como mi madre...? Como... ¿Dindón? ¿Julia? ¿Seguirían vivos? Interrogantes que resonaban huecos dentro de mi cabeza hasta que la abuela decía «Amén» y se santiguaba para cerrar aquel íntimo encuentro.

Yo alargaba unos segundos hasta que aceptaba en el rostro mudo de la Virgen la respuesta del silencio.

Aquella visita de Mariano también pareció detonar algo que la abuela escondía en su memoria. Fue una explosión sin ruido ni calor. Invisible. Como una vibración constante que no la dejaba tranquila de día ni de noche; como largas uñas arañando sin descanso la herida de una culpa que arrastraba en silencio desde hacía demasiado tiempo. Comenzó a olvidar cosas, a mezclarlas, quién sabe si a inventarlas.

Con cada mes y cada año que pasaban confundía más nombres, más direcciones y todos los recuerdos. Algo que yo en secreto llegué a celebrar y agradecer al dios del tiempo, pues en aquella pérdida de memoria mi abuela parecía encontrar algo de consuelo.

Trabajaba con el mismo temperamento de siempre, como si no envejeciera, porque, en parte, así era cuando empezó a quitarse años.

—Abuela, creo que hoy cumples ocho décadas —le dije un día para celebrarlo.

—¿Ocho qué? —me contestó con la azada en la mano antes de arremeter con brío una sacudida a la tierra para plantar hortalizas que ya había plantado el día anterior.

Por supuesto, también me miraba con extrañeza cuando la llamaba «abuela».

—¿Abuela yo?

Y es que, aunque por aquel entonces yo aún no lo sabía, uno de sus pecados le pesaba tanto en la conciencia que no podía confesarlo. Ella me había enseñado eso, que solo se confiesa cuanto uno cree que es digno de perdón, pero lo imperdonable se enquista en los sueños que las noches transforman luego en crueles pesadillas.

La abuela vagabundeaba por la casa al salir la luna, se alimentaba a base de achicoria por la mañana y no recordaba a dónde iba ni qué buscaba cuando yo la encontraba en cualquier rincón. El tiempo transcurrido desde entonces me ha hecho preguntarme si sería el mismo miedo irracional que yo tenía a la oscuridad el que ella tendría a ese abismo de acciones pasadas. También si la raíz de esos cambios en su carácter, además de en su conversación con Mariano, no estaría en el hecho de que mi padre no volviera o en la dolorosa soledad que ella atisbaba en un horizonte nada lejano al sentir que el abuelo, poco a poco y sin querer, emprendería un viaje en el que ella no podría acompañarle.

Porque el abuelo, aunque desde el infarto, el cierre del taller y sobre todo la pérdida de su socio ya no hablaba, escuchaba con la atención de sus ojos redondos y dispuestos a la abuela Dina. Parecía saber bien cuánto lo necesitaba y era por ella por lo que se aferraba a la vida. A una vida que en su caso era una prisión, la que tal vez sentía que merecía.

Por eso no se iba a ese lugar sin tierra que pisar, más allá de las nubes, el viento y la lluvia. Porque no quería dejar atrás a su esposa después de más de cincuenta años juntos. Sobre todo, supuse, cuando el abuelo intuyó que era ella la que había empezado a disiparse en una memoria distorsionada. Cuántas veces Dina no sacaba temas que lo sorprendían por repetitivos. Al inicio debió de pensar que eso podía pasarle a cualquiera. Pero después llegaron los despistes de horas, de lugares, de nombres, y al final empezó a hablarle de otras cosas:

—¿Te acuerdas de aquel día en el hospital, de lo que me dijiste que habías hecho y de lo que había hecho yo?

Él parpadeaba despacio para asentir y ella se movía nerviosa, pero no concluía nada. Imagino que sería por estar yo presente, aunque a veces la abuela, en medio de sus tribulaciones, no me veía y otras me preguntaba cómo había entrado en su casa y por qué le hacía la comida.

No resultaba fácil sacarla de sus errores, por lo que decidí dejar de corregirla. Volvió a llamarme Lucía, como había hecho aquel día en que me enseñó el precio de sobrevivir al obligarme a despellejar un conejo. Y yo solo contestaba. «Dime, qué necesitas».

Se acercaba a ver al abuelo, que llevaba años encamado, y le preguntaba si no pensaba levantarse. Pero al llegar la noche, convirtió en rutina darle un beso y desearle que descansara, algo que no había hecho nunca antes.

Fui consciente de que aquel despiste en concreto, una vez convertido en costumbre, hizo un poco más llevadera la existencia del abuelo. Seguía sin hablar, pero al recibir aquel beso junto con las palabras para que reposara, al final se sintió con la paz suficiente para, una noche, cerrar los ojos con placidez y descansar para siempre.

Nada más que un momento de lucidez tuvo la abuela para entender que él se había ido, y lo que hizo fue gestionar un entierro rápido. Algo pequeño, muy íntimo, decía.

—¿Y no querrán venir vecinos del barrio? —pregunté yo.

—La familia no recibe —repetía ella como un mantra.

Dado su carácter, no me sorprendió que no llorase al ver cómo descendía la caja al interior de la tierra. Sin embargo, me asustó ver que apenas se movía, ni hablaba. Tenía una mano encima de la otra, solemnes, y la mirada perdida sobre el ataúd.

Fue entonces cuando entendí que estaba enterrando a dos personas.

Resulta tan doloroso como inquietante conocer la velocidad a la que se abandona el cuerpo cuando el alma se rompe. Porque, pese a que las almas no tienen cabeza ni pies, ni un principio o un final, tienen el inmenso poder de fundirse con otras almas hasta que no se sabe dónde empieza una y acaba la otra. Eso les había pasado a los abuelos: se habían convertido en un alma con dos cuerpos, y, como pronto aprendí, nadie puede vivir con media alma mucho tiempo.

Pocos días después, al dar el reloj sus ocho campanadas, me acerqué a buscarla a la habitación en donde el abuelo había pasado tantos años tendido sobre la cama.

—Es la hora del rezo —le dije.

Ella miraba a través de la ventana el celaje disperso de los colores de un día que se desvanecía.

—Están todos ahí arriba. —Señaló con una mano y los ojos perdidos en alguna ensoñación.

Di un paso y alargué el cuello en la dirección que me indicaba.

—¿Los ves, Sofía?

—¿A quiénes, abuela?

—Están todos juntos. Y yo no podré acompañarlos... —lamentó en un suspiro liviano.

Bajó el rostro hacia el delantal negro que llevaba puesto siempre para estar en casa.

—Dios no podrá perdonarme. Tampoco Félix... ¿Podrás perdonarme tú?

La busqué con la mirada y sentí un escalofrío al intuir que estaba en algún lugar muy lejano.

—Abuela —la llamé con la voz serena.

Me acarició el pelo con una mano y me preguntó:

—¿Podrás perdonarme tú, Lucía?

40

Sofía

Alcé la vista a las nubes como si pudiera interpelarlas, preguntarles por el sentido de la vida, por las vidas que ya no estaban conmigo y por la que se diluía lentamente en la cabeza de la abuela Dina.

Desde el día que faltó el abuelo, ella ya no miraba al frente, ni a un lado ni al otro, solo buscaba algo o a alguien en aquellas nubes. Afirmaba ver rostros, señales, recuerdos.

A veces hablaba serena y otras alterada, como si discutiera con alguien en una habitación en la que estaba sola. Yo la observaba conteniendo el susto en dos manos aferradas al marco de la puerta.

Me preguntaba: «¿Con quién habla?». Y al poco me corregía: «¿Con quién creerá hablar?».

Con cada una de sus ausencias, el agujero que yo sentía en el pecho se hacía más y más hondo. Tanto que llegué a temer mirarme al espejo y descubrir en él una cueva oscura con un fondo de piedra en la que resonaba mi voz cuando hablaba, sin nadie para escucharme. La misma en donde el eco me devolvía con indiferencia el nombre de mi padre, a quien yo recordaba como un capitán del aire en un avión de papel.

En aquel vacío, rememoré los días lejanos y confusos en los que había estado hospitalizada. Volví al edificio lúgubre, con recovecos y plazas, piedras y sombras, donde el tiempo parecía moverse en distintas direcciones y los extraños se convirtieron en parte de mi nuevo mundo. Uno que, por fortuna, duró poco, aunque lo recordaré siempre por la enorme cicatriz que me veo cada día en el abdomen.

A mi mente viajaron nombres en imágenes con trazos gruesos deformados por el paso de los años. Vi al padre Avelino como un cura diminuto que parecía cargar sobre sus hombros el peso del mundo, como un Sísifo menudo con una inmensa roca que no deja de caer una y otra vez.

Y pensé en Julia. Solía hacerlo muchas veces. Su carácter, sus reflexiones y su madurez me habían dejado una impronta indeleble en la mirada, en la forma de ver el mundo. Le había prometido que volvería a visitarla para contarle más historias. Historias que la hicieran sentir viva en medio de la oscuridad que la rodeaba. Y nunca lo hice para no disgustar a la abuela Dina.

¿Seguiría Julia con vida? Deseé desde lo más profundo de mi ser que así fuera.

También pensé en su madre, Soledad. Y, por alguna razón, a través de una grieta se me coló en el recuerdo Daniel. Confiaba en volver a verlo algún día, aunque fuera por casualidad. Pese al mensaje que me entregara Mariano del padre Avelino, no me había atrevido a escribirle a la cárcel. A veces lo incluía en mis oraciones y pedía que no le hicieran daño, que por favor sobreviviese. Conocerle me había dejado una sensación extraña, la de una conexión profunda. Yo sabía que no era mi hermano, pero de vez en cuando volvía a mí, a mi imaginación, como si aún me salvara de morir ahogada en aquel sótano de oscuridad.

Cerré los párpados una vez más para ver sus ojos verdes y un miedo nuevo se coló en mi pecho. Valoré la posibilidad de que estando encerrado sintiera el mismo vacío que sentía yo. Él me había auxiliado en el hospital, sacándome del agua, dando calor a mi cuerpo y velando porque volviese a despertar. Merecía que le devolviera el favor, que le tendiese la mano. La idea me pellizcó y salí con el paso acelerado hacia mi habitación.

Tiré de una gaveta y revolví cuatro papeles hasta dar con el que buscaba. Seguía allí, doblado en cuartos; la dirección de la Prisión Provincial de La Coruña.

Me dije que no perdía nada por intentarlo. Si él no me contestaba, sencillamente no volvería a verlo nunca. De pronto, nada me daba más miedo que el hecho de que me necesitara y no haberle ayudado.

Busqué una hoja en blanco, un lápiz bien afilado, y me senté a la mesa. Recordé las cartas que mis padres se enviaban durante la guerra y cómo se daban ánimos el uno al otro para resistir, y respiré buscando el mensaje de aliento que quería mandarle. Planché con las manos el papel y empecé a escribir.

«Querido Daniel...». En una fracción de segundo lo borré y edité: «A Daniel Santalla». Me detuve con la vista en la pared. Sabía lo que quería decirle, preguntarle, pero no sabía cómo hacerlo.

> ¿Qué tal todo? Espero que en ese lugar la vida no te maltrate demasiado.

Lamentaba no haberle escrito antes. La vergüenza propia de la edad no había sido la mejor consejera para desafiar a la abuela Dina. Ella me había dicho que rezase lo que hiciera falta por la suerte del muchacho, pero cero contactos. Así acabó por ordenármelo a poco que pregunté por él tres días seguidos después de la visita de Mariano.

—Tú en casa tranquilita —me había dicho—. Estoy viendo un interés que no me está gustando nada —argumentó frunciendo el ceño, los labios, todo el rostro.

Esa había sido su respuesta a mis preguntas sobre él, sobre

nuestros apellidos iguales, sobre el hecho de que conociese a mi padre..., para cualquier interrogante con el nombre de Daniel; el dedo índice en alto acompañaba a un siseo que repetía:

—Ya está todo hablado. —Una nueva versión del «Y punto» que me decía de niña.

Pero yo seguía pensando en él de vez en cuando y algo me decía que lo haría siempre. Quería que estuviésemos en contacto. Me parecía idílico tener a alguien en algún lugar del mundo con quien hablar, a quien escuchar. Sobre todo, ahora que me asomaba a esa cueva en el pecho que no me devolvía más que eco y silencio.

> Siento no haberte escrito antes. Mi abuela Dina consideraba que no era una buena idea. Algo que hoy ya no importa.

No iba a contarle mis penas en una primera carta, y una emoción nueva me decía que habría más ocasiones de ser sincera.

> Mariano me hizo llegar el recado del padre Avelino para que te escribiera y te diera ánimos, pero olvidó contarme el motivo por el que te habían encerrado. La abuela Dina, por su parte, pensó que te habrías metido en algún lío. Algo me dice que, de ser así, sería por rescatar a alguna niña torpe en mitad de la noche.

Fue plasmar esas palabras y sentir una oleada de ternura. Ojalá me contestase, pensé con emoción.

> Quizá ya tengas quien te escriba y a quien tú escribas; aun así, debes saber que aquí estoy por si me necesitas. No es requisito que seamos hermanos para decirte que siempre te estaré agradecida por salvarme.

En ese punto supe que podría extenderme mucho más. Querría decirle que deseaba que estuviera bien, que me respondiera y que no me olvidara, pero no lo hice. Me limité a lanzarle una última petición muy importante para mí:

Por favor, si sabes algo de mi padre, de Félix, dímelo.

«Besos y abrazos», escribí y borré. «Con mucho cariño», escribí y volví a borrar.

Afectuosamente,

Sofía

41

Daniel

Daniel permanecía encerrado desde 1949 en la Prisión Provincial de La Coruña, a la que también llamaban «La Torre». Como ya había hecho cientos de veces, miles de veces, volvió a soñar con su madre. Para él, la luna y el sueño llegaban siempre con el recuerdo de Liliana. De su vida y su cariño y su dolorosa despedida. Cuando sus ojos verde esperanza se cerraban, él le susurraba lo mucho que la quería. Estaba seguro de que eso era lo único valioso que ella necesitaba llevarse allá a donde fuera.

«Qué orgullo haberla tenido como madre, prometo no olvidarla, vuelva conmigo..., envíeme señales...». Había crecido, pero seguía atesorando los mismos sentimientos hacia ella, los mismos deseos de mantenerla cerca, las mismas palabras de hijo querido: «Gracias. Gracias, madre».

Aquel día de 1955, sin embargo, el trance de Daniel duró menos de lo habitual, y de hecho llegó a su fin repentinamente, cuando el carcelero encargado de repartir el correo entre los presos pronunció su nombre.

El joven se puso en pie convencido de que el remitente sería el padre Avelino. Salvo en una ocasión en la que le había escrito Rosana, la meretriz que estaba tan agradecida a su madre por haberla librado de las llamas, para recordarle que siempre tendría un lugar al que volver en la casa del Pombal, la escasa correspondencia que había recibido en esos años se la había enviado el cura.

Él velaba para que no sucumbiese a las miserias que azotaban a quienes vivían entre rejas y a la sombra; movía hilos y llamaba a muchas puertas que siempre estaban cerradas; buscaba avales y demás garantías para asegurarse de que sobreviviese, aunque fuera en unas condiciones tan duras. Él le había hecho llegar paquetes con comida, tabaco para intercambiar y algo de dinero. Él había hablado con quien daba las órdenes a los carceleros para que asignaran al muchacho recién llegado a las cocinas de modo que pudiera esquivar el hambre, aunque fuera comiendo nada más que patatas hervidas. Él había intercedido, menciones a la Biblia incluidas, para que le acortaran la pena si aquel empujón a un coronel del ejército no había sido nada más que un malentendido.

Lo que desconocía el padre Avelino era que todo aquello había sembrado animadversión entre los presos y recelo entre los carceleros. De todos ellos, no se sabía quién había levantado el bulo de que era hijo de un cura y, para mayor ofensa y agravio, que había crecido en el conocido barrio del Pombal, dejando el sobrentendido suspendido en el aire.

Y así pasaba los días Daniel, conteniendo el impulso de defenderse con los puños, consciente de que eso pondría en peligro su vida. Pero no podía evitar las miradas de repulsión ni los resoplidos desafiantes a quien osaba mencionar a su madre. Y, por eso mismo, en demasiadas ocasiones acabó en oscuros agujeros de castigo, compitiendo con las ratas por mendrugos de pan mohosos que alguien le arrojaba para acompañar media lata de sardinas.

Pero en ese momento, con aquella carta en la mano, sintió una enorme sorpresa al leer que quien se la enviaba era Sofía Santalla. A su mente acudió la imagen de una cría con ojos grandes y expresivos. Una niña que no dejaba de preguntar por su padre mientras tropezaba una y otra vez con el palo de un gotero.

Daniel sonrió. Una sonrisa secreta, la primera desde que había entrado en prisión. No esperó a sentarse y abrió el sobre con cuidado para poder conservar la carta mucho tiempo. La leyó despacio la primera vez y aún más despacio la segunda. Después pensó en qué contestarle, ya que ni por asomo se planteaba compartir más que una pizca de verdad: la alegría de tener noticias de ella.

Sofía quería saber por qué estaba encerrado, pero él no podía contarle que la causa de aquel despropósito no había sido otra que la furia desatada en el coronel Vallejo al ver frustrados sus planes de encontrar algo muy importante dentro de una caja fuerte.

Tal y como le había ocurrido con el recuerdo del último adiós de su madre, Daniel se había visto asaltado por la memoria de aquel día una y otra vez a lo largo de su estancia en prisión. Lo recordaba como si apenas hubieran pasado minutos, y no años: tras dar varios golpes a la mesa, el coronel se había ido directo a por Félix. Había accionado la palanca y la camilla se había desplazado mientras el bibliotecario lo miraba con el terror resignado de quien no siente sorpresa.

—¡Durante años me negué a creer que Servio Puente me hubiese traicionado —bramaba el coronel—, que hubiese renunciado a la trascendencia de nuestras investigaciones, que redujese todo el trabajo a una burda pérdida de tiempo! Antes de aceptarlo en mi equipo, en este mismo hospital, alguien me advirtió que se le veía mucho con un rojo con trayectoria de librero. No me importó. Vi cómo combatía en la guerra por la gloria de nuestra patria, cómo ayudaba en la limpieza de sangre republicana, y no necesité más pruebas de su adhesión a nuestra causa. Hasta que se encontró a las puertas de la muerte y pidió que lo trajésemos de vuelta a Santiago para acabar sus días aquí. —Vallejo apretaba la mandíbula—. Y entonces me dijeron que había recibido dos visitas. La de una joven que trabajaba en un burdel: ¡tu madre! —exclamó mirando a Daniel—. Y la tuya..., Félix Santalla. ¿Por qué habría de querer veros a vosotros antes de morir? Antes de morir sin entregar su llave; la que me faltaba para abrir esa maldita caja fuerte que hoy está casi vacía... ¡Vacía! —vociferó—. No conseguí que esa tal Liliana me dijera nada y ahora estoy convencido de que sabía algo y se lo ha llevado a la tumba. Pero tú vas a hablar. Vas a hablar, Santalla..., o te pegaré un tiro delante del chaval —amenazó mordiendo las palabras al tiempo que sacaba un arma de fuego y le apuntaba a la cabeza.

Pero Félix no había contestado nada, incapaz como parecía de emitir ni un triste quejido.

—No han sido pocas las vidas que he quitado, y tú no eres más que un despojo que ni suma ni resta nada. ¡Habla ya! ¿Qué fue lo último que te dijo Servio Puente?

El bibliotecario movió los labios. Buscaba fuerza en su frágil aliento para impulsar su respuesta al aire turbio de aquel lugar.

—Él dijo... —su voz se quebraba—: «Perdóname».

—¿Por qué habría de decir algo así?

Vallejo alcanzó la cima de lo que entendía como tolerable y golpeó con la culata el maltrecho rostro de Félix.

—¡No! —gritó Daniel al tiempo que se interponía entre los dos hombres para salvar al bibliotecario.

Un movimiento rápido con el que empujó al coronel, llevándole a perder el equilibrio y a dar un paso a un lado.

—Pues va a resultar que sí eres un estúpido, chaval —lanzó Vallejo sin dejar de apuntar a la cabeza de su prisionero—. Los dos os habéis sentenciado.

El estruendo de la pólvora se grabó en la memoria de Daniel. La imagen del rostro desfigurado y cubierto de sangre de Félix habría preferido grabarla a conciencia en el olvido. Porque él había sido el hombre que le había dado un apellido sin ser su padre. Así se lo había explicado su madre, sin más detalles, cuando Félix se presentó con un hatillo de libros para él.

—No, Daniel, no es tu padre, pero ha prometido protegerte de la única forma que sabe hacerlo: con libros y el amparo legítimo de su apellido.

No podía decirle nada de eso a Sofía. No quería hacerle daño. Se quedó releyendo la carta hasta entrada la noche. La acercó por última vez a la llama de una vela antes de irse a dormir, sin saber que en ese gesto iba a descubrir todo cuanto ella había borrado para reescribir por encima.

Abrió una amplia sonrisa al leer un «Querido Daniel, me encantaría tener noticias tuyas», y hasta un «Besos y abrazos».

Se dispuso a contestarle.

Querida Sofía:

Me alegra mucho saber de ti. Ahora me siento mejor. No dejes de escribirme y, por favor, no te metas en más líos, al menos hasta que yo esté fuera.

Besos y abrazos,

DANIEL

Después de mucho tiempo, esa noche se durmió pensando en ella y despertó con una razón para volver a levantarse.

42

Sofía

Sostenía numerosas preguntas mientras esperaba la lluvia bajo un cielo en penumbras. El vacío había encontrado cobijo en mi alma y reinaba en todas las horas de un reloj que seguía dando las ocho campanadas, aunque ya no hubiese nadie con ganas para encender ninguna vela y arrodillarse a rezar.

Habían transcurrido varias semanas desde que la abuela se sentara por última vez en una silla de mimbre frente a la ventana. Aquella acción, que sustituyó al beso que daba al abuelo para desearle un buen descanso, había pasado a convertirse en su ritual nocturno.

En su última noche me descubrió observándola y, haciendo señas, me pidió que me acercara a ella. Obedecí. Me senté a su lado.

—Cuando yo falte —empezó diciendo; quise detenerla, pero me paró en seco con un gesto de la barbilla y un siseo—, pues eso, que cuando cierre los ojos, en ese cajón de ahí —señaló la mesita de noche que yo siempre había creído del abuelo, pero resultó ser de los dos—, encontrarás un sobre con dinero. Dejo arreglada la muerte.

—No hable de eso —le pedí, tratando de entender la forma en que la muerte podía ordenarse dentro de un cajón con papeles bien dispuestos.

—¿Y de qué quieres que hable, *neniña*? ¿De si lloverá mañana? Pues lloverá, porque el cielo se apiada de la tierra y siempre acaba por descargar, pero antes la tierra intenta dar hasta el último de sus frutos. Aunque eso no es lo importante ahora. Endurécete, Sofía —dijo a la vez que sacaba pecho como en sus mejores tiempos—. A la vida: de frente. Detrás quedan las sombras y los fantasmas. Mira para delante, ¿me oyes?

Asentí; ¿qué otra cosa podría hacer ante la imposibilidad de preguntarle por esas sombras y esos fantasmas que no la dejaban en paz?

Para entonces la abuela seguía alternando discursos acerca de la fortaleza con delirios y alucinaciones que se desvanecían como puentes de humo entre sus ojos y aquella ventana.

Pero esa noche, la última, me dio indicaciones sobre la gestión de la muerte, sobre la casa, y me pidió un vaso de leche.

—Sin agua, Sofía. Hoy me la tomaré sin mezclar —dijo ante mi cara de extrañeza, incapaz como fui de disimularla.

Porque ella siempre mezclaba la leche con agua para ahorrar. Menos aquel día.

Después se acostó. Me pidió que no cerrara las contraventanas para que el sol de la mañana la encontrara con facilidad.

—¿Sabe usted dónde está mi padre? —pregunté intuyendo que lo suyo era una despedida definitiva.

—Él se fue, hija —me dijo tranquila—. Supo de algo que yo había hecho y se disgustó mucho.

—¿Qué fue lo que hizo usted? —indagué prudente.

—Algo que me pesa, de verdad que me pesa en el alma...

Yo la miraba, convenciéndome con cada minuto que pasaba de que la respuesta no llegaría nunca de una boca tan acostumbrada al silencio.

—Solo puedo decir que traté de actuar lo mejor que pude —suspiró con la vista en la ventana—. Bien lo sabe Dios.

Recuerdo besar los surcos y las manchas de su frente aún caliente y pensar en cuántas horas había pasado bajo el sol en la huerta para llenar de patatas y guisantes los platos. Y, con cada arremetida contra la polvorienta tierra del verano, otro pensamiento, otro recuerdo, otro juicio contra ella misma, otro mañana que no llegaba y otra hendidura donde plantar semillas que se reflejaba en otra arruga que curtía su cara.

Sin canto del gallo y sin mañana, ella descansaba en paz. Por primera vez en mi vida me la encontré en la cama al levantarme y supe que la intuición no me había fallado. Ya no estaba, o no de la misma forma. No me extrañó que se hubiese marchado tal y como lo había hecho el abuelo. Al fin el alma de ambos se había vuelto a unir. Lo supe al ver su gesto plácido; el universo o quizá Nuestra Señora de las Angustias habían sido piadosos.

Cumplí con todo lo que me había dicho la noche previa y con cuanto me había enseñado. También con lo que no: a llorar su ausencia hasta la extenuación y a escuchar la soledad que se había instalado en aquella casa.

Me sentía sola.

El dolor fue amainando. Y tomé conciencia de que no era una sensación, era un hecho: estaba sola. Más sola que nunca. Pero a mi alrededor había calma. Mis abuelos volvían a estar juntos. Y eso me reconfortó. Sin duda, el amor que descubrí en ellos al final de sus vidas me había marcado para siempre.

Por eso mismo encontré consuelo al recrear en mi memoria los ojos verde esperanza de Daniel. Releí todas y cada una de las cartas que nos habíamos estado enviando a lo largo de esos tres últimos años. Aunque al principio más espaciadas en el tiempo, más rígidas en las formas y menos cálidas en la elección de las palabras, aquellas cartas habían ido acortando la distancia entre nosotros, tendiendo un puente que, cada vez con mayor frecuencia, necesitábamos recorrer a través del papel.

Si en las primeras me hablaba con tono desenfadado del padre Avelino y me preguntaba por mis abuelos, en las siguientes se abría a relatarme detalles de su vida entre rejas: desde el momento de levantarse al amanecer hasta la hora de tumbarse de nuevo al acabar el día, pasando por las filas que debían formar para recibir una ración de comida. En sus mensajes nunca había quejas ni lamentos, ni dolores ni penas. Pero yo aprendí a descifrarlos, como imagino que habría aprendido él a descifrar los míos. Así, en las letras que se empujaban unas a otras en un estado febril sobre renglones torcidos que hablaban del canto de un jilguero al otro lado de los barrotes, yo veía su desvelo, escribiendo apurado en una noche fría bajo la escasa luz de una vela. Tan pronto abría el buzón, la leía, me la llevaba al pecho y cada vez con mayor precisión y acierto me decidía a contestarle. Le tendía la mano en extensas cartas en las que confiaba en que le llegase también el calor de mi voz. Le preguntaba por todo lo que quería hacer al salir de prisión, por sus sueños, sus anhelos, a medida que me iba abriendo de una forma inimaginable al hablarle de los míos. Compartía con él lo que no compartía con nadie más.

De esa manera empezaron a llegar las últimas cartas, que yo recibía como una caricia. Cogía el sobre en las manos y salía corriendo hacia mi habitación, aferrada a la magia de aquel momento de intimidad. La vida se convertía en cálidos instantes en los que nos encontrábamos con la sinceridad de dos personas que se desnudan sin dejar de mirarse a los ojos. Y el mundo se detenía.

De entre aquellas cartas, rescaté una que me hacía soñar, que me regalaba la más dulce esperanza. Daniel me hablaba de la casa en la que había crecido su madre, Lili, y a la que él iría algún día cuando recuperase la libertad. Con ilusionantes palabras y la letra redondeada como globos que yo veía flotar más allá del papel, me la describía como una pequeña construcción de piedra frente al mar, con postigos de madera, una puerta blanca y una aldaba en forma de pájaro. Tenía también un pequeño huerto en donde él plantaría muchos árboles frutales para hacer compañía a un gran limonero, el más especial de todos ellos. Bajo su sombra se tumbaría a leer al caer el sol en verano los libros que Félix le había regalado.

Cerré los ojos con los párpados hinchados y doloridos de tantos días de duelo y me imaginé frente a ese mar del que hablaba Daniel en sus cartas.

La sensación de compartir un lugar así con él me devolvió una música en el pecho que, junto al cálido recuerdo del amor que se profesaban los abuelos, me llevó a coger el lápiz y el papel.

Querido Daniel:

Qué corta es la vida y qué dulce la idea de la eternidad junto a la persona indicada. Mi abuela ya descansa en paz. Siento una gran tristeza, pero me reconforta imaginarla al fin al lado del abuelo, de nuevo los dos unidos dándose un beso de buenas noches.

He vuelto a leer tus cartas, todas, y me he detenido en la que me compartes tus deseos terrenales de vivir tranquilo en esa pequeña casa con un limonero frente a la playa. Nunca he visto el mar y no consigo proyectarlo en la imaginación. En ella hoy solo te veo a ti. Prométeme que me llevarás contigo algún día: necesito soñar con ese mañana.

Con un cariño inmenso,

Sofía

43

Daniel

Después de haber pasado los últimos meses en un agujero, privado de la luz del sol, entre el hambre, la furia y el hastío, Daniel recuperaría la libertad.

Habían vuelto a castigarle en respuesta a lo sucedido tras recibir la última carta de Sofía.

Daniel la había leído con una amplia sonrisa en los labios y en los ojos. De esas que trasladan a una dimensión nueva en donde dos personas están conectadas, en donde la voz de uno resuena en el corazón del otro, en donde no hay cuevas en el pecho y brilla la llama de la esperanza.

Aquella auténtica felicidad no había pasado desapercibida para un guardia con especial inquina hacia Daniel.

—¡¿Qué pasa, Santalla?! —dijo a voz en grito para despertar el interés de todos los presos y de otros guardias—. ¿Acaso el cura ha confesado ya que pecó de lujuria con tu madre?

Daniel respiró profundamente y no reaccionó. Se contuvo.

Buscando la provocación, el carcelero lo había empujado. Tampoco ahí Daniel había hecho más que recuperar su lugar en la fila para recibir una ración de comida.

Por último, el desafío subió a un nivel insospechado y le arrancó del bolsillo de la camisa la carta de Sofía. El guardia se apresuró a leerla a viva voz haciendo todo tipo de exageradas declamaciones para diversión de los presos y de otros carceleros. Daniel no pudo soportarlo, una vena sobresalía de su cuello, y terminó por actuar: se lanzó sobre el guardia descargando puñetazos hasta que este perdió la consciencia.

Después de eso, ya no le consintieron volver a enviar ninguna otra carta a nadie, y todo el tiempo que le quedaba de reclusión tuvo que pagarlo en la celda de castigo conocida como «el agujero».

Daniel supo que la condena había llegado a su fin al percibir la decepción en el rostro de aquel guardia con quien se había peleado. Fue cuando otro carcelero lo llamó tras golpear los barrotes de la celda.

—Santalla, dentro de treinta minutos te quiero en la calle —dijo el uniformado con el rostro vacío de emoción—. Vístete y prepara tus cosas, si tienes algo que preparar, claro.

Él, ansioso por salir de allí, lo hizo en un santiamén. Tenía razón en algo el carcelero: tampoco es que tuviera mucho que llevarse. Había entrado sin nada y se llevaba nueve años de historia de supervivencia en una prisión.

Una vez en la calle, sobre la hierba verde que durante tanto tiempo se había acostumbrado a ver desde una ventana con rejas, Daniel sintió que recuperaba su vida mientras se percataba de una triste realidad: no recordaba cuál era esa vida.

Los años transcurridos en prisión habían modificado no solo su aspecto —ahora era más alto, y más ancha era su espalda—, sino también todo eso que es intangible, lo que no se ve pero se siente: la mirada desconfiada que oculta su brillo, las manos robustas que muestran palmas blancas y cicatrices en los nudillos, y la voz grave y pausada que sin alzarse intimida.

Atisbó en el horizonte copas de árboles inmensos agitándose al compás de un viento que se oía a lo lejos, en dirección al mar.

Después paseó la vista a izquierda y derecha antes de echar a andar. Tenía muy claro cuál sería su primera parada: necesitaba ir al encuentro de Sofía, en la que había pensado de manera constante, para asegurarse de que estaba bien. La recordaba como una niña testaruda, algo torpe, predispuesta a meterse en problemas. Pero también era la hija inocente de Félix y debía cuidarla. O más bien ansiaba cuidarla. Un pensamiento que concluía con el recordatorio de que Sofía ya era una mujer y que sabía escribir con el corazón.

En esas tribulaciones se encontraba Daniel cuando descifró, a escasos metros de donde estaba, la silueta del padre Avelino.

Se veía más menudo, más enjuto y encorvado, pero igual de sincero al abrir los brazos con esa expresión suya de quien clamaba a las puertas del cielo dando gracias por los pequeños milagros que cada día se sucedían. Y ese día el milagro era verlo de nuevo, vivo y entero.

Daniel sonrió con franqueza al detenerse frente al cura. El brillo que se ocultaba tras aquella fortaleza forjada durante años asomó a sus ojos y tardó una fracción de segundo en abrazarlo, con tal ímpetu que lo levantó del suelo como si de un muñeco se tratara.

—Ay, Daniel, ¡qué preocupado me tenías...! —dijo el sacerdote tan pronto lo dejó con las puntillas de los pies en la tierra.

—Me alegro de verle tan bien, padre. ¿Cómo sabía el día que me devolvían a la calle?

—Bueno, hijo, digamos que son los misterios de Dios y de la Iglesia sumados a la oportuna llamada de una feligresa que tiene a su hermano trabajando aquí dentro.

Daniel lo miró con suspicacia, deduciendo que el padre Avelino había tenido algo que ver en su puesta en libertad.

Tras dar un paseo rumbo a la estación de autobuses de La Coruña, se sentaron en los bancos de un parque a reposar la conversación. En un gesto paternal, el sacerdote lo sorprendió al sacar un paquetito envuelto en papel de estraza.

—Toma, hijo. Te hará bien comer algo.

Una vez desenvuelto, Daniel lo miró agradecido al comprobar que era un bocadillo de queso con aceite.

—Gracias, padre, por todo lo que me ha ayudado desde que me encerraron en ese infierno.

—Era lo menos que podía hacer desde que me enteré de que Félix había muerto y oí de boca de muchos soldados que se trataba de tu padre. Porque yo sabía que el bibliotecario no era tu padre.

—¿Cómo lo sabía?

—De la misma forma que sabía que tú también estabas al tanto. Me lo contó Lili, tu madre. Ella hablaba mucho conmigo. La primera vez fue un día en la catedral de Santiago, cuando aún estaba embarazada. Entonces me habló de su vida, de sus planes de futuro, de lo que le contaría a ese hijo que acababa de decidir que se llamaría Daniel, como el profeta, y también de quién era el padre del niño...; tu padre.

—¿Y quién era? —se interesó Daniel.

—Un médico del hospital, aunque imagino que ella te lo diría en su momento.

—Antes de morir, en el hospital, me contó que mi padre era un médico, pero no cómo se llamaba.

El sacerdote dudó antes de decirle el nombre.

—Creo que mereces saberlo, y más ahora, que te han dejado en libertad. Tu padre era el doctor Servio Puente.

Las palabras de Avelino se clavaron en la mente y en el pecho de Daniel como afiladas dagas.

—¿Mi padre era el médico de la tercera llave...? —musitó para sí tratando de entenderlo.

—¿Cómo dices, hijo?

Daniel permaneció ensimismado.

—¿Y qué relación tenía mi padre con Félix? Le estoy dando vueltas a todo lo que dijo Vallejo el día que me encerraron. El día que se volvió loco al comprobar que esa caja fuerte estaba prácticamente vacía... ¿Por qué traicionó Servio Puente..., quiero decir, mi padre a Vallejo? ¿Y qué pintaba Félix en todo eso?

Levantó la vista para mirar al cura, que lo observaba desconcertado.

—Por favor, necesito saber. ¿De qué se conocían mi padre y Félix?

Avelino dudó, como si no supiera cuánta información debía compartir con ese joven desesperado, recién liberado y ávido de respuestas.

—La historia de Félix y Servio Puente se remonta a antes de la guerra. No sé cuánto sabes sobre Félix, pero él era dueño de una librería especializada en ejemplares de medicina y derecho en la rúa do Vilar, en Santiago. No era el único, había más librerías en aquel tiempo, pero la suya tenía algo especial, porque Félix permitía el pago a plazos de los libros para ayudar a los estudiantes con dificultades económicas. Tu padre, Servio, vivía en una pensión que le pagaban sus padres y..., digamos que él era amante de la vida licenciosa. Hasta que una noche se excedió y gastó todo el dinero que tenía para pasar el semestre en coñac y la compañía de señoritas del Pombal. No para él, sino para un grupo de chicos de la facultad frente a los que se había jugado todo en una estúpida apuesta, de esas típicas de estudiantes borrachos. Él perdió hasta la camisa que llevaba. Acabaron en el burdel que tan bien conoces, Servio Puente vio por primera vez a Lili y a partir de entonces ya no pudo olvidarla. Iba por allí siempre que podía, le llevaba flores y la hacía reír. Y supongo que ella necesitaba tanto esas risas que se enamoró. —A Daniel no le pasó inadvertido lo bien que parecía conocer el cura a su madre—. Tú llegaste al mundo antes de que hubieran pensado en pasar por el altar. Él debía acabar primero la carrera de Medicina y luego casarse con ella, dado que sus padres ya no le pasarían ni una perra chica —El joven negó con la cabeza fruto de la desaprobación—. Y justo el año que consiguió el título de médico llegó el Alzamiento Nacional.

—La jodida guerra —matizó Daniel.

En un primer impulso, el sacerdote abrió mucho los ojos censurando la expresión, pero después bajó la vista y asintió.

—A veces, incluso en tiempos difíciles, hay gestos que nos devuelven la esperanza —continuó Avelino—. Las personas nos hacemos grandes o pequeñas en los imprevistos, en la vida y las cambiantes reglas de su juego. Por eso mismo te diré que Félix se portó como un verdadero cristiano. Tras aquella noche de farra en la que Servio Puente se quedó sin blanca, él le prestó los libros para que estudiara y aprobara ese semestre a cambio de nada más que la promesa de que sería un buen médico.

—¿De verdad hizo algo así? —se sorprendió Daniel con la experiencia de la cárcel todavía caliente en la mirada.

—Sí, porque consideraba que todos merecemos al menos una segunda oportunidad. Además, como hombre de fe que soy, te diré que las oportunidades hablan de quien las concede y escuchan atentas a quien las recibe.

—¿De ahí esa relación que, según Vallejo, mantuvieron aun en tiempos de guerra?

—En la guerra, querido Daniel, se sucedieron pasajes más complicados.

—¿A qué se refiere?

El cura cabeceó, todavía dudando qué contar o hasta dónde.

—Antes de morir le di la extremaunción a tu padre y él me contó lo sucedido. Félix combatía a favor de la República y Servio Puente, de los nacionales. En un asalto a un cuartel en el que se encontraban los republicanos, tu padre se topó con un hombre que estaba de espaldas escribiendo una carta. Le sorprendió que antes de meterla en un sobre la besara y se la pasara por la cara. Se acercó a él y, una vez frente a frente, descubrió que se trataba de Félix, el librero miope que usaba esas lentes tan gruesas. —En este punto, el cura detuvo su historia para relatarle una anécdota con cierta ternura—: ¿Sabes? Esas lentes le habían impedido incluso hacer el servicio militar, fíjate tú, y aun así al pobre hombre le tocó ir al frente. En fin, en ese momento Félix tenía las gafas a un lado, no las llevaba puestas y, al oír un ruido, había alzado su arma para apuntar en todas las direcciones posibles menos en la acertada. Tu padre reconoció al amigo que había salvado sus estudios y, al verlo completamente desvalido, le puso una mano en el hombro y le dijo: «Tranquilo, soy yo, no voy a matarte». Y, por supuesto, no lo hizo. Algo que Félix nunca olvidó. Por eso, cuando tiempo después tu madre lo avisó para que fuera a ver a Servio al hospital, él obedeció sin preguntar nada. Como tampoco dudó en cumplir con lo que el médico le pidió ese día.

—Pero ¿y qué le pidió?

—Le pidió las copias de unas llaves que solo podían estar al alcance de quien tenía acceso al taller de don Manuel, el padre herrero de Félix.

—Las llaves de la caja fuerte... —caviló Daniel en voz alta.

—Con ellas, Lili debía abrir esa caja a fin de custodiar en algún lugar lejano lo que había dentro. Por supuesto, tenía que hacerlo sin que Vallejo se diese cuenta.

—¿Cómo? ¿Mi madre?

—Sí, porque si algo compartían tu padre y tu madre más allá del amor que se profesaban era la creencia de que siempre, sea más tarde o más temprano, debe hacerse el bien y ofrecer justicia.

Daniel agachó la cabeza con el peso de un doloroso recuerdo.

—¿Y mi madre se llevó lo que había en la caja?

El padre Avelino asintió despacio.

—¿A dónde?

—Esperaba que tú lo supieras.

Daniel levantó la vista en dirección al mar, que rugía en aquel horizonte del fin del mundo.

—Así es: lo sé.

44

Sofía

Semanas después de la partida de la abuela, mientras retiraba la capa de nata que se había formado sobre la leche que ya nadie se bebía y que había decidido convertir en mantequilla, sentí una punzada en el pecho. Me encontré mal, muy mal, y me dejé caer en una silla. Aquel dolor terrible parecía apoderarse de mis entrañas. Mi vista se fundió en negro. No me había vuelto a ocurrir desde el día que me había quedado encerrada en el sótano del hospital. Y de eso habían pasado varios años. Pero me sentí igual que entonces. Como si me mirara con curiosidad en un espejo: extendía una mano para tocar el reflejo, pero no lo conseguía. La imagen se rompía y con ella el cristal, en mil millones de pedazos que saltaban a mi alrededor. Vi dos ojos oscuros, una piel muy pálida, una cruz potenzada y también el camisón blanco. El pecho me dolía, no dejaba de dolerme.

Antes de sucumbir a un profundo sueño para reponerme del susto y el dolor, un vacío inexplicable se apoderó de mis entrañas. Como si alguien que había estado durante toda mi vida al otro lado del espejo se hubiese marchado para siempre.

Entonces pensé en Daniel. Él se había convertido en mi

refugio. Rememoré la última carta que le había enviado. ¿Por qué razón no me habría contestado? ¿Le habría parecido que me excedía?

Sentí el peso de la soledad y cerré los ojos.

45

Daniel

La trémula aparición del sol entre las nubes los acompañó hasta alcanzar esa isla que despuntaba en medio de un azul vibrante entre el mar y el cielo.

Viajaron en un barco de pescadores que tuvo a bien llevarlos, gracias al alzacuellos y sobre todo a las pesetas que para casos extremos llevaba consigo siempre el padre Avelino.

El agua en aquel mar se agitaba prisionera del capricho del viento. Formaba crestas blancas deseosas de escupir la embarcación y enviarla bien lejos. Hasta que llegaron a un puerto diminuto donde el sacerdote confiaba en recuperar el color en la cara, y Daniel, la casa que había pertenecido a su madre.

Avanzaron por el camino de tierra que atravesaba la isla de una punta a la otra. No les resultó difícil encontrar la casa en donde Lili había pasado la infancia.

No necesitaron llaves, pues ese era uno de los puntos fuertes de Daniel: abrir cualquier cerradura con el pulso de un cirujano y el cálculo milimétrico de un ingeniero.

Aquella escena —pese a ser lícita, ya que él era el heredero y propietario— generó cierta tensión en el sacerdote, quien no dejaba de mirar hacia todas partes por si los veía alguien.

—¿Te queda mucho? —preguntó con inquietud.

—Tranquilo, padre. Un tironcito a la derecha y... ya está —remató Daniel triunfante.

—Menos mal —suspiró el padre Avelino con la frente perlada de sudor—. Hay un hombre en la ventana de aquel caserón —señaló, y cuando Daniel se giró para echar un vistazo lo reprendió—: ¡No mires! —exclamó sin apenas mover los labios.

Pero el joven tuvo tiempo de examinar la propiedad en cuestión, y no le pasó desapercibido su inmenso tamaño, el terreno que se extendía a su alrededor, como tampoco el Mercedes Benz 170 en un color cobalto que estaba aparcado frente a la puerta principal. Se preguntó si acaso podía tratarse de la casa de un terrateniente.

—Entremos ya —pidió el cura con el nervio sin adiestrar fuera de templos y conventos.

La fatiga de un sol que descendía entre nubes y claros se coló intermitente a través de los cristales cuando Daniel abrió las contraventanas. La gruesa capa de polvo sobre los muebles, el moho de las paredes y, por encima de todo, las raíces que atravesaban las juntas de madera del suelo confirmaron que aquella casa llevaba mucho tiempo abandonada, más del que había estado él en prisión.

Se asomó con reserva a la ventana y miró en dirección al gran caserón para formularse una pregunta: ¿habría renunciado su madre a volver para no encontrarse con quien había provocado su huida? ¿Sería aquel el mismo terrateniente del que Lili le había hablado al contarle su historia, al explicarle los motivos por los que se había visto obligada a abandonar su hogar?

—Bueno —dijo el padre Avelino—, ¿y ahora qué? ¿Qué buscamos y dónde?

Daniel lo miró con una sonrisa asomando a sus labios al verle con la sotana remangada y los brazos en jarras.

—No conozco la casa —contestó el joven—. Pero algo me

dice que deberíamos empezar por mirar en la habitación de mi madre. No se me ocurre nada mejor que su refugio de infancia para ocultar algo que era importante para ella.

—Imagino que los dormitorios estarán en el piso de arriba —supuso el sacerdote con buen criterio.

Nada más había dos habitaciones. Descartaron la de mayor tamaño y cama de proporciones matrimoniales, y abrieron la puerta de la otra estancia.

Daniel imaginó que, dado lo apartado del lugar, nadie habría intentado ocupar la casa. Por eso el dormitorio parecía mantenerse tal y como su madre lo dejara hacía unas tres décadas. Era la habitación de una niña de no más de quince años.

Había muñecas sobre una colcha de crochet en un tono crema apagado por la humedad. Sus ojos de cristal parecían mirarlos con el desconcierto ciego del paso del tiempo.

La intuición guio a Daniel primero hacia las mesitas de noche. Había una a cada lado de la cama. No encontró nada en ninguna de ellas y siguió buscando.

No obvió el armario, aunque habría sido demasiado evidente esconder nada allí. ¿Dónde podría haber guardado su madre algo tan importante? A juzgar por las palabras y la furia de Vallejo aquel día, sospechaba que su relevancia iba mucho más allá de lo personal. Sospechaba, incluso, que podía tratarse de algo capaz de marcar la historia de una época oscura.

Cajones, puertas, fondos, superficies: no halló nada de nada.

La desesperación de Daniel, sin embargo, no mermaba la sólida paciencia que demostraba el padre Avelino.

Había cogido una caja de llamativos colores, se había sentado en el suelo como un niño e iba extrayendo con mimo cada dibujo o fotografía que encontraba dentro. Daniel suspiró convencido de que perdía el tiempo, pues ¿quién iba a guardar nada de valor en un lugar así, a la vista de cualquiera?

El joven seguía dándole vueltas a aquello y rastreando con los ojos la estancia cuando el cura exclamó:

—Una carpeta con el sello del hospital.

Ni un segundo tardó Daniel en arrodillarse a su lado para descubrir de qué se trataba.

El sacerdote le pasó la carpeta. Por la expresión de Daniel, comprendió que habían encontrado lo que buscaban. O al menos que estaban en el buen camino.

—Ábrala —le pidió al cura.

Con el miedo palpitando en las yemas de los dedos, el padre Avelino cogió de nuevo aquella carpeta.

—Muchas cosas habré olvidado en mis años de encierro, pero esta no. Se lo puedo asegurar. Es exactamente igual a la que vi dentro de la caja fuerte del hospital —musitó Daniel.

Avelino la abrió con cuidado. Allí encontró papeles, expedientes, nombres, apellidos, conclusiones de investigaciones médicas y fotografías. Entre ellas, una de un niño muy pequeño con el rastro inequívoco del terror en la mirada.

El pequeño no estaba solo; en la misma habitación podía verse a otras dos niñas de entre cuatro y seis años acobijadas en el suelo.

No era la única imagen aterradora y desconcertante; había más, muchas más. Jóvenes a los que les faltaba algún miembro. Niños a los que faltaba un ojo o los dos. Hasta críos en edad de lactar amarrados a camillas con jeringas clavadas en los brazos.

Todos compartían algo. Estaban en el mismo lugar, en una estancia que Daniel nunca olvidaría: en los sótanos del hospital en los que el coronel Vallejo había encerrado —y asesinado— a Félix, el padre de Sofía. Pensar en ella le hizo arrepentirse por un instante de no haberla visitado antes de dirigirse a la isla. Al fin y al cabo, su plan había sido ir a verla de inmediato. Pero aquello... aquello era sin duda más importante que sus propios sentimientos. Y mucho más grave y despreciable de lo que habría podido llegar a imaginar.

—¿Qué les están haciendo a esos niños? —exclamó. Y luego, como si todos los cabos empezaran a atarse en su cabeza, añadió—: ¡Vallejo es el responsable!

—Respira, Daniel —pidió el sacerdote al ver los ánimos en llamas del joven.

—¿Cómo voy a pensar en respirar con lo que estoy viendo? —repuso, y luego preguntó—: ¿Y si aún lo siguen haciendo?

—Dios no lo permita.

—Tengo que sacarlos de allí. Si queda alguien en aquel lugar debo liberarlo y hacer justicia.

—Daniel, por favor, sé sensato o perderás la vida. Acabas de salir de la cárcel. ¿Te crees que eres Nuestro Señor para ir salvando a nadie?

—Precisamente porque no soy Él, trataré de hacer algo para impedir que esos niños sufran más.

El sacerdote se santiguó nervioso, pidiendo perdón al cielo por la ofensa. Pero Daniel continuó con rabia:

—¿Ha visto usted a Dios estos años? ¿Lo ha visto en Alemania o en Polonia? ¿O incluso de noche en ese monte Pedroso donde las mujeres imploraban con la espalda en el barro y la vista en lo más alto?

Los ojos del padre Avelino recibieron el impacto de aquellas palabras.

—Él entregó el fuego al pirómano —arguyó furioso Daniel—. Nunca me arrodillaré con la vista en las nubes esperando a que llueva. Tiene razón, padre, yo no soy Dios. Yo busco agua de donde sea para apagar los incendios.

—Escúchame —trató de mediar Avelino—, Él nos entregó fuego y agua después de plantar en nuestra alma la semilla de la justicia. Todos la llevamos dentro. La diferencia es que mientras que unos usamos el agua para apagar fuegos propios o ajenos y damos de beber a esa semilla para que crezca, otros alimentan la sed de las llamas y lo reducen todo a cenizas. Dios te deja elegir.

—Claro, padre, me deja elegir... —La rabia que contenían aquellas palabras no tardó en salir a flote—. A mí, a usted, a Vallejo, ¡a todos! Pero ¿y a estos niños? —espetó con las fotografías en la mano—. ¿Los deja elegir a ellos? ¿O no son más que conejillos para que siga ese juego en el que Dios y el diablo solo miran y se reparten almas?

—¡Ya está bien, Daniel! —exclamó el padre Avelino para zanjar la conversación—. El Creador restaurará el dolor de los inocentes cuando llegue el momento. Y ahora continuemos viendo qué es todo esto —señaló con la mirada los documentos de la carpeta.

—Sí, atendamos nosotros a quienes sufren en esta vida, porque hasta la muerte ya veo que estarán desamparados —dejó caer Daniel mientras escrutaba la información contenida en aquellos papeles, sin mirar a la cara al sacerdote.

El padre Avelino no contestó nada más. Prefirió concentrarse en las fotografías, tragando saliva al tiempo que las movía de un lado a otro. Se le veía claramente indigesto.

—¿Y esta niña? —preguntó de pronto.

Daniel se aproximó.

—Esta niña pequeña es... —continuó el cura.

—No, no puede ser —negó Daniel desencajado.

—Estoy seguro —dijo el padre Avelino—. Esta niña es la misma a la que le salvaste la vida aquel día en el hospital. La nieta de Mariano.

Por más que quisiera, Daniel no pudo negar más la evidencia y, casi como si se lo estuviera admitiendo a sí mismo, confirmó en un suspiro:

—Sofía.

46

Sofía

Una mañana, cuando me percaté de que aquella mantequilla de la capa de nata se había terminado, me decidí a coger cuatro cosas en un bolso de tela y salir hacia el hospital. Fue como una señal para mí. Pero aquel hospital en el que yo me había encontrado con Julia y con Daniel ya no existía; desde hacía cuatro años se había convertido en el Hostal de los Reyes Católicos. Así que iría al que habían construido en Galeras y al que habían trasladado a los pacientes ingresados en el viejo.

Me puse un pañuelo negro en la cabeza, tal y como le había visto hacer en muchas ocasiones a la abuela, y cerré la puerta con llave. Volvería pronto, me dije. Suspiré, decidida, y me giré para emprender el camino.

Un trayecto que concluiría en el primero de los pasos. Porque dos personas me abordaron antes de que tuviera tiempo de avanzar más. Un cura enjuto al que reconocí de inmediato y un joven atractivo que solo con mirarme me arrancó todos los colores desde el mentón hasta las pestañas.

—¿Sofía? —preguntó el hombre, y yo sentí que las piernas me temblaban debajo de un vestido negro como la misma noche que no acababa de abandonar aquella casa.

—Tranquila, hija, soy el padre Avelino, ¿me recuerdas?

Te conocí en el hospital, en la época en la que estuviste ingresada —intervino el sacerdote—. Y él es Daniel. Te salvó la vida entonces, hace ya... —dijo como si yo pudiera olvidar algo así.

Tragué saliva con disimulo antes de contestar.

—Por supuesto, padre, lo recuerdo. También a usted. ¿Qué se les ofrece?

Vi que Daniel me miraba sin hablar, pero contenía una sonrisa secreta en los labios.

—Lo cierto es que con verte ya nos has alegrado el día —contestó el cura—, ¿verdad, Daniel?

—Te has convertido en una mujer hermosa —añadió por saludo.

Aquel comentario fue una flecha con punta de fuego que acrecentó el calor en mis mejillas. No supe descifrar si sentía más vergüenza frente a él que decepción o enfado por el hecho de que no hubiera contestado mi última carta.

—¿Te importaría que pasáramos? —preguntó Daniel—. No será mucho tiempo, veo que llevas prisa.

—Lo cierto es que sí, llevo bastante prisa —contesté incapaz de mirarlo a la cara.

—¿Te encuentras bien?

—Estupendamente —le dije de inmediato, aunque su interés me desconcertó un poco—. Me alegro de que tú también estés bien y en libertad —añadí a punto de disparar las palabras que me quemaban en la punta de la lengua—: pensé que te había pasado algo, incluso algo terrible.

Daniel pareció entender lo que estaba ocurriendo.

—Sofía... —dijo con la voz grave.

—Un placer veros..., pero, salvo que sea urgente, debo irme.

—Sofía —insistió alcanzándome en dos zancadas.

—Llevo prisa, lo siento.

—No imaginas lo feliz que me hiciste con esa última carta.

Desde el día en que la recibí, la llevo pegada al pecho —dijo al tiempo que introducía su mano en el bolsillo interior de la chaqueta para extraerla.

—¿Sí? Pues al ver que pasaban los días y las semanas sin saber nada de ti, me sentí un poco ridícula.

—El tiempo en prisión no es fácil. Pero tus cartas le dieron un sentido a mi vida para resistir. Y te estaré eternamente agradecido. Me has salvado.

Fingí que el brillo de su mirada no me atravesaba, pero creo que tanto él como sus ojos verdes se dieron cuenta.

—Entonces, ¿podemos entrar ya? —interrumpió el padre Avelino.

—Bueno..., sí, claro, pasad —dije.

Una vez dentro de la casa, se acomodaron cerca de la cocina de leña, en donde resistían vivas algunas brasas.

—¿Queréis un poco de agua o vino? —pregunté, tan bien educada como me tenían—. ¿O quizá leche? —añadí de mi propia cosecha, pues no sabía qué hacer ya con tanta leche que había dejado pagada la abuela.

Los dos negaron con la cabeza.

—En ese caso, vosotros diréis.

Ellos se miraron para decidir a quién le tocaba hablar.

—Me alegro mucho de que estés bien, Sofía —intervino el padre Avelino—. ¿Vives sola?

—Lamentablemente, mis abuelos ya no están en este mundo, y salvo que en algún momento regrese mi padre...

—Sofía —dijo Daniel con una voz que me agarraba las manos con cariño—. Hay algo que debo contarte. —Continuó con cuidado—: Tu padre no va a venir.

Esas palabras me indignaron. Pero ¿quién se creía que era para decirme algo así?

—¿Por qué no habría de volver?

—Creo que sí te aceptaré ese vaso de agua. —Dio un larguísimo suspiro después de responderme.

Tras servírselo, saqué de una caja sobre la chimenea de la *lareira* mi avión de papel.

—Hace años él me hizo llegar esto.

—¿Y eso qué es? —Daniel compuso un gesto de extrañeza sin comprender lo que yo quería explicarle.

—Tú no lo entiendes, ya sé que suena muy infantil, pero cuando mi padre me hacía llegar un avión de papel era porque iba a contarme una nueva historia, un cuento. Este me lo envió una o dos noches antes de salir del hospital. Durante todos estos años he pensado que algo debió de sucederle para no haber regresado a mi lado todavía, pero me aferro a la esperanza de que vuelva.

Daniel miraba con curiosidad el avión de papel.

—Sofía, no creo que él haya podido enviarte eso la última noche que pasaste en el hospital —dijo—. Y tampoco pudo hacerlo la noche anterior a esa. Estoy seguro.

—¿Por qué me dices eso? ¿Tú qué sabes?

—Lo sé, Sofía. Y créeme que lo lamento. —Bajó la vista un segundo—. Tu padre murió por esas mismas fechas.

La expresión de mi rostro demudó como si alguien me arrojase una jarra de ácido.

—No, no es posible —musité.

Tras la despedida de mis abuelos, el golpe de haber perdido tantos años atrás a mi padre me hizo ver el cielo aún más oscuro.

Aunque después del primer impacto, con la espalda en la pared y evitando mirar a los ojos a Daniel y al padre Avelino —quien en esos momentos me cogía de la mano—, fui consciente de que en realidad no me extrañaba aquella información. Era algo que sospechaba desde hacía tiempo. De lo contrario, ¿qué podía impedir que mi padre hubiese venido a verme al menos una sola vez en todos estos años? Si hasta en los tiempos de la guerra escribía a mi madre.

—Pero él me envió este avión —dije aun así, con una voz

quebradiza. Como si no pudiera evitar resistirme un poco más a aquella verdad.

—Él no lo pudo enviar —insistió Daniel.

Abrí los ojos, expectante.

—Al poco de ingresar tú en el hospital —continuó—, lo torturaron y le destrozaron las manos. Imposible que pudiera hacer un avión y mucho menos conseguir que llegara hasta ti.

—Pero... ¿y entonces? —pregunté sintiéndome perdida.

—Permíteme que lo coja un segundo —pidió él.

Accedí. Vi cómo Daniel desplegaba las alas del avión y lo devolvía a su estado original.

—Por favor, ten mucho cuidado. No quiero que se estropee. Lo he conservado intacto todos estos años pensando que me lo había enviado él —dije.

Daniel estiró el papel con delicadeza. Y me sentí como una idiota. Porque hasta entonces no había sabido descubrir que el avión contenía un mensaje.

—¿Qué dice ahí?

En aquella hoja, tiempo atrás impulsada por el viento, había impresa una cruz potenzada de Jerusalén: la cruz de las primeras cruzadas, el emblema del Hospital Real y el recuerdo del camisón que durante un tiempo llevé cuando estuve allí ingresada.

La letra del mensaje era pequeña y poco precisa. Se había decolorado con el tiempo, pero al fijarnos bien vimos que parecía dibujada con la huella de un dedo impregnado en rojo. Un escalofrío recorrió mi espalda; sin duda, se había hecho con sangre.

Me dispuse a leer lo que allí estaba escrito con la voz entrecortada:

—«Ayúdame».

VI

—

OLOR A LLUVIA

[Geosmina y petricor; sentido de la vida e inminente precipitación].

47

Sofía

Un viento frío sacudió la ventana. Las gotas de agua que caían bajo la oscuridad del cielo eran cada vez más gruesas. Pero fue algo rápido. No se extendió más que un par de minutos, como si un ángel hubiera querido jugar a saltar en una nube y, al poco de empezar, se hubiese cansado.

—¿«Ayúdame»? —repitió Daniel.

—¡Virgen de la Misericordia! —exclamó el padre Avelino al tiempo que se santiguaba.

—Entonces..., ¿es verdad? ¿Mi padre está muerto?

Daniel bajó la cabeza. Yo podría haber repetido la misma pregunta una y otra vez, sin escuchar nada más, negándome a aceptar la respuesta.

—Lo siento mucho, Sofía.

—Si sabes cómo pasó, dímelo, por favor.

Daniel consultó a Avelino con un gesto, y el padre asintió en silencio después de santiguarse. Parecía darle permiso de confesarme algo que los tres sabíamos que iba a dolerme mucho.

—Él fue al hospital en 1949 buscando algo, o quizá a alguien, y allí mismo lo capturaron.

«Claro, él estaría buscándome a mí», pensé, sin dar lugar a otra posible interpretación.

—¿Por qué lo capturaron? ¿De qué lo acusaban?

—Cuando yo lo vi por última vez —dijo Daniel—, el coronel Vallejo lo culpaba de la desaparición de unos documentos.

—¿Vallejo? —pregunté con desconcierto—. ¿El padre de Julia?

Él asintió.

—Pero ¿qué documentos? ¿Te refieres a algún libro de los que mi padre vendía?

—No. Unos informes que ahora están en nuestro poder. Y por los que algún día Vallejo será juzgado.

—No entiendo, ¿y qué es lo que recogen?

Daniel carraspeó.

—Según hemos estado viendo, Vallejo y otros dos médicos llevaban a cabo estudios eugenésicos.

—¿Qué quiere decir eso?

—Querían mejorar la raza.

—¿La raza? —solté con cara de repugnancia.

—Tenían la teoría de que existe algún defecto en la sangre, en el cerebro o en alguna otra parte del cuerpo que provoca una menor inteligencia, lo que favorece el republicanismo, el comunismo, el anarquismo...

—¡Qué absurdo! ¿Vallejo creía que si alguien tenía ideas diferentes a las suyas era porque sufría un defecto?

—Así es. Y, de hecho, imagino que seguirá pensando lo mismo. ¿No cree, padre?

Avelino, pesaroso, asintió.

—No lo entiendo —dije—, precisamente Julia, su hija, estaba muy enferma. Y me consta que, entre otros problemas de salud, tenía una enfermedad en la sangre... —murmuré. Luego, de pronto, las piezas empezaron a encajar—: Claro, sería por eso por lo que no iba a verla...

—Ella tiene leucemia —apuntó el cura—. Además de la evidente hidrocefalia. Lleva en tratamiento toda su vida.

—Entonces, ¿Julia sigue viva? —pregunté con un punto de entusiasmo en la voz.

—Así es, hija. Es un milagro del Señor.

Aquella noticia supuso un auténtico bálsamo en medio de todo lo que estaba descubriendo. Definitivamente, tenía que ir a verla.

—Vamos —añadió Daniel a modo de conclusión—, que al coronel no debía de hacerle ninguna gracia tener una hija con leucemia mientras buscaba defectos en la sangre de tantos niños de familias republicanas.

—¿«Niños» has dicho? —pregunté escandalizada.

—Sí, Sofía. En la documentación que hemos recuperado, la que alguien sacó de una caja fuerte en 1949, quizá tu padre, o puede que mi madre, no solo están las conclusiones de los estudios, también hay muchas fotografías de niños. Créeme, son escalofriantes.

Daniel abrió la carpeta que había llevado todo el tiempo bajo el brazo. Después, seleccionó un par de imágenes para enseñarme, evitando que yo pudiera ver el resto.

Cogí una de esas muestras del horror en la que un niño de unos cuatro o cinco años miraba a la cámara con firmeza, sin llorar, pese a tener un labio partido y la cabeza cosida de un lado al otro.

El silencio contenido en aquellos ojos me alcanzó y enmudecí. Daniel dio un paso para colocarse a mi lado. Con cuidado, cogió la fotografía y me acarició la mano.

Lo miré con la expresión que antecede a las lágrimas y él, sin decir nada, me abrazó con fuerza. No recuerdo cuánto tiempo permanecí pegada a su pecho escuchando el vigor de sus latidos; imagino que no sería mucho, sin embargo, me supo a instante eterno.

Por primera vez desde que el abuelo había sufrido el infarto, me sentí realmente a salvo.

48

Sofía

El padre Avelino tosió y rompió aquella atmósfera que se había creado entre Daniel y yo. Una mirada al cura me bastó para saber que el carraspeo había sido forzado; imagino que, a sus ojos, el abrazo de Daniel empezaba a excederse en el consuelo y rozaba una suerte de carnal pecado.

—Si no fue tu padre, tenemos que descubrir quién ha escrito esto y por qué te lo envió de esa manera —dijo con el ceño fruncido y dos dedos estirando el alzacuellos, con la clara intención de retomar el asunto del mensaje escrito en aquel avión de papel.

—A estas alturas es imposible saberlo —repuso Daniel—, pero algo me dice que debe de estar relacionado con lo que sucedía en los sótanos del hospital; con lo que hacía Vallejo.

—Deberíamos ir allí —propuse con fuerza renovada tras salir del refugio que había encontrado en aquel abrazo.

—Os recuerdo que el hospital que un día conocisteis ya no existe —indicó el sacerdote—. Los enfermos fueron trasladados al hospital nuevo, el que se levantó en Galeras, y en el Obradoiro lo que hay ahora es un hostal: el Hostal de los Reyes Católicos.

—En ese caso, iremos primero al hostal, a los sótanos —planteó Daniel—. Supongo que habrán hecho muchos cambios, pero debemos intentarlo.

—De acuerdo —dije.

—No, tú no, Sofía.

—¿Cómo?

—Será mejor que te quedes aquí —propuso Daniel—. Puede ser peligroso.

—Agradezco la consideración —comencé con una mirada que se anclaba a la suya—, pero yo iba ya de camino hacia el nuevo hospital cuando me he encontrado con vosotros. Y no voy a consentir que cambiéis mis planes.

—Pero, Sofía, mujer —interrumpió el padre Avelino—, ¿crees que es seguro que vayas tú sola?

Daniel detuvo la intervención del cura colocándole una mano sobre el brazo.

—Dejémosla, padre. Ella es libre de hacer lo que quiera.

Aquellas palabras me alcanzaron. Toda mi vida había actuado en función de las órdenes de mi abuela y en ese momento, después de tantos descubrimientos dolorosos, necesitaba creer que era capaz de hacer lo que creía conveniente. Una sensación que dota de brújula y fuerza al carácter de una persona, que la hace sentirse completa: la libertad de decidir.

—Gracias por preocuparos, pero si Julia está en el hospital debo comprobar cómo se encuentra. Lo necesito.

—La semana pasada, al menos, seguía ingresada —contestó el sacerdote con parsimonia para mi absoluta sorpresa.

—¿Cómo lo sabe? ¿La ha visto?

—No he dejado de visitarla todas las semanas desde que perdió la vista casi por completo —confesó apenado—. Es una joven increíble. Se acuerda mucho de ti, Sofía. En una ocasión me dijo que gracias a lo que le habías enseñado continuaba viendo y viviendo con...

—Los ojos de la imaginación —terminé la frase sobrecogida.

—Eso es —dijo Avelino—. Cuando estaba sola, era habitual que me la encontrase con los ojos cerrados y una sonrisa. Yo sabía que estaba viajando en alguna de esas aventuras que tú le habías contado y otras muchas que ha inventado ella a lo largo de estos años.

—Si sigue viva, ¿por qué habla de ella en pasado?

—Hace poco menos de un mes, por causas que desconozco, su padre ordenó que le suspendieran el tratamiento. Desde entonces su deterioro se ha acentuado y no creo que pueda remitir. —Bajó la cabeza con el peso de una sombra.

—Voy de inmediato a verla —declaré con un punto de urgencia. Ahora que ya nadie me impedía acudir a su encuentro, no estaba dispuesta a posponer más ese momento.

—No te quedes mucho tiempo —me pidió Daniel con una mirada que parecía decir mucho más que eso—. Recuerda que Vallejo sigue vivo, sigue siendo su padre... y sigue siendo un monstruo.

—Descuida, él no me conoce —contesté resuelta, y me sorprendió intuir que Daniel no estaba tan seguro de que fuese así.

Pude verlo en sus ojos: me ocultaba algo. Y no era el único. Avelino también parecía compartir ese secreto con él.

—Hasta donde sé, el coronel casi nunca se acerca a ver a su hija —dijo el cura.

No hizo falta decir nada más. Sin necesidad de palabras, todos supimos que había llegado la hora de partir. Sin embargo, cuando nos estábamos despidiendo, una fotografía se deslizó desde el interior de la carpeta que Daniel y el padre Avelino habían traído consigo y fue a parar al suelo.

El cura se agachó raudo a recogerla. Percibí angustia en

aquel movimiento. Nada más tuve tiempo de intuir una figura en blanco y negro con el camisón del hospital. Sentí un escalofrío al recordar a la niña que se me aparecía desde la infancia.

49

Sofía

Caminamos juntos en dirección al flamante Hostal de los Reyes Católicos. Durante el trayecto le pedí al sacerdote que me mostrara de nuevo aquella imagen. Necesitaba comprobar si se trataba de la misma niña que se me aparecía en las visiones. Pero el padre Avelino se negó rotundo.

—No es bueno que veas eso. Al menos no por ahora. Antes debemos hacer algunas averiguaciones.

No quería contarle nada de mis alucinaciones, por lo que no tuve más opción que claudicar ante él.

Nos detuvimos antes de entrar en la plaza del Obradoiro.

A la derecha quedaba la vieja cárcel de la Falcona. Miré con la prudencia contenida de quien entendía que aquella travesía nunca era fácil para nadie.

Sentada frente a las puertas de la prisión había una silueta con ropajes negros que parecía contar días vacíos con dedos ensortijados. Tardé en reconocer la identidad de aquel rostro, menguado y esquelético como una triste calavera. Era la señora Carmiña. Me pareció increíble que pudiese seguir con vida. Caminaba con dificultad, esquivando los salientes del empedrado. Se acercó a nosotros, en concreto hacia Daniel. Una vez que estuvo frente a él, alargó los brazos y preguntó:

—¿Eres tú mi Juanín? ¿Eres mi hijo?

Lo hizo al tiempo que le palpaba el rostro a un lado y al otro para descifrarlo.

—No, señora —contestó él, respetuoso, con un aura de afecto en la voz—. No soy su hijo.

Ella lo acarició con delicadeza un rato más y luego se dio la vuelta para continuar aquella larga espera entre la cárcel y la iglesia de Nuestra Señora de las Angustias.

Alcé la mirada con intención de preguntar al cielo por la suerte de esa mujer, deseando que pronto pudiera descansar, y me topé con inmensas gárgolas de piedra que seguían nuestros pasos desde las alturas.

Después me despedí de Daniel y de Avelino en la entrada del nuevo hostal, antes de pasar la catenaria. A partir de ahí yo seguiría sola en dirección al nuevo hospital.

—Sofía —me llamó Daniel—: son más los peligros que ignoramos que los que conocemos.

Yo asentí, consciente de que haría lo que mejor considerase en cada circunstancia.

El nuevo hospital provincial estaba cerca, por lo que no tardé en llegar. Subí las escaleras con agilidad, evitando que nadie en la entrada me viese pasar, y alcancé la segunda planta, en la que el padre Avelino me había dicho que estaba Julia.

Crucé el pasillo con decisión para demostrar que sabía a dónde me dirigía, pero, pese a mis esfuerzos, una enfermera me detuvo mientras me escrutaba de arriba abajo.

—¿Qué habitación está buscando?

Parpadeé con calma antes de contestar con la información que me había dado el padre Avelino.

—Habitación 232.

Ella torció el gesto.

—¿La habitación de Julia Vallejo? —preguntó con extrañeza.

—Así es.

La mujer me dio la espalda y caminó en otra dirección sin

siquiera despedirse. Yo fui hasta el fondo de un largo pasillo que nada tenía que ver con los intrincados corredores del Hospital Real. Apenas unos metros me separaban de mi objetivo cuando empecé a pensar en qué iba a decirle a Julia después de tanto tiempo. Unas dudas que se desvanecieron nada más verla desde las jambas de la puerta. Estaba allí. Junto a su madre, Soledad.

—Julia —dije con un hilo de seda que tejía un puente de cariño.

Ella movió la cabeza, buscando en el aire la dirección de mi voz.

—No puede ser... —musitó con emoción contenida.

—Soy yo, Sofía.

—Mira qué grande estás, eres toda una mujer. —Tras recuperarse de la sorpresa, Soledad se puso de pie, dispuesta a recibirme con un abrazo—. Me alegro de verte. Julia te ha extrañado mucho todos estos años.

El tono de Soledad dejó suspendida una sutil queja en la atmósfera del reencuentro. Algo que entendí y me hizo bajar la mirada. ¿Cómo iba a explicarle que mi abuela me tenía prohibido alejarme de la casa, y que yo la había obedecido? ¿Que mi respeto y mi obediencia habían sido más fuertes que las ganas de volver a hablar con la única amiga que había tenido en mi vida?

—Lo importante es que ahora estás aquí —exclamó Julia haciendo danzar las palabras en el aire.

La enfermedad consumía su cuerpo, tendido sobre la cama, enjuto y mínimo ante la desproporción de su cabeza. Estaba prácticamente ciega y, sin embargo, resultaba evidente que continuaba percibiendo el brillo que solo los afortunados descubren en todas las cosas, sobre todo en las que aparentan no valer nada, y al mirarlas dos veces se vuelven valiosas. Me tomó pocos minutos comprender que Julia veía destellos en personas sombrías, que apreciaba notas de música en gargantas roncas y hasta hermosas canciones en lenguas mudas. Hay personas que tienen una energía especial, que irradian bondad con su presencia, que parecen venir de otro tiempo o de otra dimensión, como si hubieran vivido mil vidas, personas que nos adelantan y nos envuelven en un parpadeo, en un gesto; nos ayudan a expandir la mente y nuestros sentidos gracias a su sencillez, a su serenidad o a su sentido del humor. Lo hacen sin necesidad de discursos, como si sus silencios fueran más profundos. Julia era una de ellas. Así la veía.

La abracé queriendo estrecharla con fuerza, pero al verla tan frágil me contuve para no hacerle daño.

—Perdóname por no haber venido antes —le susurré—. Me habría gustado disfrutar más de tu compañía, pero...

—No pienses en lo que no se puede cambiar. —Sus palabras de seda me acariciaron. Su sonrisa iluminó la mía—. Las circunstancias de cada uno son las que son. Lo único que importa es que gracias a ti he podido vivir aventuras desde esta cama. He viajado, volado, cruzado océanos nadando. Incluso he soñado que me enamoraba y que... —hizo una señal con la mano para que me aproximase y confiarme un secreto— daba mi primer beso.

Me enderecé viendo el reflejo de abatimiento de Soledad en el cristal de la ventana. Por aquella mujer parecían pasar nueve años cada cinco minutos.

—Eres una verdadera superheroína —le confesé a mi amiga con rendida admiración.

—No, Sofía, no lo soy. Yo no he salvado nunca a nadie. Todo lo contrario: soy la superviviente de un naufragio constante en el que se acaban ahogando los que me quieren.

Supe que, aun sin verla, en su alma miraba y mimaba el rostro fatigado de su madre.

Soledad se acercó a ella. Le cogió la mano en silencio y le dio un beso en la frente.

—Mi niña —le dijo—, no te preocupes por mí. Yo no me ahogo.

Y era cierto, pensé, porque se ahogan los vivos, y aquellos ojos secos y exprimidos ya no latían, solo se resignaban en una oscura celda de castigo.

Julia compuso un gesto de dolor. Algo casi imperceptible para mí, pero que no se le escapó a Soledad.

—¿Te duele? —preguntó—. ¿Otra vez la espalda?

Aprecié el esfuerzo que hacía Julia por moverse y cambiar ligeramente su postura.

Soledad me miró con intención de explicarme lo que le pasaba a su hija.

—Lleva en la cama dos semanas. Desde que le suspendieron el tratamiento no ha vuelto a levantarse. Cada día está más débil..., no sé cómo aguanta...

El deterioro que Julia estaba sufriendo no invitaba al optimismo. Recuerdo que pensé en la posibilidad de que su enfermedad se estuviese extendiendo a los huesos. Pero Julia, una vez más, nos sorprendió al decir con palabras a duras penas aspiradas:

—Me están creciendo las alas.

Miles de millones de agujas invisibles armaron el aire de la habitación. Y si a mí me pinchaban, a Soledad la atravesaban, pero Julia procuró mostrar calma y sonreír. Porque ella sabía que el dolor saltaba en los nervios y no existía nada comparable a una sonrisa para que su madre la guardase en el recuerdo.

Absortas en aquella comunión de dolor y esperanza compartida, no oímos las bisagras de una puerta que alguien abría. Fue un movimiento ágil y rápido, como el cumplimiento de una orden.

De pronto, apareció ante nosotras el coronel Vallejo. En ese momento, para mí, un hombre con autoridad que había hecho temblar al abuelo la noche que había ingresado en el hospital y del que debía guardarme.

No saludó ni mucho menos regaló cariño a su mujer ni a su hija. Nada más parecía presentar credenciales y cumplir una tarea en su lista de buenas acciones. Muy limitada, intuí.

Fue entonces cuando él, con las manos en la espalda y el gesto vacío de corazón y de alma, me miró a la cara.

No tardaron en dilatarse las pupilas de sus ojos, en convertirse en furiosa contradicción sin parpadeo antes de murmurar:

—No es posible... ¿Lucía?

50

Sofía

Aquel nombre... Por supuesto, no lo había olvidado. Otra vez aquel nombre, pero en esta ocasión con el tono grave del coronel. ¿Por qué él y la abuela Dina me habían llamado así?

Vallejo ordenó a los dos uniformados que lo escoltaban al otro lado de la puerta que me prendiesen.

«¿A mí?», me dije en esa fracción de segundo que asienta la realidad para que podamos digerirla. No entendía nada.

Soledad abrazó a Julia.

—¿Qué pasa? ¿Qué está pasando? —preguntaba la hija desconcertada—. Madre, explique usted que es Sofía... Padre, debe de haber un error.

Sus comentarios bienintencionados no dieron frutos. Los soldados obedecieron a su superior y me inmovilizaron. No me resistí. No dije ni una palabra. Estaba en el desolador terreno de la perplejidad.

El dolor despertó en el cuerpo maltratado de Julia y en su gesto se acentuó la súplica.

—Por favor, padre —rogó.

Aquella escena rasgó el silencio impuesto en el pecho de Soledad, quien se puso en pie para dirigirse con aplomo a aquel hombre.

—¿Qué estás haciendo, Vicente? —interpeló al coronel sin soltar la mano de Julia.

—No te atrevas, Soledad —amenazó él con un dedo en alto—. No sabes nada de lo que está pasando.

—Sé lo más importante: estás haciendo daño a mi hija. ¿Es que no lo ves?

Altivo, Vallejo no bajó la guardia. Ni tan siquiera le dedicó una mirada a Julia.

—Si tanto la quieres, haz el favor de sentarte —ordenó mordiendo las palabras—. No se te ocurra ponerme en evidencia.

Como si entendiesen la necesidad de discreción que pedía su superior, los militares me sacaron al pasillo sin tiempo de despedirme de Julia.

—¡Sofía! —exclamó para llamarme.

—Tranquila, Julia, volveré enseguida —mentí.

Lo único que me había pedido Daniel era que me cuidara de caer en las manos de Vallejo, y era justo lo que acababa de pasar.

—Déjala —pidió Soledad—. Se llama Sofía, no Lucía, por el amor del cielo —añadió con ojos que imploraban sentido común a su marido.

—Me da igual cómo se llame —contestó él.

—Esa chica ha ayudado mucho a nuestra hija, ¿no lo entiendes? —insistía Soledad.

—Por favor, padre —suplicaba Julia desde la oscuridad de su cama.

—Vicente, Vicente... —continuaba la mujer.

—¡Ya está bien! —ordenó él cortando con los brazos el aire.

Las dos enmudecieron. Pude verlas desde donde me encontraba, al otro lado de la puerta entreabierta. Ya no se oía nada.

—Esa chica puede hacer que nuestra hija no se muera —dijo Vallejo, algo más comedido—. Si tuvieras que escoger: dime, de las dos, ¿qué vida prefieres salvar?

51

Sofía

Me condujeron a una zona de paso restringido en la planta baja del hospital. El coronel Vallejo caminaba delante, con la vista al frente, ignorando cuanto pudiese haber arriba o abajo, a un lado y al otro. Como si la vida no fuese más que un tablero en donde mover peones con un único interés: el suyo.

En un entramado de pasillos blancos y puertas numeradas divisé una estancia que más bien parecía una celda de castigo, por ser la única con un ojo de buey en la puerta. La voz de una intuición me susurró que aquel sería el lugar en el que iban a meterme.

—Entra —me ordenó Vallejo.

Lo miré buscando un ápice de humanidad en sus ojos, pero solo encontré un muro ciego; no me veía. Si la existencia requiere resonancia en el otro, para él, yo, como persona, no existía.

Me adentré en aquella estancia con cautela. Allí no había más que un camastro y un ventanuco en lo alto que permitía que entraran el aire y la escasa luz de un cielo de plomo. Cerraron la puerta a mi espalda con violencia, provocando que el metal retumbase en el pasillo.

Transcurrieron largos minutos en los que permanecí con la vista fija en un limbo de incertidumbre, hasta que me decidí a sentarme sobre la manta gris que cubría la cama.

No sabía muy bien qué hacer; creo que trataba de procesar todo cuanto había escuchado, cuanto estaba viviendo y lo que parecía ser mi desolador futuro.

¿Por qué me llamaban Lucía? ¿De qué forma podría salvar la vida a Julia? ¿Debía morir o pasar el resto de mis días encarcelada allí para que ella pudiese vivir?

Dejé que mi espalda cayese sobre la cama. Comenzaba a creer que quizá mi destino fuera vivir siempre encerrada, de una forma u otra. Pero entonces, presa del desánimo, me giré hacia el tabique y detecté que había algo casi imperceptible escrito en la pared. Aunque imprecisas y diminutas, eran cinco letras perfectamente legibles: «Lucía».

Sorprendida, me dispuse a rastrear el resto de la pared en busca de algún mensaje o cualquier tipo de información que arrojase algo de luz sobre cuanto estaba sucediendo.

Dado que el camastro no estaba pegado al muro, pude asomar la nariz y echar un vistazo hasta el suelo. No parecía que allí abajo hubiese nada más que pelusas. Pero... no. Me equivocaba. Entre la pared y una pata de la cama había algo.

Extendí la mano y, tras varios intentos, conseguí cogerlo. Se trataba de unos papeles enrollados; no parecían medir más que una cuartilla.

No me atrevía a desplegarlos. Entre las opciones que barajaba se encontraba la posibilidad de que fuese una trampa del coronel, algo que implicase un castigo inminente tal vez. Aunque también era probable que no fueran nada, que su contenido no tuviera el más mínimo interés.

Como si hubiera intuido mi hallazgo, un hombre con bata blanca abrió la puerta. Tras él, la sombra de autoridad de Vallejo con un gesto maquiavélico.

Fue tal el susto que el rollo de papel se deslizó de mis manos al suelo. Con disimulo le di una pequeña patada a fin de esconderlo de nuevo bajo la cama.

Sin palabras, nada más que con señas, el sanitario me indicó que me tumbara. No parecía que tuviese otra opción, así que lo hice sin rechistar.

Las agujas despertaron en mí la sensación de haber vivido aquello antes, no hacía mucho.

Cerré los ojos y esperé con el brazo extendido, intuyendo lo que querían: mi sangre. La aguja me atravesó la piel y con ella el extraño recuerdo de una de esas visiones que me acompañaban desde niña. En ella me encontraba prisionera, me extraían sangre, sentía el dolor de los pinchazos. Después, nada. Nada más que vacío y silencio.

Una vez que terminaron, Vallejo y el sanitario se dirigieron a la puerta sin hablar. Justo desde allí, el coronel se dio la vuelta para observarme.

Su gesto se torció con extrañeza y temí que hubiese visto el rollo de papel bajo la cama. Por eso me sentí tremendamente afortunada cuando cruzó el umbral y el otro hombre cerró a espaldas de ambos.

Cuando intuí que se alejaban por aquel largo pasillo, me incorporé. Desde lo más alto, a través de aquel minúsculo ventanuco, me llegó el repiqueteo de las primeras gotas de agua. Al fin llovía. Al fin la tierra seca despertaría.

Me agaché a los pies de la cama y alargué un brazo para palpar el suelo buscando aquel pequeño rollo de papel. Comencé a desplegarlo para descifrar su contenido.

Como un álbum de recuerdos, aquellas hojas se mostraban plagadas de dibujos. Con mucho cuidado interpreté lo que tenía frente a mí. Eran imágenes trazadas a lápiz, con tanta maestría que parecían estar vivas. Tuve la sensación de caminar entre fragmentos de infancia, de esa vida pasada que nunca es pasado, que vive en una caja fuerte, que se reescribe cada vez que se abre, que se lee con ojos nuevos en el pasar de los años.

Fui dejando cada dibujo a un lado, después de acariciarlos con esa nostalgia que hace temblar la mirada. Vi un cesto de mimbre igual a aquel dentro del que me había imaginado muchas veces nada más nacer; el huerto tras la casa de los abuelos cubierto de calabazas en otoño; Dindón, mi querido compañero de aventuras, con una orejita más larga que la otra y dos ojos cómplices; el río en el que casi pierdo la vida tras estrellarme con la bicicleta; la sangre de un gallo sin cabeza derramándose sobre la portezuela en donde creo que mi padre se escondía al dar el reloj las ocho cada día; y hasta el olivo del que me precipité una tarde, al sentir un dolor que me llevó a exudar sangre por todos los poros de mi piel.

—¿Sorprendida? —preguntó Vallejo desde la puerta.

Asustada, lo miré con el corazón golpeando mis sienes, mi vida, mis cimientos. Había estado tan absorta en aquellos dibujos imposibles, en todos esos recuerdos que me pertenecían, que no le había oído acercarse de nuevo. Ni siquiera había oído el chirrido de las bisagras al abrirse la puerta.

—Pero... —comencé, casi sin aliento— ¿quién...?

—¿Quién qué? ¿Quién ha dibujado todo eso?

Ante mi incapacidad para articular ningún sonido, él añadió:

—¿De verdad no te lo imaginas? Lo ha hecho Lucía, tu hermana.

52

Sofía

Vallejo me miraba con resquemor, como si desease castigarme por algo que yo todavía desconocía.

La lluvia golpeaba tímida y pesada en la lucerna que unía el aire viciado de aquel lugar con el mundo de afuera, como si le costara arrancarse a limpiar cuanto nos rodeaba.

Deseé saber más sobre esa tal Lucía. Estaba claro que Vallejo se confundía: yo no tenía ninguna hermana. Pese a eso, no encontraba valor suficiente para decírselo. Me limité a coger en la mano el dibujo de Dindón para acercarlo a mi pecho; por encima de lo demás, quería proteger aquel recuerdo.

—¿Acaso no hay nada que te gustaría preguntarme? ¿No estás deseando saber por qué has acabado aquí? —dijo el militar con un tono más pausado y las manos a la espalda.

—Se equivoca. Yo... Yo no tengo ninguna hermana —dije al fin.

Un sonido de burla se le escapó a Vallejo antes de continuar.

—¿Yo me equivoco? Vaya, veo que no soy el único al que han engañado.

Quise convencerle de que a mí nadie me había engañado, pero ya no estaba segura de nada. ¿Quién podría haber pintado aquellos dibujos? ¿Quién podía saber tanto sobre mí y sobre mi infancia, casi como si lo hubiera vivido todo a mi lado?

La voz del coronel me sacó de mis pensamientos una vez más.

—¿Sabes? Secundina, tu abuela, me tomó el pelo a mí también. En el otoño de 1939 se acercó a mí para preguntarme por el hospicio. Me había seguido desde un taller que ahora sé que era el de su marido. Ella me tanteó al hablarme de unas niñas que acababan de nacer. Un par de gemelas idénticas que habían perdido a su madre en el parto. Me las ofreció a las dos por no tener recursos suficientes para mantenerlas.

¿Gemelas? ¿Esa otra niña..., Lucía, y yo éramos gemelas...? La abuela iba a entregarnos... No quería creer que mi familia me hubiera mentido de aquel modo, pero, al mismo tiempo, algunas piezas desdibujadas desde hacía mucho empezaban a encajar, y esa información resonaba en el interior de mi cabeza mientras Vallejo continuaba con su perorata.

—Típico de ese tipo de gente, sin valores. Traen hijos al mundo y luego no se hacen cargo de ellos...; los venden, o los regalan, poco les importa —explicó con desdén.

Aquellas palabras me quemaban. ¿Cómo podía hablar así de mi abuela? ¿Qué derecho tenía para juzgarla?

—En caso de ser cierto, ella solo querría darnos una vida mejor —dije con un punto de atrevimiento y sin asomo de duda.

—¿Mejor? Secundina no hizo preguntas. Ni una sola. No quiso saber qué sería de vosotras.

—¿Cómo podría imaginar ella las barbaridades que estaba haciendo? —censuré levantando un poco la voz. Esa conversación dolía demasiado.

—¿Qué estás diciendo? ¿A qué te refieres?

—A lo que hacían con los niños.

—¿Y tú cómo sabes eso?

Había hablado más de lo conveniente y decidí retroceder despacio.

—No es difícil imaginarlo, teniendo en cuenta lo que estoy viviendo ahora.

Sus facciones se relajaron un poco.

—Habríais servido a una importante causa, al estudio de la medicina, en lugar de acabar en un hospicio.

—Imagino que eso no se lo dijo a ella —rebatí al escuchar la facilidad con la que nos condenaba a esa supuesta hermana desconocida y a mí solo por el hecho de haber nacido en mala hora y peores tiempos.

Él rio desganado sin alterar el envaramiento de su espalda.

—Secundina sabía que yo tenía una hija y dedujo que sus nietas llevarían la misma vida que ella. —Hizo una pausa para negar con la cabeza ante aquel despropósito y añadió—: Qué ignorante.

—Igualmente usted le mintió. Le ocultó que quería usarnos para sus experimentos.

—¡La evolución de la ciencia requiere sacrificios! —me gritó.

—Esa evolución de la que habla es la involución y decadencia de nuestra especie. Solo el diablo juega a ser Dios —dije con la mirada congelada, como si ya no estuviera allí, frente a él, escuchándole hablar.

—Así que el diablo, ¿eh? Tu abuela apareció al cabo de unos días solo con una niña, afirmando que la otra había muerto. Y aunque al principio sospeché que mentía y envié a un par de hombres a hacerle una visita, acabé por creerme su farsa. Me dijo que la niña que me había traído se llamaba Lucía. Le había puesto nombre porque es lo que hacen los cristianos —continuó con tono de mofa—. Y cómo lloraba, Lucía no hacía más que llorar.

El recuerdo de unas palabras de la abuela Dina se activó en mi cabeza y, con él, la memoria de la única vez que en mi infancia yo había llorado:

«Dicen que quien no llora no mama, pero cuando no hay nada que mamar, ni madre que escuche el llanto, ten cuidado, porque ahí quien llora pierde».

—Reconozco que lloraba tanto que, aun siendo tan pequeña, no me costó nada encerrarla —continuó Vallejo—. En un principio, el plan era que ambas sirvierais a los estudios sobre gemelos del doctor Weber. Él estaba tan interesado por las inexplicables conexiones entre gemelos idénticos... Sin embargo, al faltar tú, Lucía ya no nos era útil para aquello. Pero serviría a un proyecto mucho más importante cuando enfermó Julia.

—¿A qué se refiere?

—Ya lo descubrirás —respondió misterioso—. No dejaré que nada vuelva a estropear mi plan. Tu abuela fue capaz de mantenerte oculta. Estuve cerca de dar contigo hace nueve años, pero ella y tu padre lo habían organizado todo para que eso no pasara. Te censaron con una diferencia de un año, en 1940, y cambiaron el apellido de tu madre por el de esa mujer de mala vida, Liliana Sarela, para que nadie supiera de tu existencia. ¿Por qué habría de sospechar nadie de un viudo que rehiciera su vida?

Aquella información tenía sentido. Ese debía de ser el motivo por el que Daniel y yo nos apellidábamos igual. O, al menos, el motivo por el que compartíamos el apellido de su madre. Aún no encontraba explicación para que mi padre le hubiera dado a Daniel el suyo también.

—Todo eso hoy ya no me importa —concluyó ufano—. Al final la balanza se decanta por la gente recta y hasta el universo responde con su punto de ironía. No deja de ser curioso que tu abuela me entregara a tu hermana sin saber que yo la encerraría en una celda construida por tu propio abuelo.

—¿Mi abuelo?

Con solo pronunciar aquellas palabras sentí que una espada se me clavaba en el pecho y me puse en pie para mirar a los ojos de halcón de Vallejo.

—Eso no te lo esperabas… —paladeó, y pude ver lo mucho que disfrutaba—. Él no sabía para quién eran esas rejas que durante meses estuvo forjando. De la misma forma que su socio, el cerrajero, se afanó en construir la mejor caja fuerte de la época, ignorando cuál sería su fin.

—Usted lo ha dicho. Ellos desconocían el fin de sus acciones —los defendí sin poder evitarlo. No podía permitir que aquel hombre ensuciara de ese modo la memoria de mi abuelo. Él jamás habría hecho algo así de haber sabido cuál era el objetivo que tenía en mente Vallejo.

Pero él rio enseñando los dientes antes de darme otra estocada.

—Y, aun así, lo hicieron sin preguntar. ¿O es que crees que tu abuelo no sabía que esas rejas eran para encerrar a personas?

Era evidente que el coronel procuraba por todos los medios sacudirse la responsabilidad de sus abominables actos.

—Pues ya que le gustan tanto las preguntas —contrarresté, tratando de ocultar el dolor que me causaban sus palabras—, dígame dónde está mi hermana. ¿Dónde está Lucía?

—Teniendo en cuenta los resultados de los estudios de Weber, supuse que ya lo sabrías, o lo intuirías por esa conexión de brujas que deberíais haber tenido. Trató de escaparse, como ya hizo hace nueve años, justo cuando tú estabas en el hospital —dijo, y recordé de inmediato el vuelo de un avioncito de papel a través de un respiradero… ¿Me lo habría hecho llegar ella?—. Había que corregirla. En aquel entonces se la castigó sin papel ni lápices. Seguía siendo la niña incómoda que lloraba e incordiaba… Hace dos semanas intentó una nueva huida. No habrá otras. Ese día le sacamos sangre por última vez.

Vallejo me miró con la oscuridad que precede a una tormenta antes de añadir:

—Está muerta. Ahora tú ocuparás su lugar.

53

Sofía

El trotar acelerado de lo que tiempo después recordaría como el ejército de un hombre hizo temblar la luz del techo de mi nueva prisión.

Un soldado con fusil al hombro alcanzó corriendo al coronel para contarle lo que estaba pasando una planta más arriba.

—Es el cura, señor —reportó el uniformado—. Ha intentado colarse en la zona restringida para verle. Afirma tener algo en su poder que usted quiere y está interesado en hacer un intercambio —terminó de decir casi sin aliento.

El gesto de Vallejo demudó con la afrenta que representaba aquella amenaza. No tuve dudas de que ese cura sería el padre Avelino. Tampoco de que lo que pretendía con aquella acción entre heroica y temeraria era salvarme. Entendí que a esas alturas ya habría descubierto que mi paso por el hospital para ver a Julia había acabado conmigo en poder del coronel.

Vallejo y el soldado se marcharon a paso ligero por el pasillo. Volví a quedarme sola y encerrada, sin más compañía que los recuerdos de una niña a la que no había llegado a conocer, que había vivido entre barrotes, que había muerto por intentar escaparse por segunda vez, que era valiente y que, como todos los valientes, primero lloraba.

Por mucho que me resistiera a creer todo aquello que me

había contado Vallejo, en lo más hondo de mi ser supe que no mentía: Lucía no solo era mi hermana, era mi gemela, lo que hacía que tuviéramos una conexión más allá de lo comprensible y lo tangible. No, no tenía sentido que me lo negara; ella era la niña que yo veía cuando me sentía en peligro, de la misma forma que era su dolor el que resonaba como un eco violento dentro de mi cuerpo cuando la hacían sufrir.

¿Y ahora estaba muerta? ¿No había vivido más que a través de mis experiencias, tal y como mostraban aquellos dibujos? Cerré los ojos pensando en ella, sintiendo la soledad con la que había pasado su vida, deseando con todas mis fuerzas que los abuelos y nuestros padres, allá donde estuviesen, la cuidaran, que el universo le ofreciese otra oportunidad.

El sonido metálico de una llave en la puerta me sacó del trance. Abrí los ojos de golpe, asustada. Me puse de pie sin pensarlo dos veces, pese a la sorpresa que me invadió al ver quién estaba allí, frente a mí.

—Deprisa, Sofía. No tenemos mucho tiempo.

El doctor Freire, con más años y la misma energía que cuando lo había conocido en el viejo hospital, me urgía con un movimiento de la mano al tiempo que miraba en todas las direcciones, claramente temiendo ser descubierto.

—He venido para sacarte de aquí. No consentiré una muerte más si puedo evitarlo.

Salimos corriendo por aquel pasillo hasta alcanzar una puerta cerrada. El médico sacó un manojo de llaves del bolsillo, seleccionó la indicada y la introdujo en la cerradura.

—Pasa delante —pidió con urgencia, sin dejar de mirar a su espalda.

Aquella parte del edificio se componía de paredes de ladrillo y suelos de cemento, y sentí que estaba en las tripas del hospital, en esa zona ajena y oculta a los ojos de todo el mundo.

—Conozco un atajo —dijo Freire—. Al fondo hay unas

escaleras que conducen a la lavandería, y de ahí será fácil llegar al patio trasero.

—¿Por qué me ayuda, doctor? ¿Cómo sabía dónde estaba?

Alcanzamos un entrante en el corredor en el que nos resguardamos. Él resopló antes de hablar.

—Me lo dijo Julia, sigo siendo uno de sus médicos. Estaba muy preocupada por ti. Su madre no quería que hablase conmigo al principio, pero terminó consintiendo que me contara lo que había pasado. Supongo que no pudo resistirse a las súplicas de su hija. Tan pronto me explicó que te había prendido su padre, supe dónde podía encontrarte.

Mis ojos lo escrutaron.

—Pero ¿por qué lo sabía? —pregunté extremando precauciones. No estaba en condiciones de fiarme de nadie.

—Entiendo que no te resulte fácil, Sofía, pero debes confiar en mí. Te sacaré de este lugar.

—Entonces empiece por explicarme por qué sabía dónde encontrarme —insistí.

Él cogió aire.

—Te lo contaré todo. Pero vamos a escondernos en este recodo. No tenemos mucho tiempo.

Leí en sus ojos que cuanto iba a relatarme no sería fácil de digerir.

—Cuando entré a trabajar como médico en el viejo hospital, lo hice en el equipo de investigación que dirigía Vallejo —comenzó—. Eran tres médicos con mucha experiencia a sus espaldas: Bruno Weber, un alemán al tanto de los experimentos con gemelos que había llevado a cabo Mengele en Alemania; el propio Vallejo, más interesado en buscar una especie de gen rojo que explicase por qué había comunistas, y, por último, el doctor Servio Puente. Yo trabajaba para él.

—¿Y qué hacían exactamente ustedes dos?

—Buscábamos la diferencia, lo extraordinario. Aquello que permitiese avanzar en la lucha de distintas enfermedades, en la superación de intervenciones quirúrgicas, e incluso en el desarrollo de vacunas...

La ambigüedad de mi gesto lo animó a proporcionar más argumentos a fin de resultar menos atroz ante mis ojos.

—Verás, tanto Servio Puente como yo éramos naturales de Santiago y habíamos estudiado aquí. Ambos conocíamos la historia de la expedición que llevó la vacuna de la viruela a las colonias españolas —continuó—. La vacuna viajó desde Galicia en los cuerpos de veintidós niños huérfanos a los que se les iba inoculando cada quince días a un niño diferente. Cinco de ellos habían salido de la inclusa del Hospital Real. Cuando accedimos a investigar fue pensando en esos grandes hitos que habían servido para mejorar la sociedad. Pero no tardamos en descubrir que estábamos equivocados; si la expedición con esos niños planteaba una ética discutible, lo que hacían Vallejo y Weber era una abominación. Para ellos existían subrazas, subespecies, subhumanos..., por lo que podían hacer lo que quisieran.

Aquella explicación sobre cómo funcionaba el mundo para algunas personas me revolvió las entrañas.

—Lo sé, Sofía. Sin que digas nada, sé lo que estás pensando. Pero te aseguro que nosotros no le hicimos daño a nadie.

—Pero consentisteis lo que estaban haciendo Vallejo y Weber —afirmé con un aplomo que me llevó a tutearlo. Algo que incluso a mí me sorprendió—. No sé qué es peor...: ver el mal y no hacer nada o no verlo y practicarlo.

La mirada del doctor Freire se desplomó.

—Al menos, dime si descubristeis algo de interés —pedí.

—Servio Puente halló algo que cambió la esperanza de vida para Julia Vallejo, la hija del coronel. No sé cuánto conoces de su historia... —Yo negué con la cabeza y él prosiguió tras un suspiro—: Poco antes de cumplir un año se cayó y se golpeó contra una mesa. Perdió mucha sangre. Tanta que precisó una transfusión inmediata. Pero algo salió mal, el tipo de sangre no era adecuado para ella y casi muere en los brazos de su padre. El doctor Puente descubrió que la niña tenía una singularidad: Rh nulo, algo que se conoce como «sangre dorada». Eso la convertía en donante universal, pero también en una receptora muy limitada al poder aceptar solo plasma sanguíneo de su mismo tipo. Allí empezó una campaña de búsqueda de sangre dorada sin descanso que llegó a la cárcel de Valborrás. Servio Puente encontró a unos gemelos republicanos con la misma condición sanguínea que Julia: los hermanos Jaime y Jacobo.

El eco de esos nombres rebotó en mi cabeza; los había oído antes, hacía muchos años ya: eran los hijos de Mariano, a quienes él había mencionado en su conversación con mi abuela Dina. Y, en consecuencia, eran también mis tíos, los hermanos de mi madre.

—Mientras tanto —siguió Freire, cada vez más acelerado—, Julia, aunque parecía haberse recuperado sin necesidad de una nueva transfusión, mostraba problemas de equilibrio importantes. Sufría una hidrocefalia postraumática. Vallejo no quería correr riesgos con la vida de su hija, por lo que necesitaba disponer de donantes con sangre dorada en previsión de lo que pudiera sucederle en un futuro. Aun así, cuando Servio Puente le habló de su hallazgo en Valborrás, el coronel se negó a recurrir a aquellos dos chicos. Dijo que sentía repulsión con solo imaginar esa sucia sangre republicana mezclándose con su propia sangre dentro del cuerpo de su hija, algo que cambió de forma radical cuando a Julia le diagnosticaron leucemia. No tardó en pedirle al doctor Puente que encontrase posibles donantes. Ya no le importaba la ideología, el color de la piel ni de los ojos; lo único que le interesaba era salvar a su hija, aunque fuera incapaz de mirarla a la cara.

—¿Cómo podía disgustarle mirar a la cara a su propia hija? —pregunté recordando aquella sensación de abandono que sentía Julia en el hospital.

—Hombres como Vallejo no admiten ningún error ni imperfección. Zapatos siempre lustrosos, ropas sin mancha ni arruga, pero no solo con ellos, también con lo que los rodean.

Un mohín de repugnancia delató el malestar que me provocaba escuchar que Julia, quien había aprendido a amar la lluvia sin promesa de sol, la misma que soñaba con convertirse en heroína y salvar a todos de todo, había sido para su padre un error de la naturaleza, una imperfección en su retrato familiar.

—¿Qué pasó con Jaime y Jacobo?

—Fueron liberados de la cárcel de Valborrás, pero volvieron a capturarlos y los trajeron aquí, a Santiago. No tardaron en morir; como muchos otros, habían enfermado tras tanto tiempo trabajando en las minas de wolframio. —Hizo una pausa, como si necesitara recomponerse, y continuó—: Hasta entonces, eran los únicos hombres que había encontrado Servio Puente con sangre dorada. Desde ese momento, la búsqueda se amplió, y cuál fue la sorpresa de Vallejo cuando encontró la misma rareza de Rh nulo en una de las niñas que tenía encerradas para hacer experimentos médicos.

—Lucía —musité—, mi hermana.

Él asintió.

—¿Es por eso por lo que Vallejo pretendía encerrarme de por vida?

—El mismo motivo por el que tuvo retenida a Lucía hasta su muerte: por vuestra sangre.

—Toda la vida encerrada —dije con un hilo de voz.

Desplegué uno de los dibujos, justo el del olivo, y recordé aquel día de nuevo, como había hecho apenas un rato antes: me había caído presa de un fuerte dolor que venía desde algún lugar muy adentro. Fue cuando acabé ingresada en el hospital y con una larga cremallera de puntos en el abdomen.

—¿Cómo pudo hacer ella todo esto? —pregunté.

—Ese fue el último que dibujó, justo después de su primer intento de huida. Hasta ese día Vallejo consintió que tuviera papeles y lápices a su alcance. Descubrió que se la veía más sana y fuerte cuando usaba su imaginación.

—Esto no puede ser fruto de la imaginación. Son fragmentos de mi vida. ¿Cómo podía conocer ella algo así?

—En eso trabajaba Weber. Le interesaban las conexiones inexplicables entre gemelos. ¿Cómo era posible que le cortase la lengua a un chico y su gemelo dejara de hablar? ¿Cómo podía existir un dolor reflejo entre ellos? —preguntó de forma retórica—. Ni él ni su equipo llegaron a ninguna conclusión.

—Doctor, dígame qué pasó ese día, después de su primer intento de fuga.

—Al principio, nada. Por eso tuvo ocasión de pintar ese dibujo que ves ahí. La descubrieron mientras trataba de escapar y la llevaron a su celda a la espera de que Vallejo regresara y decidiera qué hacer con ella —me explicó—. Luego, al volver el coronel... Ahí fue cuando ordenó que le retiraran a Lucía lo único que le quedaba en esta vida: la posibilidad de dibujar.

Tragué saliva, armándome de valor.

—Sabe que no me refería a eso —dije—. ¿Qué pasó después de aquello?

—La golpearon con tanta fuerza que estuvieron a punto de reventarle el intestino —me confesó Freire al fin.

Los dos guardamos silencio al unir dos piezas: el dolor de Lucía era el mismo que había sentido yo el día que acabé en una mesa de quirófano con el abdomen abierto.

—¿Volvió a escaparse?

—Era muy testaruda. A los pocos días, todavía convaleciente, se metió en la canalización del aire para intentar otra huida. En esa ocasión tuvo que retroceder al no poder desprender la rejilla de ningún respiradero.

Así que era cierto: aquel avioncito de papel me lo había enviado Lucía. Por eso estaba escrito con sangre, la suya, después de haberle sido arrebatados los lápices.

—Después de eso, no hubo más que otro intento: hace dos semanas. Vallejo se enfureció y le extrajo tanta sangre que la mató.

—Dios mío..., cuánto sufrimiento —me lamenté imaginando tan solo una pizca de la terrible suerte de mi hermana—. Ese hombre tendrá que pagar algún día por todo el daño que ha hecho.

—Pagará —confirmó Freire—. No te quepa duda. Antes de morir, Servio Puente les pidió a tu padre y a Liliana Sarela que protegiesen la documentación de los distintos experimentos médicos para que en un futuro no lejano se pueda juzgar debidamente a sus autores.

—¿Fueron ellos quienes se llevaron esa documentación?

—Lili se encargó de esconderla. En un principio yo no quise saber a dónde se la llevaba, pero ahora sé que fue a una casa en el fin del mundo. No debió de ser nada fácil. Ni Félix ni ella tenían ninguna posibilidad de acceder a los sótanos del hospital, burlar a Vallejo y abrir la caja fuerte. Félix consiguió el duplicado de las llaves, que estaban en el taller de su padre, y me pidió que yo lo abriera.

El arrepentimiento del doctor Freire le quebró la voz.

—Al principio dije que no. No quería problemas. Creía que con no participar directamente en los experimentos estaba exento de cualquier responsabilidad. Pero, con el paso de los años, vencí el miedo y decidí ayudarlos. Fue en 1949. Justo antes de conocerte y entender que la historia no puede repetirse. Yo no confío tanto en la justicia como lo hacían Lili o Félix. Ni tan siquiera en la justicia divina de la que habla el padre

Avelino. Pero sí creo en el poder del castigo para que aprendamos a avanzar por otro camino.

Sus palabras me sonaron sinceras.

—Lamento que pasaran tantos años hasta que me decidí a actuar. Fueron muchos los niños que sufrieron bajo el yugo de Vallejo, y yo, como tantos otros médicos, no hice nada por evitarlo. Para todos habrá castigo, pero no tendremos perdón.

Qué dolorosa la culpa que arrastraba aquel hombre. Sentía no ser merecedor de nada. Sin embargo, allí estaba, tratando de salvarme la vida.

El estruendo de una puerta al golpear la pared nos puso en alerta.

—Salgamos ya —dijo, y señaló en una dirección—. Avanzaremos hacia la lavandería y de ahí al patio. Imagino que, a estas alturas, el padre Avelino habrá conseguido captar la atención de todos los hombres de Vallejo y los habrá llevado hacia el interior del hospital. Es nuestra oportunidad.

Lo que comenzó siendo un paso ligero derivó en una carrera al intuir que alguien podía estar siguiéndonos.

Algo que confirmamos cuando una voz de soldado gritó a lo lejos:

—¡Por aquí!

Aceleramos con el corazón galopando en el pecho y cruzamos una zona de la lavandería en la que por suerte no había nadie.

—Esa es la puerta que conduce al patio trasero —indicó casi sin aliento el doctor Freire—. Sal por ahí y no dejes de correr.

—¿Y tú qué harás?

—Ir a ver a Julia —dijo mientras avanzaba ya en otra dirección—. No pierdas tiempo y ¡corre!

Eso hice. Correr como alma que lleva el diablo hasta alcanzar la salida. Exhalé bocanadas de aire que quemaban y abrí aquella puerta.

Me di la vuelta para echar un vistazo por última vez antes de dar un paso fuera del edificio. Tan pronto lo hice, unos brazos me atraparon.

54

Sofía

Dos brazos fuertes me rodeaban desde la espalda. Traté de soltarme a golpe de codazos. En un solo movimiento, mi captor me dio la vuelta para mirarme a la cara. El aire cálido de todos mis esfuerzos abandonó mi boca antes de poder pronunciar la primera palabra.

—Daniel.

Contuve las ganas de lanzarme a su cuello para abrazarle.

—Te llevaré a un sitio seguro —dijo—. Ya sabía yo que esta visita tuya al hospital no era una buena idea —comenzó una fingida regañina sin soltarme la mano.

Lo miré con el ceño fruncido. Pero quién se creía que era. Tal vez me sintiera aliviada por tener al fin ante mí una cara amiga, pero no iba a consentir que me diera lecciones de ningún tipo.

—¿A dónde vamos? —pregunté al tiempo que recuperaba la compostura, como tan bien me había enseñado la abuela Dina.

Nos adentramos en la salvaje espesura que dominaba el paisaje que los pacientes ingresados en el nuevo hospital de Galeras podían ver a través de la ventana. Daniel avanzaba sin dudar, pero yo no podía evitar pensar en los jabalíes de los que la abuela contaba que se ocultaban por allí y por cuyo menú nunca me atreví a preguntar.

Nos detuvimos entre unos arbustos lo suficientemente frondosos para sentirnos seguros. Daniel lanzó una mirada hacia el hospital. Su gesto acerado y la determinación con la que daba cada uno de sus pasos me tranquilizaban.

Después, en un rápido movimiento, tiró de mi mano hacia la rúa do Pombal y me dijo «entra» justo al alcanzar una puerta con un farolillo rojo.

—¿Aquí? —pregunté con los ojos muy abiertos.

—Sí, aquí estarás a salvo —confirmó él con aplomo—. Yo crecí en esta casa.

No necesité nada más que aquellas palabras para cruzar la puerta. Mi confianza en Daniel era auténtica, natural. Él no necesitaba convencerme de sus buenas intenciones, como sí había tenido que hacer Freire.

—Te presento a Rosana —dijo señalando a una mujer de cuerpo menudo y carcomida por los nervios que parecía contener unas permanentes ganas de llorar—. Necesito que nos quedemos los dos aquí unas horas —añadió dirigiéndose a ella—. Hasta que dé con la forma de llegar con seguridad a otro sitio más alejado de Vallejo.

—Haré lo que sea, Daniel. Tu madre... —musitó la mujer al tenerlo frente a ella— me salvó la vida, se lo debo todo —concluyó con la honestidad de quien guarda una deuda en el cajón secreto del alma.

Daniel no dijo nada, pero pude ver que las palabras de aquella mujer lo conmovían.

—No os preocupéis —continuó ella—. La mayoría de las mujeres están ahora con trabajo —explicó, y tanto Daniel como yo entendimos a qué se refería cuando señaló un pasillo oscuro con varios dormitorios—. Tengo libre el cuarto de tu madre. —Al decirlo, se le cuarteó la voz—. Lo he conservado intacto en señal de respeto. Incluso cuando me dijeron que estabas en la cárcel. No te imaginas cuánto he llorado y rezado por ti, muchacho.

—Gracias. —Daniel contenía el dolor del recuerdo en los ojos.

Rosana lo cogió de la mano antes de cerrar.

—Mientras yo viva siempre tendrás un lugar al que volver.

Nada más entrar en aquella habitación, antes incluso de cerrar la puerta, Daniel me advirtió que debía salir a la calle. Quería asegurarse de que el padre Avelino estaba bien.

Supe que de poco serviría insistir para que se quedara conmigo, por lo que me limité a decir:

—Ten cuidado.

—Aquí estarás bien —me dijo antes de volver sobre sus pasos—. Encuentre o no a Avelino, regresaré enseguida. Te lo prometo.

Guardé la promesa y me senté sobre la cama. No había nada que me ayudase a sentirme a salvo en aquel lugar ajeno y desconocido. Permanecí en silencio, observando cuanto había a mi alrededor.

Sobre la mesita de noche descansaba la fotografía de una mujer muy hermosa con un niño. Los dos con un brillo especial en la mirada y la piel tostada. Supuse que se trataría de Liliana y de Daniel. Quise contemplarla de cerca, pero, en un mal movimiento al estirar la mano hacia ella, se me cayó al suelo.

El pequeño marco de madera se rompió y el cristal se hizo añicos. Maldije en silencio mi torpeza y me apresuré a recogerlo todo antes de que llegara Daniel. ¿Por qué no había podido quedarme quieta?

Mientras retiraba con cuidado cada uno de los pedazos del cristal, reparé en que, tras la fotografía que yo había visto, había otra, también en blanco y negro. En ella se veía a una niña de unos quince años con la sonrisa triste, delante de una casa con el mar de fondo. Le di la vuelta y leí lo que decía en el reverso: «Mi casa en el fin del mundo».

Comparé las dos imágenes unos segundos y comprendí que se trataba de la misma mujer. Aquella niña era Liliana.

Escruté la fotografía a conciencia hasta caer en la cuenta de que nunca había visto el mar. Ese del que una vez había oído hablar a Mariano, al que había decidido retirarse al final de sus días, como el peregrino que consideraba ser.

Después la miré a ella a los ojos. Me pregunté a qué respondería tanta tristeza. Qué historia la habría obligado a dejar atrás el mar y a buscar refugio en aquella diminuta habitación sin ventanas, dentro de una casa vieja con un farolillo rojo en la entrada.

Absorta en mis cavilaciones y sentada en la cama, me encontró un peligro que jamás hubiera imaginado. No oí que la puerta se abría, y, cuando se cerró, ya era demasiado tarde.

Frente a mí apareció un hombre de unos cincuenta años, con un costurón bajo el ojo derecho y las hechuras propias de un toro bravo.

Incapaz de parpadear, sostuve su mirada y sentí que el aire a nuestro alrededor se congelaba. Traté de ponerme en pie, pero no lo consintió. No necesitó más que un empujón sin esfuerzo para que yo cayese con la espalda contra el colchón.

—¡No! —arranqué al fin una palabra a las llamas que ardían en el fondo de mi garganta.

La sangre me bullía en las venas, me inflamaba la cabeza, pero no iba a rendirme. Doblé una rodilla buscando la forma de golpearle en la entrepierna con todas mis fuerzas, pero aquella bestia me agarró por el tobillo, como si yo no fuese más que una muñeca de trapo, y tiró de mi pierna hacia él.

—¡Largo! ¡Déjame! —exigí sin dejar de moverme como una lagartija.

—Te resistes como ella —dijo con ojos de áspid.

—¿Qué?

—Imagino que serás su hija o la zorrita de su hijo.

¿Quién era aquel hombre? El interrogante se clavaba en mis entrañas.

—Yo sé que Liliana tuvo un hijo. Lo he seguido hasta aquí desde la isla.

—No, se equivoca —rogué intentando liberarme de una mano que insistía en trepar por mis muslos.

—Y tengo una cuenta pendiente con ella —dijo apretando los dientes, y creí ver que la cicatriz de su cara ardía con las llamas del infierno—. Una cuenta que alguien tiene que pagar.

—Déjame en paz, malnacido.

Para mi desgracia, la fuerza de aquel monstruo se incrementaba al ver cómo me defendía. Disfrutaba. Se relamía.

Le arañé la cara. Una minucia que no tardó en desatar consecuencias. Me golpeó y sentí que la cabeza me estallaba, que un telón negro caía sobre mis ojos y que la boca se me llenaba de sangre.

Aturdida, noté que me arrancaba la blusa. Quise gritar, pero su mano de plomo me lo impidió. Lo miré con los ojos fuera de las órbitas, implorantes, rogando sin palabras que parara, que no lo hiciese.

Una voz rompió el silencio.

—¡Suéltala!

Él lo ignoró y una robusta barra de madera lo golpeó en la cabeza. Se desplomó sobre mí como un inmenso edificio carcomido por el tiempo.

Me moví a un lado evitando que me alcanzara la sangre que manaba de una profunda brecha.

Entonces lo vi. Allí estaba, todavía con el garrote en la mano. Lo tiró a un lado y arrojó al suelo aquel pesado cuerpo muerto.

Sentí vergüenza al ver mi pecho desnudo y me puse en pie tratando de cubrirme con la blusa hecha jirones.

—Perdóname, no debería haberte dejado sola —lamentó

Daniel en mi oído al tiempo que me estrechaba en sus brazos, como si temiera que fuese a desaparecer.

Dos mujeres, entre ellas Rosana, se acercaron corriendo, gritando y soltando todo tipo de improperios. «¡Cabrón, desgraciado, malnacido, depravado...!».

—Dos días llevaba aquí —explicó Rosana—. Preguntaba por Liliana. Y aunque le dije que estaba muerta, decidió quedarse con nosotras a gastar buen dinero y consumir los servicios de la casa. No entiendo por qué habrá hecho esto...

La otra mujer rompió a llorar.

—Lo siento mucho, de verdad —me dijo—. Yo estuve con él. Me ofreció una buena propina por hablarle de Lili. Yo le conté que tenía un hijo... No debería haberlo hecho... —Se deshizo en lágrimas.

—¿Os dijo quién era? —preguntó Daniel.

—Se presentó como un rico terrateniente de la costa da Morte —contestó Rosana.

La otra mujer añadió:

—Amadeo.

55

Sofía

En el fondo de la casa, oculta a los ojos de los visitantes, se escondía la cocina, como si quienes allí vivían no fuesen mujeres de carne y hueso que necesitaban comer y, para comer, trabajar. Rosana nos condujo a través de un pasillo y varias estancias, casi todas sin ventanas o con ellas cerradas, pues la discreción formaba parte del servicio. En ese trayecto fue ella quien le preguntó a Daniel por Amadeo y él, sin extenderse, contestó que era quien había destrozado la vida de su madre.

Después de aquellas palabras, Rosana no despegó los labios hasta entrar en la cocina.

—Sentaos —pidió indicando dos sillas frente a una mesa—. Os pondré un café para templaros un poco. Menudo desgraciado el tipejo ese, el susto que te ha dado —añadió dirigiéndose a mí.

Yo busqué los ojos de Daniel. Parecían anclados a un lugar, a unos minutos que ya habían pasado, pero que lo cargaban de una terrible culpa.

Puse mi mano sobre la suya mientras Rosana nos servía el café en las tazas.

—No debería haberte dejado sola —dijo una vez más, y supe que aquellas palabras se disparaban en bucle dentro de su cabeza.

Le apreté la mano con más fuerza, para que sintiera que estaba allí, junto a él.

Rosana levantó la vista y lo miró un instante antes de intervenir.

—No te tortures. Con eso no se gana nada. En todo caso, se pierde tiempo. Y tú, por suerte, regresaste muy rápido.

—Lo vi. —Daniel cogió la taza, se la llevó a los labios, dio un trago y la dejó de nuevo sobre la mesa—. Vi su coche aparcado a dos calles de aquí y un terrible presentimiento me hizo correr de vuelta.

—¿Y cómo sabías tú cuál era el coche de ese mal bicho?

—Ya lo había visto aparcado cuando estuve en la casa de mi madre, en la costa da Morte. ¿A cuántas personas conoces que tengan un Mercedes Benz 170 en azul cobalto?

Rosana arqueó las cejas.

—Por suerte para todos, el tal Amadeo ya no será un problema para nadie —confirmó ella.

—¿Qué has pensado?

—Decidid a dónde, pero debéis iros de aquí cuanto antes. Yo me encargaré de explicarle cualquier cosa a la policía. Le diré que un cliente muy borracho quiso abusar de una de las chicas y, en el forcejeo, cayó al suelo y se abrió la cabeza.

Rosana nos dio unos minutos a solas para deliberar sobre el lugar al que debíamos marcharnos. A lo sucedido con Amadeo cabía sumar el más que probable hecho de que Vallejo continuara buscándome para volver a encerrarme. Porque él quería que yo ocupara el lugar de Lucía.

Barajamos distintas opciones valorando a dónde podríamos ir.

—¿Y si hablamos con el padre Avelino? —propuse—. Quizá él pueda escondernos en una iglesia durante unos días hasta que sepamos qué hacer.

—Recuerda que no he dado con él.

Daniel leyó la preocupación en mi rostro.

—Descuida, el padre Avelino estará bien —dijo para tranquilizarme, y supe que no tenía ninguna certeza.

—Quizá parezca una locura —comencé exponiendo otra propuesta—, pero... ¿por qué no vamos a la casa de tu madre, a la costa da Morte?

Daniel cabeceó valorando la idea.

—No estoy seguro, Sofía. Puede ser peligroso. ¿Y si Vallejo da con nosotros allí?

—¿Por qué habría de conocer la existencia de esa casa? Tú mismo me dijiste en una carta que es un lugar muy aislado y que nadie sabía de dónde procedía Lili.

La propuesta no acababa de cuajar en la mente de Daniel. Miraba a un lado, torcía el gesto y lanzaba la vista en otra dirección.

—Creo que es mucho más arriesgado permanecer aquí por más tiempo —argüí con determinación.

—Está bien —aceptó al fin—. No parece que tengamos más opciones.

56

Nuestro viaje juntos comenzó en un autobús de madrugada. Sin apenas equipaje, nos mirábamos y no echábamos nada en falta.

Llegamos por carretera a Fisterra, el pueblo marinero conocido por ser el fin del mundo, con la primera alborada del día siguiente. Me desperecé despacio al comprobar que me había dormido sobre el hombro de Daniel.

—Buenos días —me dijo.

—¿Ya hemos llegado?

—Se te ha hecho corto, ¿verdad? —respondió con una sonrisa medio escondida.

Descendimos caminando uno al lado del otro en dirección al embarcadero. Dos golondrinas sobrevolaron nuestras cabezas con la grácil ilusión de una danza.

—¿Son *anduriñas*? —pregunté.

—Sí, eso creo. Estarán buscando un humedal o puede que un estuario.

—No es habitual verlas en esta época del año. Todavía es invierno.

Daniel se detuvo sin apartar la vista de un mar que chisporroteaba destellos de plata.

—Mi madre decía que las *anduriñas* siempre regresan a su nido, por muy lejos que hayan volado.

—Pero suelen volar solas y estas dos casi se van acariciando con las alas.

Las pequeñas golondrinas graznaron cómplices en un juego en el aire.

—Quizá estas no sean como las demás.

Miré a Daniel queriendo acariciar sus plumas con una mano.

El manto azul del agua se extendía hacia un horizonte desdibujado en vaporosas nieblas. Compartimos un instante de profundo silencio para respirar el aroma de aquella misteriosa inmensidad antes de continuar caminando. No resultaba difícil entender que fuera ese el destino final de los peregrinos desde hacía miles de años.

Con el rugido de las olas alentando nuestros pasos, la silueta de un hombre que se movía arrastrando una pierna captó mi atención. A medida que nos acercábamos a donde él estaba, fui descifrando trazos de su figura hasta confirmar una intuición sobre su identidad. Se sentó en una terraza frente al mar, sin apartar la vista del agua que lamía la orilla de la playa. Una mirada en la que parecía presentar respeto y admiración a ese dios de sal al que lloran quienes han amado y han perdido.

—¡Mariano! —exclamé antes de salir trotando hasta él.

—¿Sofía? —reaccionó con extrañeza Daniel, y me siguió.

Alcancé la mesa en donde Mariano me esperaba con una sonrisa pícara que anticipaba el tono del comentario con el que iba a saludarme.

—Espero que después de gritar mi nombre en la distancia al menos me des un abrazo. Verás la cara que se les queda a esos cuatro —señaló con un gesto disimulado hacia otra mesa—; mínimo les va a picar la curiosidad cuando una joven hermosa como tú me estreche entre sus brazos.

—Me alegro de verte —dije esbozando una sonrisa.

Me sorprendió encontrar un brillo nuevo y exultante en su ánimo. Habían pasado algo más de cinco años desde que la abuela Dina y él se habían despedido con un cruce de confesiones tan amargas como necesarias, que desgarraron en el pecho de ambos algo para lo que a ninguno de los dos le quedaban lágrimas.

La mujer que regentaba aquella taberna marinera se acercó a la mesa con una taza en la que servir vino.

—Deja aquí la jarra, Toñita —pidió Mariano a la mujer—. Y trae otras dos tazas, que hoy tengo compañía.

Pese a la mirada revirada de la cantinera, percibí la complicidad y la simpatía entre ellos.

—No podemos quedarnos mucho tiempo —intervino Daniel.

—¿Y tú quién eres?

Mariano frunció el ceño y me miró.

—Soy Daniel Santalla —se presentó extendiendo una mano.

—¿Santalla?

Dudó y yo sentí que debía intervenir.

—Tal vez no recuerdes las señas que me entregaste por encargo del padre Avelino para...

—¿El chico que estaba encerrado en la Torre?

—Sí, señor —dio por toda respuesta Daniel.

Una fila de dientes apareció sonriente en el rostro de Mariano.

—¡Ahora sí que tenemos razones para brindar y celebrar! ¡Toñita, esas tazas! Venga, mujer, que se me calienta el vino y se me enfrían los ánimos.

Desde el otro lado de la barra, la tabernera lo miraba con expresión de querer lanzarle las tazas a la cabeza.

—Brindaré con usted con mucho gusto —se abrió a compartir el momento Daniel—, pero me temo que no podremos quedarnos demasiado tiempo. Es importante que lleguemos hoy a nuestro destino —se disculpó.

—¿Y a dónde es que vais? Si puede saberse...

Daniel se giró hacia mí buscando la información necesaria antes de decir nada más.

—Es de confianza. Es mi abuelo materno.

Tan pronto esas palabras salieron de mi boca, sentí que el pecho de Mariano se henchía regalando un color especial a su mirada.

—Antes de que caiga el sol, necesitamos llegar a la isla —dijo Daniel.

—¿Qué isla? Porque hay unas cuantas... Y puede ser tanto Ávalon como el Alén o las Sisargas.

—La isla de Dídean. Menos mística y supongo que, de alguna forma, más terrenal.

—Será nuestro refugio —añadí.

—Exactamente eso significa el nombre, Sofía —me dijo Mariano—: «refugio».

—No pretendo ser descortés, pero debemos continuar hacia el embarcadero —insistió Daniel.

—¿Tenéis barco que os lleve?

—Todavía no. De ahí que sea tan urgente llegar al puerto para negociar el traslado con algún pescador.

—No lo necesitáis. Yo tengo una pequeña embarcación que os servirá. No es que sea gran cosa. Tiene la proa algo desportillada y no le vendría mal una mano de pintura, lo normal con el paso del tiempo y las embestidas del mar, pero sigue navegando que da gusto.

Daniel y yo nos miramos sorprendidos por nuestra suerte. Antes de decir una sola palabra, mi abuelo —qué extraño se me hacía pensar en él en esos términos— dio un trago al vino y con la taza en el aire lanzó hacia Toñita:

—Apúntame esta y resta dos. En nada vuelvo y ajustamos cuentas.

Después se dirigió a nosotros al tiempo que se ponía de pie.

—Venga, seguidme. Aquí abajo tengo a mi querida Damiana.

—¿«Damiana»?

—El nombre de tu abuela, Sofía. Ella era mi compañera en el camino. Un camino que, pese a no estar ella, me ha traído aquí, al fin del mundo. Y digo que no está, pero en verdad no es cierto, porque ella sigue siendo el sol que hace brillar las aguas cuando navego en invierno y el viento que sopla en las velas de este barco para continuar.

Frente a nosotros mostró orgulloso una humilde embarcación con un nombre perfilado en letras abrazadas: DAMIANA.

—Venga con nosotros —propuso expeditivo Daniel.

—Yo ya no estoy para esos trotes. Soy un náufrago de tierra. Y no siempre de tierra demasiado firme.

—En ese caso, se lo traeré de vuelta.

Mariano cabeceó con una sonrisa sin apartar los ojos de mi cara.

—No hace falta. Es para ti, Sofía. Está claro que has heredado de tu abuela el buen criterio para elegir compañero de viaje, y me temo que nada más puedo entregarte como legado.

Resultó curioso que dijese eso cuando yo sentía que en una hora de vida me había entregado el aprendizaje de varias vidas enteras.

Subí al barco agarrada al brazo de Mariano. En verdad yo no necesitaba agarrarme a nadie, pero él necesitaba sostenerme, aunque solo fuera unos segundos. Largos y valiosos segundos en los que él fue mi abuelo y yo su nieta.

57

Zarpamos con el sol del invierno jugando a esconderse tras densas nubes blancas. Proyectaba tantas luces como sombras, parecidas a las que yo intentaba responder en el alboroto de mi cabeza. «¿A dónde vas? ¿Con quién? ¿Por qué?». «Voy a un lugar que no conozco, que me da miedo, un miedo inmenso, pero que puede convertirse en el blanco lienzo donde empezar a usar unos colores nuevos. Y voy con él. Porque solo en su pecho late la música en la que deseo vivir».

Lo miré y sonrió como si supiera lo que yo pensaba.

Con Daniel al timón, escuché el graznido de las gaviotas y cerré los ojos un segundo. Consentí que me arrastraran las notas de sal que saltaban de un mar que se ondulaba bajo aquella claridad. Después, bajé la vista y contemplé cómo el agua se abría a ambos lados de la proa. Parecía estar llamando a la puerta del mundo para descifrar sus verdades y sus misterios.

En cuanto alcanzamos la costa, el viento nos recibió con fragantes aromas robados a las copas de los árboles que custodiaban las espaldas de la isla. La frescura del presente que necesitábamos respirar estaba allí, esperándonos.

Caminamos un estrecho sendero a través de una espesura verde que danzaba a merced del viento. Un campo silvestre se extendía ante nosotros para conducirnos al último tramo de aquel camino que nos llevaba a la casa en donde Lili había crecido.

Tan pronto despuntó en el horizonte, pude reconocer cada uno de los detalles que me había trasladado Daniel de aquella modesta casa junto al mar. Una casa que había sostenido sus sueños de libertad cuando estaba en la cárcel y que también había sostenido los míos.

Daniel avanzó unos pasos. El sol brilló en la aldaba con forma de peculiar ave del paraíso como si tratara de indicarnos el último paso de un largo viaje.

—Hemos llegado —me dijo, y sentí paz.

Con la llave todavía en la cerradura, los dos cruzamos el umbral de la puerta a una nueva vida.

Esa misma noche vi a Daniel asomado a una ventana. Me acerqué despacio hasta situarme a su lado. Su mirada se perdía en las piedras de la imponente construcción que se atisbaba en el horizonte.

—Es la casa de Amadeo —confirmó al fin.

Sin necesidad de palabras, coloqué mi mano sobre su brazo para decirle que yo seguía allí, que todo estaba bien.

Pasaron algunos días hasta que los ojos de Daniel recobraron una pizca de su habitual color verde esperanza. Entendí que despojar a alguien de la vida, aunque ese alguien fuese un monstruo, hundía en la conciencia una huella muy oscura. También que solo nosotros decidimos qué huellas queremos seguir para trazar nuestro camino.

El nuevo camino para Daniel empezaba junto a un inmenso limonero en donde los dos nos encontramos justo al amanecer de un nuevo día.

—Es un árbol realmente impresionante —le dije.

—Lo plantó mi madre poco antes de marcharse de aquí. Siempre quiso volver para verlo crecer.

—¿Por qué era tan importante para ella?

Daniel suspiró al tiempo que colocaba una mano en el tronco.

—Todo el mundo le había dicho que en esta tierra un limonero no tenía posibilidades de sobrevivir; que, en todo caso, lo plantase orientado al sur, al otro lado de la casa, para protegerlo del frío. Pero ella, pertinaz como debía de ser desde bien niña, se propuso intentarlo igualmente. Necesitaba demostrar que el árbol resistiría frente a la violencia del clima en esta costa donde grandes barcos se han hundido, incapaces de mantener el timón frente a las embestidas del viento y el mar.

—Allá donde esté tu madre, debe de sentirse muy orgullosa de este limonero... y de ti.

Al cabo de unos días en los que fuimos cogiendo las riendas de aquella nueva vida juntos, Daniel entró en la habitación donde yo dormía para darme las buenas noches. Un pequeño gesto que significaba mucho para mí y me recordaba a los abuelos. Pero esa noche me encontró sin blusa antes de vestirme para irme a la cama. Se disculpó con los ojos cerrados mostrando las palmas de las manos.

—Perdona, no sabía..., debería haber llamado... —se deshizo en disculpas.

Con la urgencia de ocultar mi piel, en un ejercicio de contorsionismo, me golpeé el pie contra la pata de la cama. Aullé con el meñique incandescente y di vueltas hasta quedarme sentada con el camisón enrollado a la altura de un brazo y una oreja.

Daniel abrió los ojos alarmado y fue hacia mí.

—¿Estás bien?

—No mires. Date la vuelta.

—Solo quería saber si estabas bien, pero ya me voy.

—Es que no quiero que veas... mi cicatriz —dije con una voz que sonó quebradiza.

—¿Por qué?

No contesté y compartimos una mirada en la que nos buscamos en el lado oscuro que guardan los ojos.

—Todo el mundo tiene cicatrices, Sofía. Esa se ve. Sabes dónde está, dónde empieza y dónde termina. No todos tenemos esa suerte.

Aquellas palabras me hicieron desear por primera vez que se quedara allí, a mi lado, en aquella habitación, combatiendo juntos la oscuridad en un largo abrazo, pero se despidió en la puerta deseándome un buen descanso.

—Hasta mañana —musité con el camisón cubriéndome hasta la punta del meñique, que aún latía con la queja del golpe.

Después de aquel episodio, una tarde, Daniel me encontró envuelta en una chaqueta de lana, mirando el mar, tras haber pasado el día aplicando cuanto había aprendido de la abuela Dina en la huerta que quedaba detrás de casa.

El sol resplandeciente declinaba en el horizonte tras horas de apogeo en un día nublado. Suspendido en la ilusión del agua, bruñía un camino de bronce por el que paseé la mirada.

Suave y fría, la brisa me acariciaba con notas de sal y recuerdos. El primero en brillar en la luz que bailaba en aquel fin del mundo infinito fue el abuelo. Junto a él, a su lado y en paz, la abuela Dina. Después apareció mi padre abrazando a una mujer de mirada dulce, y entre ellos, una niña que tenía mi propio rostro: Lucía. Cerré los ojos y respiré la fuerza de todos ellos, su vida, la mía, el mar y el cielo, mientras sentía el aliento de la eternidad meciendo mi pelo, mi alma.

Y escuché el rumor del viento y, con él, su silencio.

Daniel se acercó hasta quedarse a mi lado. Abrí los ojos y

al mirarlo sentí en mi pecho una paz inmensa. La misma que regala el mar al recordar que hay otra orilla.

Paseamos juntos con los pies descalzos sobre la arena. Recordamos aquel tiempo lejano en el hospital, cuando nos habíamos conocido. Una conversación en la que hablamos de las primeras impresiones, de la cantidad de tropiezos que había tenido con el palo de un gotero y, por supuesto, de la vez que me había salvado de morir en las frías aguas de un sótano. En ese momento deseé confesarle las mil veces más que me había salvado de ahogarme en el mar de las penas invisibles, las que solo puede ver quien también ha sido náufrago y no se ha rendido, pero no tuve valor. Me limité a caminar a su lado, un poco más cerca de su cuerpo.

Él debió de notarlo y, aunque pareció dudar si cogerme la mano, terminó guardando la suya en el bolsillo. Yo sabía que, desde aquel día en Santiago, él sentía que me había fallado. No se perdonaba haberme dejado sola en aquella habitación. Se le crispaba el gesto con cada alusión sobre lo sucedido, por pequeña que fuera, y el rostro se le encendía como las llamas del mismo infierno al pensar en lo que podría haberme hecho aquel indeseable.

—No fue culpa tuya —le dije—. Tú no podías saber que él estaba allí.

—No quiero que nadie te haga daño. —Su voz sonó como el canto sincero de las olas que acompañaban nuestros pasos.

Sentí el revolotear de aquella música en el estómago y le cogí de la mano.

—Nadie me lo hará. Tampoco a ti.

Caminamos hacia el interior de la casa, juntos y acompasados. Cruzamos el umbral de la puerta y permití que mi cabeza descansara al fin en su pecho. Me acarició el cuello y el rostro y, sin necesidad de hablar, nos encontramos en un beso que había comenzado en nuestras cicatrices y que nunca moriría en nuestros labios.

NOCHE DE DIFUNTOS

1 de noviembre de 1959

«Sofía, desde hoy vivirás en paz».

Eso decía el telegrama que había llegado a primera hora de ese día. Y continuaba: «Cementerio de San Domingos de Bonaval».

La oficina desde donde había sido emitido: Santiago de Compostela. El remitente: el padre Avelino.

Como llevábamos meses viviendo en aquella casa, compartiendo mesa, pan, risas, silencios y el calor de la piel, los secretos fueron desapareciendo sin darnos cuenta porque las miradas aprendieron a descifrar lo que pasaba por la cabeza del otro.

Ese fue el motivo por el que Daniel no pudo ocultarme el telegrama nada más recibirlo y, mucho menos, fue capaz de convencerme para no viajar a Santiago.

—Sofía, por favor —pidió—, en tu estado...

Y razón no le faltaba. Estaba embarazada; me convertiría en madre y él en padre, por lo que también entendía su legítima preocupación. Pero aquel mensaje iba dirigido a mí, aludía a mi seguridad, y quería saber si era cierto que podíamos vivir ya tranquilos; lo necesitaba.

Acordamos que iríamos juntos al cementerio de Bonaval y que él velaría por mí en la distancia hasta asegurarse de que efectivamente se trataba del padre Avelino y no de una trampa de Vallejo.

Fue así como me adentré en el cementerio bajo la cúpula de una noche con amenaza de tormenta hasta llegar a una tumba con el nombre de Sofía Santalla Sarela: mi nombre.

La sombra de la negra sotana del padre Avelino permanecía frente a mí cuando caí de rodillas ante la lápida, hasta tocar con las manos el cemento fresco.

—¿A quién han enterrado aquí? —le pregunté.

El denso mutismo del viento se cruzó entre nosotros dando tiempo al sacerdote a contestar.

—A una auténtica heroína.

Las fuerzas abandonaron mi cuerpo y sentí la fragilidad de un cristal que se clavaba en mi garganta.

—Julia... —musité casi inaudible.

—Julia quiso dar un sentido a su muerte y eligió que fuera protegiendo tu vida, Sofía.

—¿Por qué?

—Ella no soportaba la idea de que su padre hubiese tenido encerrada a tu hermana y que después pensase hacer lo mismo contigo. Su enfermedad no tenía solución. Llegó el momento de la despedida y en sus últimas voluntades tuvo claro que quería salvarte. Ser enterrada en tu lugar para que pudieras tener la oportunidad de vivir con plenitud.

Mis lágrimas se precipitaron hasta alcanzar la tierra que cubría su cuerpo. El cuerpo de una luchadora. Con una mano en mi vientre, cerré los ojos y recordé a Julia. También a su madre.

—Imagino el dolor de Soledad... Estará destrozada. Pierde a su hija y ahora no tiene a dónde ir para llorarla.

—Ella no se opuso a la decisión de Julia. La respetó y la apoyó —dijo el cura—. Y siempre tendrá dónde encontrarla —añadió con una mezcla de solemnidad y pesar, colocándose una mano sobre el pecho.

Suspiré con los ojos cerrados y el rostro cubierto de lágrimas.

Daniel apareció justo en ese momento para darme el consuelo que necesitaba.

—Sofía —susurró en mi oído tras levantarme del suelo—. Salgamos de aquí. Es peligroso.

—Todavía no, Daniel —pedí—. Necesitamos todas las respuestas para poder vivir tranquilos. Sobre todo ahora con un hijo en camino.

—Padre..., dígame qué pasó aquel día, el último que nos vimos —se dirigió Daniel al sacerdote—. En estos meses he llegado a barajar mil posibilidades.

—Tranquilo. Lo importante es que estáis bien y que ahora todo ha terminado —dijo Avelino.

—Sofía tiene razón: necesitamos todas las respuestas para poder continuar con nuestras vidas.

El cura tomó aire antes de lanzarse a explicar cuanto había sucedido en ese tiempo.

—Verás..., ese día le ofrecí a Vallejo los documentos de la caja fuerte a cambio de que liberase a Sofía. Algo a lo que él accedió. Desde que había empezado a ver la forma en que se estaba juzgando a los nazis, entre ellos médicos a los que él había llegado a conocer, su prioridad era destruir esos expedientes.

—Pero a mí me liberó el doctor Freire —intervine anticipando que aquel acuerdo no había podido cumplirse.

—Exacto. Por eso el trato se rompió —contestó el padre Avelino—. De hecho, Freire fue quien habló con Julia para contarle todo. Ella merecía saberlo.

—Y Vallejo, ¿no hizo nada al negarle usted los documentos? —quiso saber Daniel.

—Amenazó con matarme. Yo confiaba en que la noticia de la ejecución de un hombre de Dios no sería tan fácil de justificar, pero me equivocaba. El coronel sabe cómo conseguir lo que quiere —dijo mostrando sus pequeñas manos sin uñas—.

Por lo que mantuve la negativa un tiempo y, al final, se los entregué.

Daniel movió la cabeza para mostrar su reprobación.

—Padre Avelino, ahora ya no será nunca juzgado —se quejó.

El sacerdote encogió los hombros dentro de aquella sotana en la que continuaba menguando con cada año y cada golpe.

—Juzgado, quizá no; castigado, te aseguro que sí —respondió con un aire enigmático enredando sus palabras.

—¿Y dónde está él ahora? —pregunté, y miré a mi alrededor con los nervios despertando en los ojos, todavía enrojecidos.

—Tras la huida, Vallejo salió a buscarte. Estaba empeñado en encerrarte para conseguir mantener con vida a Julia, pero ella aprovechó su ausencia para exigir el alta en el hospital y el doctor Freire se la dio. Soledad se la llevó para que pasara sus momentos finales en casa —relató el sacerdote con la respetuosa cadencia que requería aquel duro trance—. Cuando Vallejo se enteró quiso hablar con Soledad, pero ella se negó. Dijo que su hija no había podido elegir cómo vivir, pero tenía derecho a elegir cómo morir; y quería hacerlo en casa, con su madre. Al parecer, él no quería saber nada más de ellas. Pero no era del todo cierto. Se negaba a aceptar que su hija fuese a morir. Por eso continuaba buscándote, Sofía. Algo que tanto Soledad como Julia sabían, de ahí que esta última resolviera que la enterrasen con tu nombre.

Alcanzada por el gesto de Julia, bajé la mirada a la tierra.

—El doctor Freire certificó su muerte y yo me encargué de darle santa sepultura en presencia solo de su madre —concluyó Avelino.

—¿Cuándo ha sido? —preguntó Daniel.

—Hace varias semanas.

—Pero... este cemento está fresco —contesté con extrañeza.

—No tardó en llegar a oídos del coronel que habías muerto y estabas aquí enterrada —explicó el padre Avelino—. Se presentó en el cementerio, revisó toda la documentación relacionada con tu supuesta muerte y no se la creyó. Así que ordenó que se abriese la tumba para comprobar que había alguien ahí abajo. —Señaló hacia la tierra.

—¿La hipótesis que él barajaba era que estuviese vacía? —preguntó Daniel.

—Así es —afirmó el cura—. Nunca se imaginó que iba a encontrar... a Julia.

—Imagino lo mucho que se habrá enfurecido —supuso Daniel.

—Contra todo pronóstico, no hizo nada. Yo estaba aquí mismo, en calidad de sacerdote de la parroquia, y aunque guardé una distancia prudente, no se me escapó ni un solo detalle de su reacción, o, más bien, de su falta de reacción. Porque se quedó mirando el cuerpo de su hija sin decir una palabra. Después, dio media vuelta y se marchó —explicó el padre Avelino con una voz serena que contenía todavía cierta incredulidad.

—¿Se marchó? —dudé.

—Se fue a su casa, la que tiempo atrás había compartido con Soledad. Quería despedirse. Sabía que Julia estaba muerta y él debía proteger unos documentos.

—Todo lo relacionado con los experimentos —añadió Daniel.

—Sí. Supongo que su intención era hacer lo mismo que algunos nazis y esconderse al otro lado del océano.

—Al final ese cabrón se salió con la suya —protestó Daniel.

—Lo he estado pensando mucho —dijo reflexivo el padre Avelino—, y creo que, en la vida de Vallejo, el militar se impuso al hombre que siempre se imponía al padre. Y un soldado aspira a ser un héroe de guerra —explicó—. Por eso mismo cuando se encontró a su hija enterrada entendió que había muerto como una verdadera heroína, pues desde niña había luchado en una guerra sin posibilidad de tregua, combatiendo el dolor y valorando cada oportunidad que le daba la vida para sonreír y no rendirse.

Con aquellas palabras, sentí en lo más profundo del alma que el padre Avelino había recogido con cariño y con cuidado el tiempo y las enseñanzas de Julia.

—Entonces, como soldado que es Vallejo, su actuación se resume en una única palabra: retirada —señaló Daniel.

—Podría decirse que sí —afirmó el sacerdote.

—Padre —dije—, entiendo que el cemento está fresco porque es reciente.

—Así es. Ayer volvimos a cementar la tumba en presencia de la madre de Julia —confirmó él.

—Pero si Vallejo ya no es un problema para mí —intervine con un último interrogante en la punta de la lengua—, ¿por qué no le cambiaron el nombre a la sepultura?

El padre Avelino cogió aire antes de responder.

—Soledad tenía claro que respetaría la última voluntad de su hija: ser enterrada renunciando a su nombre y también a su apellido.

MAÑANA VOLVERÁ A LLOVER

2 de noviembre de 1959

Cientos de gárgolas envueltas en brumas observan desde las alturas en Santiago de Compostela. Son formas monstruosas de leones y sirenas, de águilas y reptiles, que se erigen como guardianas del ayer y del mañana.

Si pudieran hablar, me pregunto qué dejarían caer sobre nuestras cabezas. Ellas, que han visto con ojos de piedra todo el horror y la belleza. Ellas, las únicas que conocen los secretos de las bestias.

Esa mañana llovía. Como si nunca antes en la historia hubiese llovido. Con el deseo encendido de la lluvia de descargar agua limpia tras varios días contemplando grietas en la tierra.

Mientras, entregadas a la tarea de custodiar el tiempo desde hospitales, iglesias y cementerios, las gárgolas se afanaban en recoger cada gota de agua para limpiar los empedrados del camino.

De esa forma, pronto, las piedras volverían a brillar impolutas para que pudiésemos caminar sobre ellas, aunque hubiera charcos o un poco de barro recordando a nuestros pasos dónde pisar hasta alcanzar el lugar que guarda la inmensidad en el fin del mundo.

El impacto de la Noche de Difuntos había precipitado el parto. La tenue luz de la alborada me encontró en la habitación del hospital con Daniel a mi lado, dándome la mano, al llegar las primeras contracciones.

El dolor despertó con la violencia salvaje de un animal arrojado al fuego. Contraje el rostro y cerré los ojos. De Julia, nada más que una niña de diez años, había aprendido a limar las uñas al diablo. Para que no saltara, para que sus garras no convirtieran la muerte en bálsamo o dulce sueño. Solo así la vida podría abrirse paso.

Todo rastro de dolor se esfumó por completo al oír el llanto de la recién llegada.

—Será muy valiente —susurré con la emoción temblando en mi voz.

Daniel me dio un beso en la frente y supe que nos convertiríamos en el nido con el que yo llevaba soñando desde ese día en que mi madre se tuvo que marchar.

—¿Tienen nombre para la niña? —preguntó la enfermera con una carpeta y un bolígrafo en la mano.

La lluvia resbalaba en el cristal de la ventana. El viento agitaba las copas de árboles inmensos en un intento de la memoria para no olvidar todas las historias que pueden nacer con un avión de papel. Miré a mi hija y vi que abría los ojos. Redondos, expresivos y de un color verde muy intenso. Le sonreí, con mis lágrimas alcanzando su pequeño rostro. Era el rostro de la esperanza.

—Se llamará Julia.

NOTA DE LA AUTORA

Hay historias que comienzan persiguiendo una idea que se alumbra en la cabeza y a la que debemos ir añadiendo accesorios. Otras, sin embargo, nos encuentran y solo podemos ejercer de médiums en trance para contarlas. En este caso no ha sido ni el primer ni el segundo camino el que encendió los latidos en el corazón de esta novela —aunque después buscase incansable las piezas de la trama y me mimetizase con la voz de cada personaje—. Porque fue una experiencia propia, de esas que necesitan calma, reposo y tragar saliva en más ocasiones de las que en público quizá nunca reconoceré, la que se convirtió en piedra angular de la historia para poder transitarla con todos los sentidos y entregarla finalmente al papel.

No tenía más que siete años cuando ingresé en el hospital. Un apéndice inflamado derivó en peritonitis propiciando la urgencia y con ella la que considero una de las experiencias más importantes de mi vida. Mi vida... Porque no es necesario decir que sobreviví al susto, pero no todos los niños que vivían en aquel hospital corrieron la misma suerte. Fue en ese tiempo cuando descubrí una terrible realidad: los niños también podían morir. Pueden morir. Qué barbaridad. No importa que tenga siete, más de cuarenta y ojalá casi cien años..., nunca dejará de aplastarme el corazón una crueldad como esa.

Conocí a más de una Julia. Incluso a alguna Lucía encerrada desde el primero de sus recuerdos en una habitación sin más calor que el inquebrantable abrazo de su madre y una caja de lápices con los que daba vida a sus sueños en millones de hojas de papel.

Por ellas, por tantas otras y otros muchos niños que se asoman curiosos a la ventana para ver llover, deseando que la lluvia les empape la cara, y al mismo tiempo tienen esperanza de que salga al fin el sol, escribí esta historia. Una historia que nació con la aspiración de recoger el brillo de unas sonrisas gracias a las cuales mi mirada, por siempre, cambió.

En segundo lugar, seleccioné una época que contrapusiese el sentido de la vida al sinsentido de demasiadas muertes: la posguerra española. *Larga noche de piedra*, que diría Celso Emilio Ferreiro. Un tiempo en el que la vida podía desaparecer reducida a sombra, silencio y pólvora. Una larga Noche de Difuntos y ausentes frente a las mil y una batallas de una niña enferma que ve el valor de lo pequeño y cuyo único sueño es la curación.

El siglo XX está plagado de abominación y oscuridad —ojalá esta frase no admitiese nunca matices de continuidad—. También de odio hacia *el otro*; por las ideas políticas, la religión, por el color de la piel, de los ojos, el pelo, hasta la sangre. Pero ¿y si fuera necesaria la sangre de un congénere para sobrevivir? Aquí, el principal interrogante de la trama de la novela. Y en este punto cuanto puedo añadir es que todos estamos hechos de la misma materia y lo único que tiene valor, lo que realmente merece la pena para hacer alguna distinción, no se ve con los ojos. Quizá suene infantil, algo más propio de una niña de siete años, pero mientras escribía esta historia deseé que el mundo entero volviese a tener siete años muchas veces.

Veces en las que cayó en mis manos documentación acerca de las atrocidades cometidas sobre hermanos gemelos en Auschwitz, dirigidas por un médico conocido como el ángel de la muerte: Josef Mengele. Veces en que me asomé con cuidado a los experimentos sobre prisioneros en busca de un supuesto gen rojo en España. Veces en las que entre descripciones y tecnicismos que reducían la vida humana a un puñado de órganos, piel y huesos, yo solo miraba a los ojos de niños y niñas, de hombres y mujeres, de personas, como tú, que me estás leyendo, y sentía su miedo, esa tristeza moribunda e insomne de aquellos a quienes han despellejado el alma. Era entonces que volvía a desear tener siete años para trepar por un olivo hasta llamar a la puerta de las nubes, o refugiarme a la sombra de un limonero escondido en el fin del mundo.

Otra de las piezas de la historia la encontré en los retazos de una conversación de hace años. Recordé cuando una madre con gemelos idénticos me contó en una tarde de parque con niños que, cuando uno de sus hijos enfermaba, el otro parecía sufrir los mismos síntomas y que, ante las dudas, llevaba a los dos al pediatra. Investigué cuanto pude esta cuestión y nada más pude concluir que, pese a no encontrar respuesta científica, parece probable —aunque, insisto, todavía inexplicable— que existan conexiones profundas entre los hermanos gemelos.

Llegado este punto haré tres matices sobre la trama que considero importantes: de un lado, debo decir que la sangre dorada no se descubrió hasta 1962, pero que, con la licencia del oficio de novelista, he adaptado a los tiempos de esta historia; de otro lado, añadiré que el accidente del equipo de fútbol Iberia Sporting fue un hecho real que tuvo lugar el 29 de enero de 1950. Por último, confirmaré para quien tenga dudas que la isla de Dídean en la costa da Morte es ficticia, aunque, al igual que se dice en la novela, significa «refugio» en gaélico irlandés.

Finalmente, os haré una confesión: concebí esta historia como una vela blanca en el horizonte. Un horizonte en el que mañana volverá a llover, y eso solo puede significar una cosa: esperanza.

Cuando el viento hable
dirá tu nombre y el mío.

AGRADECIMIENTOS

Gracias a mis hijos, Pablo y Aitor, por absolutamente todo.

Gracias a Borja, por el lugar seguro y cada abrazo.

Gracias a mis padres, por el valioso aprendizaje.

Gracias a mis abuelos, por ser quien soy. Gracias también a tus abuelos, por lo que somos todos juntos.

Gracias a Mila, por las respuestas certeras.

Gracias a Eduardo, por la paciente escucha.

Gracias a Ángela y a Marvin, por el aliento infatigable.

Gracias a Duna, una dulce perrita que voló alto mientras yo escribía, por enseñarme que los animales tienen alma, sienten empatía, dan amor y ni siquiera necesitan palabras para demostrarlo.

Gracias a Manu Villaronga, por el suelo que piso.

Gracias a Mikel, por la mano tendida.

Gracias a Marta Sanchiz, por la solícita ayuda.

Gracias a Alberto Pereira, subdirector del Hostal dos Reis Católicos, por la orientación.

Gracias a Emma, mi guía oficial en el Hostal dos Reis Católicos, por cada explicación y los destellos que azuzaban mi imaginación.

Gracias a las musas, por permitirme escribir esta historia de resistencia, esperanza y amor.

Gracias a los pequeños maestros de la vida, a niños y niñas que aprenden demasiado pronto el valor de lo importante. A los que sueñan con convertirse en héroes desde una cama de hospital, y a los que les crecen las alas. También a quienes se sientan a su lado, les cogen la mano, les besan la frente, mientras aprenden a sonreír sin ganas, y a llorar a escondidas.

A todos los que esperan: gracias.